GERDA STAUNER

Wo ist dieses Glück noch mal?

DEM GLÜCK HINTERHER Die Grafikdesignerin Enni nutzt das unerwartete Erbe ihrer Großtante Monika, um München den Rücken zu kehren und in Waidmannsthal in der Oberpfalz neu anzufangen. Drei Jahre zuvor hatte sie, und nicht ihre Eltern, Monikas Haus geerbt. Nun möchte Enni die Stadt verlassen, um finanziell unabhängiger zu sein. Sie kündigt ihren festen Job, macht sich selbstständig und zieht in das geerbte Haus, wobei ihr Freund Alexander weiterhin in München lebt. Tobias, ein Freund aus Kindheitstagen, lenkt sie ab und sie fühlt sich schon bald zu ihm hingezogen. Doch von einer Affäre will dieser nichts wissen und aus den Gerüchten um ihre Großtante wird Enni auch nicht schlauer. Außerdem funktioniert die Fernbeziehung mit Alexander leider nicht so harmonisch wie geplant. Das Experiment Landleben droht zu scheitern, doch so schnell gibt Enni nicht auf.

Gerda Stauner lebt in Regensburg, ist aber auf dem Land aufgewachsen. Mittlerweile fährt sie regelmäßig zum Schreiben in ihre alte Heimat zurück und geht dort oft im Wald spazieren. Dabei entstehen die Figuren und Handlungen ihrer Geschichten. Literarisch widmete sie ihrer Heimat bereits eine dreibändige Familiensaga. Die Autorin schreibt Romane, Hörspiele und Theaterstücke und hostet einen Podcast. Gerda Stauner wurde für ihr literarisches Schaffen mit dem Regensburger Kulturförderpreis ausgezeichnet und war für ihre Arbeit mit Kindern in der Leseförderung für den Deutschen Engagement Preis nominiert.

GERDA STAUNER

Wo ist dieses Glück noch mal?

VERLIEBT IN DER PROVINZ
ROMAN

Die automatisierte Analyse des Werkes, um daraus Informationen insbesondere über Muster, Trends und Korrelationen gemäß § 44b UrhG (»Text und Data Mining«) zu gewinnen, ist untersagt.

Bei Fragen zur Produktsicherheit gemäß der Verordnung über die allgemeine Produktsicherheit (GPSR) wenden Sie sich bitte an den Verlag.

Immer informiert

Spannung pur – mit unserem Newsletter informieren wir Sie regelmäßig über Wissenswertes aus unserer Bücherwelt.

Gefällt mir!

Facebook: @Gmeiner.Verlag
Instagram: @gmeinerverlag

Besuchen Sie uns im Internet:
www.gmeiner-verlag.de

© 2025 – Gmeiner-Verlag GmbH
Im Ehnried 5, 88605 Meßkirch
Telefon 0 75 75 / 20 95 - 0
info@gmeiner-verlag.de
Alle Rechte vorbehalten
1. Auflage 2025

Lektorat: Claudia Senghaas, Kirchardt
Satz: Mirjam Hecht
Umschlaggestaltung: U.O.R.G. Lutz Eberle, Stuttgart
unter Verwendung eines Fotos von: © DoraZett / stock.adobe.com
Druck: CPI books GmbH, Leck
Printed in Germany
ISBN 978-3-8392-0836-6

Personen und Handlung sind frei erfunden.
Ähnlichkeiten mit lebenden oder toten Personen
sind rein zufällig und nicht beabsichtigt.

November

Die Wohnung sieht aus, als würden sie sich trennen. Enni hat ihre Habseligkeiten feinsäuberlich in Umzugskartons gepackt, hat ihre Hosen, Kleider, Pullover und ihre Wäsche in den beiden großen Koffern verstaut und ihre Lieblingstassen und -schalen aus dem Küchenregal genommen, in altes Zeitungspapier eingeschlagen und in einen Karton gelegt. Die restlichen Küchenutensilien bleiben in der Wohnung, die Alexander weiterhin unter der Woche bewohnen wird. Für die beiden leer stehenden Zimmer hat er zwei Untermieter gefunden, einen jungen Mann aus Indien, der in der Softwarebranche arbeitet und nebenher studiert, und eine Studentin aus Irland. Die Möbel wurden bereits gestern von einer Umzugsfirma abgeholt und nach Waidmannsthal gebracht.

Obwohl Enni weiß, dass es keine wirkliche Trennung ist, fällt es ihr dennoch schwer aufzustehen, die Kartons und Koffer zum Leihauto zu bringen, die Tür hinter sich zu schließen und loszufahren. Vor fünf Jahren, kurz nach ihrem 30. Geburtstag, ist sie hier eingezogen und hat sich von Anfang an sehr wohlgefühlt. Die ersten Jahre hatte sie noch zwei Mitbewohnerinnen, die aber beide ausgezogen sind, kurz nachdem sie Alexander kennengelernt hatte. Und da dieser gerade auf Wohnungssuche war, zog er vor anderthalb Jahren kurz entschlossen ein. So ist aus der WG eine Paarwohnung geworden. Und jetzt ändert sich wieder alles. Schon irgendwie verrückt, denkt Enni und schüttelt den Kopf.

Für sie beginnt ein neuer Lebensabschnitt, und der Blick auf die Uhr vertreibt das Gefühl, eine Brücke hinter sich abzubrechen. In drei Stunden wird es dunkel sein, und sie möchte noch vor Anbruch der Dämmerung im Haus ankommen.

Vielleicht hätte sie auf Alexanders Vorschlag eingehen und gemeinsam mit ihm am Wochenende nach Waidmannsthal fahren sollen. Doch Enni kann es kaum erwarten, ihr neues Leben in dem kleinen Dorf zu beginnen, sodass sie abgewunken hat. Alexander wird in drei Tagen nachkommen, und bis dahin möchte sie das Haus so gemütlich wie möglich herrichten. Ein halbes Jahr lang hat sie darauf hingearbeitet, die Stadt endlich hinter sich zu lassen. Nun ist es so weit.

München ist im Herbst, wie wahrscheinlich jede andere Großstadt auch, eine trostlose Angelegenheit. Sobald sich die letzten sonnigen Spätsommertage verabschieden, übernimmt der graue Alltag die Regie. Der wiederkehrende Regen wäscht die letzten bunten Blätter von den Bäumen und übersät damit die Radwege. Enni muss dann immer höllisch aufpassen, dass sie bei einem unerwarteten Bremsmanöver nicht stürzt. Obwohl es ihr eigentlich etwas peinlich ist, setzt sie seit einigen Jahren im Herbst einen Fahrradhelm auf, was sie schon mehrmals bei einem Sturz vor einer Gehirnerschütterung bewahrte.

Nachdem sie sich endlich in Bewegung gesetzt hat, fällt es ihr nicht mehr schwer, das Auto zu beladen. Als alle Kisten und Koffer verstaut sind, geht sie noch einmal in die Wohnung, um einen letzten Blick darauf zu werfen. Bevor sie dann endgültig die Tür hinter sich zuzieht, prüft sie ihr Erscheinungsbild im Spiegel neben der Garderobe. Der dunkle Pony lugt unter ihrer Mütze hervor, und tiefblaue Augen strahlen sie an. Ennis Wangen leuchten heute ganz von selbst und ohne dass sie Rouge aufgelegt hätte. Ihr Gesicht hat immer noch eine sommerliche Bräune, und ihre ausdrucksstarken Augenbrauen hat sie gestern extra noch in Form gebracht. Ihre Nase ist für ihren Geschmack etwas zu schmal, aber Alexander liebt es, mit seinem Zeigefinger über deren Rücken zu fahren und am Ende die Nasenspitze anzustupsen. Der helle Wollmantel wirkt sehr elegant, und sie ist sich nicht sicher, ob diese Art von Outfit für das Landleben geeignet ist. Ihre schwarzen Lederstiefel haben zumindest ein sehr dickes Profil, und man kann mit ihnen auch auf matschigen Wegen laufen.

Enni ist ein wenig nervös, weil sie den Stadtverkehr hasst. Noch dazu, wenn sie diesen am Steuer eines Autos bezwingen muss. Zum Glück kommt sie frühzeitig los und läuft nicht Gefahr, in den Feierabendverkehr zu geraten. Vorsichtshalber gibt sie den Zielort in das Navi ein, klemmt das Handy dann an die dafür vorgesehene Halterung am Armaturenbrett und startet den Wagen. Wenigstens muss sie nicht mit einem Kleintransporter durch die Stadt kurven. Die Umzugskartons und Koffer passen in einen Mittelklassewagen. Alexander wird das Auto am Sonntag wieder zurück nach München fahren und beim Verleiher abgeben.

Beim Ausparken übersieht Enni beinahe einen Fahrradfahrer in dunkler Regenkleidung, der ohne Licht fährt. Sie bremst scharf, der Motor stirbt ab, und der Fahrradfahrer zeigt ihr den Mittelfinger.

»Idiot«, murmelt sie, streicht nervös ihren schwarzen Pony glatt und startet das Auto erneut. Dann vergewissert sie sich, dass die Straße frei ist, und fährt endlich los.

Zehn Minuten lang kurvt sie durch ihr Viertel, dann erreicht sie den Mittleren Ring und nimmt bald darauf die

A9 in Richtung Norden. Nun, da sie den Stadtverkehr hinter sich hat, entspannt sie sich ein wenig. Die vor ihr liegende Strecke ist sie als Kind schon oft mit ihren Eltern gefahren, und die Namen der Ortschaften, die auf den blauen Tafeln an den Autobahnausfahrten stehen, sind ihr immer noch vertraut.

Mit ihrem Vater wetteiferte sie damals darum, wer schneller wusste, welches Dorf oder welche Stadt auf dem nächsten Schild geschrieben stand. Garching, Eching, Allershausen, das war einfach gewesen. Doch ab der Holledau mussten sie auf die A93 abfahren, und dort wurde es dann schon schwieriger. Wolnzach, Elsendorf, Siegenburg und dann kam Regensburg, und sie überquerten die Donau. Auch Enni ist nun an dieser Stelle angekommen, und wenige Ausfahrten später verlässt sie die Autobahn. Ab hier ist es nur noch ein Katzensprung nach Waidmannsthal.

Als Kind hat Enni ihre Ferien oft bei ihrer Großtante Monika in dem kleinen Dorf verbracht. Anders als in München unterlag das Leben auf dem Land keinem durchgetakteten Zeitplan. Morgens klingelte kein Wecker, sondern die durchs Fenster fallenden Sonnenstrahlen und das Krähen eines Hahns ließen die kleine Enni wach werden. Anstelle eines schnellen Frühstücks in der engen Küche der Münchner Wohnung ging sie bei Monika mit ihrem Kakao nach draußen und begrüßte die Schmetterlinge und Bienen, die auf der Wiese hinterm Haus umherschwirrten. Mittags holte sie nicht der 12-Uhr-Glockenschlag an den Esstisch, sondern der Hunger war bei der Großtante der Gradmesser dafür, wann gegessen wurde. Die Nachmittage verbrachte das Mädchen meist lesend oder schaute gelegentlich das Ferienprogramm im Fernsehen, anstelle an ihrem Schreibtisch Hausaufgaben zu machen. Und abends trieb sie nicht ihre Mutter ins Bett, sondern die Müdigkeit. Ihre Großtante ließ sie einfach Kind sein und versuchte nicht, sie in ein enges Korsett aus Pflichten und Regeln zu stecken. Es war eine Mischung aus Respekt vor den Wünschen eines kleinen Mädchens und Vertrauen darauf, dass die kleine Enni genau wissen würde, wo ihre Grenzen lagen, die Monikas Handeln damals geleitet haben.

Mit ihrem Heranwachsen waren die Besuche auf dem Dorf immer seltener geworden, und nach einem Streit der Eltern mit Monika brach der Kontakt komplett ab. Dann verstarb ihre Großtante ganz unerwartet, und kurz darauf kamen Ennis Eltern ums Leben, und nun hat sie gar keine Verwandten mehr. Ohne Alexander würde sie sich sehr alleine fühlen. Aber die Familie ihres Freundes hat sie vom ersten Moment an herzlich aufgenommen, und Enni ist sehr glücklich darüber. Nur die strikte Weigerung von Alexanders Eltern und seiner Schwester Paula, ihn Alex zu nennen, irritierte sie anfangs etwas. Mittlerweile ist sie selbst dazu übergegangen, ihren Freund bei seinem vollen Namen zu nennen, weil ihr die Abkürzung ebenfalls nicht mehr passend erscheint.

Das Klingeln ihres Handys reißt Enni aus ihren Gedanken. Es dauert einen Moment, bis sie es schafft, das Gespräch über die Freisprechanlage anzunehmen.

»Hallo?«, fragt sie daher gehetzt.

»Mein Herz«, wird sie von ihrem Freund begrüßt. »Alles in Ordnung bei dir? Du klingst etwas gereizt.«

»Hallo, Alexander. Sorry, das Leihauto ist noch ungewohnt für mich, und ich musste erst mal checken, wie die Freisprechanlage funktioniert …«

»Ich hatte dir ja angeboten, mit dir zusammen am Wochenende nach Waidmannsthal zu fahren«, unterbricht er sie. »Aber du wolltest ja unbedingt heute schon los.«

»Mach dir keine Sorgen«, beschwichtigt sie ihn. »Ich krieg' das hin.«

»Bist du schon da?«

»Fast. Ich bin gut durchgekommen und werde gleich das Dorf erreichen.«

»Okay, das ist super«, freut er sich. »Ich muss jetzt leider zu einem Termin. Wir telefonieren später noch mal. Mach's gut, mein Herz!«

»Du auch«, erwidert Enni und legt auf.

Seit knapp zwei Jahren sind sie und Alexander nun das perfekte Paar. Beide sind sportlich, dunkelhaarig und haben blaue Augen. Da ihr Freund einen halben Kopf größer ist als Enni, fühlt sie sich bei seinen Umarmungen sehr geborgen und lehnt sich gerne an seine Schulter. Auch ihre berufliche Karriere in der Werbebranche haben beide bisher immer zielstrebig verfolgt. Alexander arbeitet für ein großes Marketingunternehmen und ist für die strategische Planung zuständig. Enni ist Grafikerin und hat sich vor wenigen Monaten selbstständig gemacht, was ihr Alexander anfangs auszureden versuchte. Doch mittlerweile hat er sich mit diesem neuen Konzept angefreundet, zumal Enni dadurch räumlich flexibler wurde.

Enni fährt den letzten Hügel hinunter, passiert einen verlassenen Einödhof, der etwas versteckt liegt und von dornigem Gestrüpp eingewachsen ist, und durchquert dann ein Waldstück. Kurz darauf öffnet sich vor ihr ein kleines Tal, und die letzten Sonnenstrahlen fallen von Westen her auf das kleine Dorf, dessen Häuser sich einen imaginären Flusslauf entlang reihen. Wahrscheinlich hat die Eiszeit dieses Tal vor langer Zeit geformt, und Menschen haben nach und nach dem umliegenden Wald die Fläche abgetrotzt, um dort Häuser zu bauen und Felder anzulegen, vermutet Enni. Ringsum ist der Ort jedenfalls von dichten Wäldern umgeben, und die Wipfel wiegen sich nun ganz sacht im Wind.

In Waidmannsthal gibt es 17 Straßen, ein Feuerwehrhaus, eine Kirche, neben der die 100-jährige Dorflinde steht, und das alte Schulhaus, in dem aber keine Kinder mehr unterrichtet werden und stattdessen sechs Wohnungen untergebracht sind. Dort leben zumeist alleinstehende Soldaten der US Army, die es sich leisten können, außerhalb des ans Dorf angrenzenden Truppenübungsplatzes zu wohnen. Angehörige der Army, die ihre Familien und Kinder mit nach Deutschland gebracht haben, leben etwas abseits des Ortes in einer extra für die Gäste aus Übersee errichteten Siedlung, und Enni staunte nicht schlecht, als sie diese letzten Sommer zufällig entdeckte. Vor den Häusern, die sich an der Straße aneinanderreihten wie gleichförmige Perlen an einer Kette, parkten dicke SUVs und andere, aufgeblasene Autos, die man in einem kleinen Dorf nicht vermuten würde. Enni fühlte sich damals ein bisschen wie in der Kulisse der Wisteria Lane aus der Serie *Desperate Housewives*.

Um den alten Dorfkern herum sind in den letzten Jahrzehnten einige Siedlungen entstanden, die sich links und rechts vom Tal in die hügelige Landschaft erstrecken. Viele der neueren Häuser haben keinen Keller, weil der Boden undurchlässig und felsig ist und jeder Meter in die Tiefe harte, schweißtreibende Arbeit bedeutet und der Natur nur mit viel Mühe abgerungen werden kann. Vermutlich gibt es deshalb auch verhältnismäßig viele Hochbeete in den Gärten der Dorfbewohner, da es leichter ist, das Gemüse dort zu kultivieren.

Der letzte Tante-Emma-Laden hat vor über zwei Jahrzehnten zugesperrt, Jahre vorher haben schon die zwei

Wirte aufgegeben und ihre Lokale dichtgemacht. Wichtige Besprechungen werden im Feuerwehrhaus abgehalten, dessen Mannschaftsraum locker für die immer weniger werdenden Interessierten ausreicht, die sich für die Dorfbelange einsetzen. Es gibt zwei aktive Vereine im Ort, den *Obst- und Gartenbauverein* und die *Freiwillige Feuerwehr*. Die Mitgliederzahlen bleiben erstaunlicherweise konstant, auch wenn sich immer weniger Dorfbewohner bei den Sitzungen blicken lassen.

Als die junge Frau von der Hauptstraße abbiegt, strahlt ihr das kleine Häuschen, ihr neues Zuhause, schon entgegen. Sie muss unweigerlich an ihre Großtante und die unbeschwerten Ferientage ihrer Kindheit denken, die sie hier zusammen verbracht haben. Damals war das Dorf für sie wie ein großer Abenteuerspielplatz, und Enni spürte, dass sie überall sicher war. Jeder im Dorf wusste, dass sie zu Monika gehörte, und hatte ein Auge auf sie. Im Dorf schaute jeder auf jeden. Das war damals so üblich. Und dennoch war Monika nicht Teil dieser natürlichen Gemeinschaft. Sie wurde geachtet und respektiert, stand jedoch immer ein wenig außerhalb.

Enni dachte damals, dass es vielleicht am Dialekt lag. Monika redete meist hochdeutsch, konnte sich aber auch jederzeit ihrem Gegenüber anpassen und bairisch sprechen. Sie war eine beliebte Lehrerin gewesen, und es kam häufig vor, dass ihr Kinder selbst gepflückte Blumen oder ein Stück Kuchen vorbeibrachten. Enni wurde dann etwas neidisch, weil sie zum einen selbst gerne eine solche Lehrerin gehabt hätte und zum anderen die Aufmerksamkeit ihrer Großtante nicht teilen wollte. Doch Monika schaffte es immer, allen ein gutes Gefühl zu geben. Sie lud die Kinder einfach in den Garten ein, und zusammen spielten sie dann *UNO* oder ein anderes Kartenspiel, bis es Abend wurde und die kleinen Besucher nach Hause mussten.

Enni fährt in die Seitenstraße ein und stellt kurz darauf den Motor ab. Das Erste, was ihr auffällt, als sie die Autotür öffnet, ist die absolute Stille, die sie umgibt. Doch bei genauerem Hinhören nimmt sie das Rauschen der nahen Bäume wahr. Hat sie dieses Geräusch jemals in München gehört?

Sie lädt zuerst die beiden Koffer aus und geht zum Briefkasten, der etwas windschief gleich neben der Straße steht. Als sie sich bückt, um nachzusehen, ob Post gekommen ist, fallen ihr die dunklen Haare ins Gesicht, und sie überlegt, wo sie die Haargummis verstaut hat.

Das Häuschen ihrer Großtante, das nun ihres geworden ist, erstrahlt nach dem neuen Anstrich weißer als wahrscheinlich je zuvor. Enni muss an die *Persil*-Werbung aus ihrer Kindheit denken, als sie nun darauf zugeht. Vielleicht hätte sie doch einen anderen Ton wählen sollen? Zumindest ist sie mit der Farbe der Fenstereinfassungen zufrieden. Der Maler hat exakt den Ton der Haustür getroffen, die in einem neutralen Anthrazit gehalten ist.

Sie stellt die beiden Koffer auf dem rohen Beton vor dem Eingang ab und sucht in ihrer Handtasche nach dem Schlüssel. Überall um sie herum liegen Blätter der alten Linde, die direkt vor dem Haus, aber auf Gemeindegrund steht. Die Großtante hat im Herbst immer einen großen Haufen aus den heruntergefallenen Blättern gemacht, in den Enni voller Freude gehüpft war. Auf sie wirkt der gewaltige Nachbar nun wie ein Wächter, der sich beschützend an der Zufahrt postiert hat, um ungebetene Gäste abzuwehren. Der Baum ist eine schöne Erinnerung an Monika und die gute Zeit, die Enni hier in den Ferien verbrachte. Jetzt, im November, hat die Linde ihr Blätterkleid fast verloren, und ihr Anblick ist nicht ganz so majestätisch wie im Frühjahr oder Sommer, doch wie immer wärmt ihr Anblick Ennis Herz.

Die Haustür ist zweimal abgesperrt, und Enni muss sich mit der Schulter kräftig dagegenstemmen, damit sie aufgeht. Der Monteur hat beim Einbau etwas von einem einbruchsicheren Mechanismus erwähnt und von Magneten, die die Tür automatisch ins Schloss ziehen. Enni dachte damals, dass eine einfachere Ausführung auch reichen würde, denn was gab es bei ihr und Alexander schon zu holen?

Dann endlich ist sie in ihrem neuen Heim angekommen. Sie stellt die beiden Koffer im Flur ab, geht in die Küche und blickt aus dem Fenster. Die Sonne ist gerade dabei, hinter dem Waldstück im Westen zu verschwinden, und lässt die ganze Umgebung in einem warmen Abendrot erstrahlen. Ihr wird klar, dass sie diesen Blick schmerzlich vermisst und sich gleichzeitig sehr darauf gefreut hat.

Enni setzt Wasser auf, holt die vom Umbau verbeulte Dose mit Kaffeepulver aus dem Küchenschrank und gibt drei Löffel davon in die *French Press*, die sie schon während der ganzen Renovierungszeit zuverlässig mit Kaffee versorgt hat. Nach wenigen Minuten gießt sie das kochende Wasser in die Kanne, drückt dann den Filter nach unten und nimmt die alte Kaffeetasse ihrer Großtante vom Regal. Sie gießt das dampfende Getränk ein, legt ihre kalten Finger um den Becher und geht wieder zurück zum Fenster. Die Sonne ist gerade im Begriff, hinter einem Hügel zu verschwinden, und für Enni gibt es in diesem Augenblick nichts anderes als die warme Tasse in ihren Händen, den Geruch von Kaffee in ihrer Nase und die flammenden Farben vor ihrem Fenster. Als die Sonne ganz verschwunden ist und Enni mit ihren Gedanken wieder zurück bei der Liste an Dingen, die sie heute noch erledigen will, spürt sie, wie kalt ihr ist.

Bei der Renovierung des Häuschens haben Alexander und sie sich für eine neue Heizungsanlage entschieden, die praktischerweise mit dem Internet verbunden ist und über das Handy gesteuert werden kann. Sie hätten nun ein *Smarthome*, hatte ihr Freund gewitzelt, als sie beide die Heizungs-App auf ihren Handys installierten. Nun holt sie ihr Telefon aus der Tasche und gibt den entsprechenden Befehl ein, um den Brenner einzuschalten und das Haus zu heizen. Das hätte ich auch schon vor meiner Abfahrt von München aus erledigen können, denkt sie. Dann wäre es jetzt schön warm, und ich müsste nicht frieren.

Sie sucht in ihrer Handtasche nach einem Haargummi, um endlich die störenden Haare aus dem Weg zu haben, findet aber nur ein runzeliges Gummiband, das für den Augenblick reichen muss.

Nachdem alle Kartons und ihre beiden Koffer auf die richtigen Zimmer verteilt sind, überprüft Enni, ob alle Möbelstücke angekommen sind. Das Bett, Kissen und Decken sind wie gewünscht im Schlafzimmer unter dem Dach. Es fehlt nur noch die Bettwäsche, die in einer Kiste daneben darauf wartet, ausgepackt zu werden, dann könnte sie sich hineinkuscheln. Aber noch hat sie einiges zu tun, bis sie in einen hoffentlich wohligen Schlummer sinken und die erste Nacht in ihrem eigenen Haus verbringen darf.

Neben dem Bett, an der Wand zum Badezimmer, steht der Holzschrank, der den Transport aber nicht so gut überstanden und an einem Seitenteil eine dicke Schramme hat. Enni ärgert sich ein wenig und fügt der Liste an Dingen, die sie in den nächsten Tagen erledigen muss, einen Anruf bei der Umzugsfirma hinzu. Sie macht mit dem Handy ein Foto des Schadens und geht in den angrenzenden Wohnbereich.

Dort haben sie die Holzdecke herausnehmen und das Zimmer bis zu den Dachbalken öffnen lassen. Das Raumgefühl ist herrlich. Die dadurch gewonnene Höhe lässt das Zimmer luftig und leicht wirken, und die dicken, grob gezimmerten Balken vermitteln gleichzeitig Wärme und Geborgenheit.

Sie muss plötzlich daran denken, wie sie sich früher immer mit Tobias im Dachboden versteckt hat. Der Junge war der einzige ihrer Spielkameraden aus dem Dorf, der sie nicht auslachte, weil sie hochdeutsch sprach. Was ist wohl aus ihm geworden? Während der Renovierung ist er ihr jedenfalls nicht über den Weg gelaufen, und Enni vermutet, dass er weggezogen ist.

Da fällt ihr ein, dass sie im Haus noch fast keine Deckenlampen installiert haben und es draußen schon so gut wie dunkel ist. Nur im Bad und in der Küche gibt es bereits Lampen. Sie blickt sich im Wohnzimmer um und findet die Stehlampe, die sie aus München mitgebracht hat. Für heute Abend muss diese als Lichtquelle im ersten Stock reichen. Enni stellt die chromfarbene Leuchte mit den beiden verstellbaren Milchglaseinsätzen mitten ins Zimmer und sucht nach einer passenden Steckdose. Dann rutscht sie die Lampe näher an die Wand, damit sie später nicht über das Kabel stolpert, und schaltet sie ein. Zusätzlich öffnet sie noch die Tür zum Bad und schaltet dort ebenfalls das Licht an, damit es heller wird.

Der viereckige Holztisch und die gepolsterten Stühle stehen schon fast an ihrem richtigen Platz, Enni rückt sie nur um wenige Zentimeter von der Dachschräge weg, damit man sich nicht den Kopf anschlägt, wenn man aufsteht. Das Bücherregal ist genau richtig platziert, und gleich daneben warten die vier Kisten mit Büchern darauf ausgepackt zu werden. Doch das hat noch Zeit. Im Großen und Ganzen ist Enni zufrieden und froh darüber, dass sie einen Plan gemacht und alles genau für die Umzugsfirma eingezeichnet hatte. Das erspart ihr nun die Mühe, sich mit falsch abgestellten Möbeln herumplagen zu müssen.

Gerade als sie nach unten gehen und nachsehen will, was sie heute Abend essen könnte, klingelt es an der Haustür. Enni schreckt zusammen. Das Geräusch ist noch ungewohnt für sie. Alexander hat darauf bestanden, einen neuen Türöffner mit Sprechanlagen einbauen zu lassen, damit er nicht immer nach unten laufen muss, wenn jemand klingelte. Der neue Klingelton hört sich anonym und fremd an, und Enni vermisst das durchdringende Geräusch der alten Glocke. Sie überlegt kurz, ob sie zur Sprechanlage gehen soll, entscheidet sich aber dagegen. Den ersten Besuch im Haus möchte Enni lieber selbst an der Haustür begrüßen.

Auf dem Weg nach unten stellt sie erleichtert fest, dass es langsam wärmer wird. Die Heizung funktioniert also, und da das Haus nicht allzu groß ist, wird es sicher bald richtig kuschelig sein. Im Erdgeschoss gibt es außer der Küche, deren Einrichtung sie von der Großtante übernommen haben, noch ein kleines Arbeitszimmer und ein Gästezimmer. Ein kurzer Blick in diese beiden Räume hat Enni bereits gezeigt, dass auch dort die Möbel richtig verteilt wurden, und einige Kisten darauf warten, ausgepackt zu werden. Im Keller gibt es einen Heizungsraum, einen Abstellraum und die frühere Waschküche. Dort würde Enni gerne eine Sauna einbauen lassen, doch Alexander ist strikt dagegen, da dies energietechnisch eine Katastrophe wäre und sie im Moment dafür kein Geld übrighaben. Grundsätzlich gibt sie ihm recht. Aber da sie ansonsten sehr darauf achtet, ihren ökologischen Fußabdruck so klein wie möglich zu halten, würde sie hier gerne eine Ausnahme machen.

Es geht um ihr persönliches Wohlergehen, und gedanklich sammelt sie bereits Argumente, wie sie ihr Vorhaben doch noch durchsetzen kann, sobald es auf dem Konto wieder besser aussieht.

Als Enni am Eingang angekommen ist, möchte sie die Tür schwungvoll öffnen und ihren ersten Besuch, wer auch immer es sein mag, freudig begrüßen. Doch schon wieder ist ihr der Magnet im Weg, und sie muss fest am Griff ziehen, damit sie aufmachen kann. Fast wäre ihr bei der Aktion die Tür aus der Hand gefallen und gegen die Wand geknallt, doch im letzten Moment kann Enni sie gerade noch festhalten. Zu ihrer Liste an Dingen, die sie unbedingt erledigen muss, fügt sie noch einen Baumarktbesuch hinzu, wo sie einen Türstopper besorgen will.

»Hoppla, das wäre beinahe schiefgegangen«, hört sie einen Mann mit leicht eingesunkenen Schultern sagen, dessen Umrisse sie dank der Straßenlaterne sehen kann, die ihn von schräg hinten anleuchtet. Aber da es am Haus noch keine Außenbeleuchtung gibt, liegt sein Gesicht im Schatten. Die Stimme kommt Enni zwar bekannt vor, sie kann sie im Augenblick aber nicht einordnen.

»Äh, ja«, stammelt sie und überlegt fieberhaft, wer da so unvermutet vor ihrer Tür stehen könnte. Während der Renovierung haben Alexander und sie ab und zu mit den Nachbarn gesprochen, die gerade in einem der angrenzenden Gärten zu tun hatten oder auf der Straße vorbeigekommen sind. Offiziell vorgestellt hat sich bei diesen Gelegenheiten niemand, sie haben nur ein wenig geplaudert. Enni hat sich vorgenommen, das zu ändern und während der nächsten Tage eine Begrüßungsrunde durch die Nachbarschaft zu machen, auch wenn ihr Gefühl sagt, dass das hier eigentlich nicht üblich ist.

»Ich habe gesehen, dass in der Küche Licht brennt und wollte fragen, ob ihr etwas braucht«, kommt es nun zurück. Keine Begrüßung, kein Hallo.

Enni hat sich wieder gefasst, streckt die Hand aus, um den Mann förmlich zu begrüßen und stellt sich vor: »Ich heiße Enni und bin heute eingezogen. Alexander, mein Freund, kommt am Wochenende nach.«

»Weiß ich schon. Ich bin Paul von nebenan. Wir haben uns bereits kennengelernt«, antwortet der Mann, drückt beim Händeschütteln fest zu und tritt dann näher an die Haustür heran. Das wenige Licht, das von der Küche in den Flur fällt, reicht aus, und Enni erkennt nun ihren Nachbarn wieder, mit dem sie im Sommer ab und zu von Garten zu Garten gesprochen hat. Er ist schon im Ruhestand, daran kann sie sich wieder erinnern. Mit seinen grauen Haaren und den Pantoffeln an den Füßen wäre es aber auch so leicht zu erraten.

»Hallo, Paul. Möchtest du reinkommen und dich umsehen?«, bietet sie freundlich an.

Pauls Blick fällt auf die fehlende Lampe im Flur, und er meint, er würde schnell Werkzeug holen und ihr dann helfen, einige Leuchten im Haus aufzuhängen, wenn sie dies möchte. Enni nickt nur, und schon ist der alte Mann auch wieder verschwunden. Unschlüssig bleibt sie einen Augenblick in der offenen Tür stehen, doch dann wird ihr kalt, sie lässt nur einen kleinen Spalt für Paul offen und geht in die Küche. Dort setzt sie Wasser auf, um Tee zu machen. Zwar steigt die Temperatur langsam, aber ihr ist immer noch ein wenig kalt.

Dann sucht sie in den Kisten im Arbeitszimmer nach einer Lampe, die in den Flur passen könnte, und geht zurück in die Küche, um den Tee aufzugießen. Kurz darauf ist Paul mit einem grauen Werkzeugkasten zurück und klopft, bevor er die Küche betritt.

»Da bin ich wieder. Wo soll ich anfangen?«

»Ich dachte mir, wir trinken vielleicht erst mal einen Tee zusammen?«

»Das können wir später machen. Zuerst die Arbeit, dann das Vergnügen«, gibt er zurück und zwinkert Enni dabei zu.

»Vielen Dank für deine Hilfe. Wenn du magst, kannst du diese Lampe im Flur aufhängen. Dann fällt es mir künftig leichter, meine Besucher zu erkennen«, antwortet sie und zeigt auf die Leuchte. Sie zwinkert nun ebenfalls, und das Eis zwischen ihnen ist gebrochen.

Eine Stunde lang arbeiten sie Hand in Hand. Enni hat während der Renovierung ab und zu mitgeholfen und einigen Handwerkern als Handlangerin gedient. Mittlerweile ist sie einigermaßen fit im Umgang mit Werkzeugen aller Art und legte sogar ihre Ehrfurcht vor Strom ab, weil der Elektriker ihr genau zeigte, auf was sie achten muss. Es wäre für sie also kein Problem, die Lampen selbst zu montieren und anzuschließen. Aber Pauls Angebot kam so unerwartet, dass sie gar nicht daran gedacht hat, es abzulehnen.

»So, fertig«, meint Paul, als alle Lampen im Erdgeschoss montiert sind. »Brauchst du sonst noch Hilfe?«

»Nein danke«, antwortet die junge Frau. »Du hast schon mehr als genug getan.«

»Ich helfe gerne. Für Monika habe ich auch kleinere Reparaturen erledigt. Im Gegenzug hat sie bei mir im Haus hin und wieder nach dem Rechten gesehen.«

»Echte Nachbarschaftshilfe.«

»Eher Hilfe unter Freunden.«

»Ich wusste gar nicht, dass ihr mehr als Nachbarn wart.«

»Das hat sich mit der Zeit so ergeben«, gibt der alte Mann

zurück. »Monika war ihr ganzes Leben lang eine selbstständige Frau und wollte meine Hilfe lange nicht annehmen. Aber mit dem Alter veränderte sich unser Verhältnis. Wir wurden nicht jünger und hatten beide irgendwann keine Familie mehr ...«

Dann bricht er ab und blickt Enni in die Augen, um zu sehen, ob er einen wunden Punkt bei ihr getroffen hat. Doch die junge Frau lässt sich nichts anmerken, verdrängt ihr schlechtes Gewissen und packt Pauls Werkzeug weg.

»So, und nun haben wir uns eine Tasse Tee verdient«, sagt sie dann munter, geht in die Küche und kocht noch einmal Tee, weil der andere kalt geworden ist.

Paul möchte noch etwas antworten, nickt dann aber zustimmend und folgt ihr.

»Mutig von dir, von München in dieses kleine Dorf zu ziehen«, eröffnet Paul das Gespräch, als sie anschließend mit dampfenden Tassen auf der Eckbank sitzen. »Deine Tante war sehr stolz auf dich und dein selbstbestimmtes Leben in der großen Stadt.«

»Großtante«, erwidert Enni.

»Was?«

»Ach, egal«, gibt sie zurück.

»Jedenfalls hat Monika oft von dir gesprochen«, meint Paul und rührt Zucker in seinen Tee.

»Wirklich? Das hätte ich nicht vermutet«, antwortet Enni verblüfft. »Ich dachte immer, sie hat kein Interesse an mir. Oder besser gesagt, hatte kein Interesse ...«

Paul blickt auf, nachdem Enni nicht weiterspricht. Dann widmet er sich wieder seinem Tee, rührt weiter in der Tasse und überlegt.

»Nein, das kann ich mir nicht vorstellen. Zumindest hat sie nie so was in der Richtung zu mir gesagt. Ich glaube,

Monika mochte die Vorstellung von dir als Stadtmensch, obwohl sie selbst in München nicht glücklich geworden wäre.«

»Das kann ich mir auch nicht vorstellen. Sie war ein Naturmensch. Kannte jede Blume und jeden Strauch und erklärte mir mit einer Engelsgeduld, welcher Vogel gerade im Busch vor dem Haus saß oder wie der Schmetterling hieß, dem ich hinterherjagte. Leider habe ich all das wieder vergessen. In München braucht man dieses Wissen nicht.«

»Warst du denn dort glücklich?«, will Paul plötzlich wissen.

»Gute Frage. Ich hatte ja keine Alternative, nachdem ich nicht mehr hierher zu Monika fahren konnte. Also war ich wohl glücklich. Aber als ich dann zum ersten Mal mit meinem Freund wieder im Dorf war und eine Ahnung davon bekam, wie wir hier leben könnten, war es um mich geschehen. Der Alltag in der Stadt engt einen auf so viele verschiedene Arten ein, und hier fühlt sich alles viel freier an.«

»Ja, da hast du vermutlich recht.«

»In der Stadt wird man oft nicht einmal von seinen Nachbarn gegrüßt. Und hier winkt einem jeder Autofahrer zu, auch wenn man gar nicht weiß, wer im Fahrzeug sitzt.«

»Scheint so, als ob dir das gefällt.«

»Ja, während des Umbaus habe ich zu schätzen gelernt, welche Vorteile es hat, in einem kleinen Ort zu leben, wo sich die Menschen noch wirklich kennen und auf Augenhöhe begegnen.«

»Vielleicht vermutete Monika, dass es so sein würde. Sie hat dir das Haus ja ganz bewusst vererbt.«

»Ja, das war wirklich komisch damals. Meine Eltern konnten gar nicht glauben, dass ich die Erbin sein sollte. Und nun sind sie auch nicht mehr da …«

Enni stockt erneut und ringt um Worte. Doch Paul lenkt geschickt auf ein anderes Thema über.

»Ihr habt hier alles ganz schön umgekrempelt. Es freut mich aber sehr zu sehen, dass ihr die Seele des Hauses erhalten habt.«

»Meinst du die Küche?«, fragt Enni und blickt sich um. Der Boden ist im Schachbrettmuster gefliest, die Wände sind beigefarben getüncht, und kurz unter der Decke verläuft eine altmodische Borte in dunklem Rot. An der einen Wand steht ein altes Küchenbuffet, das abgebeizt und neu geölt wurde. An der anderen Wand sind eine Emailspüle und ein alter Holzofen mit Backröhre zu finden, der zusätzlich über zwei elektrische Platten verfügt, in der Ecke steht ein neuer, beigefarbener Kühlschrank im Retrodesign. Schräg gegenüber ist eine Eckbank zu finden, auf der sich die beiden niedergelassen haben, ein Holztisch und zwei Stühle stehen davor. In diesem Raum haben Alexander und Enni so gut wie nichts verändert, nur die Möbel etwas aufgehübscht und alles gründlich gereinigt. Sogar die alten Tischdecken haben sie behalten und vorerst im Schrank verstaut.

»Du hast recht. Die Küche ist wirklich der gemütlichste Raum im Haus. Deshalb haben wir auch beschlossen, alles soweit wie möglich beim Alten zu belassen und nur ganz wenige Dinge auszutauschen.«

»Den Kühlschrank zum Beispiel«, ergänzt Paul.

»Ja, der alte war ja wirklich nicht mehr zu gebrauchen. Der hat eher geheizt, als gekühlt«, lacht Enni.

»Was ist eigentlich aus Monikas Sachen geworden? Habt ihr sonst noch etwas aufgehoben?«

»Irgendwo müsste noch eine Kiste mit ihren persönlichen Dingen sein. Meinst du etwas Bestimmtes?«

»Nein«, antwortet der alte Mann schnell. »Ich dachte nur,

das Haus war ja voll mit ihren Möbeln, Bildern, Büchern und Fotos.«

»Ich kann dir bei Gelegenheit die Sachen zeigen, die wir aufgehoben haben. Allerdings habe ich gerade den Überblick verloren, wo wir sie hin gepackt haben …«

»Lass mal«, unterbricht Paul sie. »Es ist nicht wichtig.«

Eine Weile sitzen sie beide nur da und schauen auf ihre Teetassen.

»Waidmannsthal ist gar nicht so langweilig, wie du vielleicht denkst«, meint Paul in die Stille hinein. »Früher gab es hier regelmäßig Schlägereien zwischen amerikanischen Soldaten und den Burschen aus dem Dorf. Damals war hier ein legendärer Klub, der bei den GIs sehr beliebt war. Er hieß *Die schwarze Katze*. Es geht immer noch das Gerücht um, dass Elvis Presley sich hier auch geprügelt hat.«

»Nie und nimmer!«

»Doch, das stimmt wirklich! Hat Monika dir nichts davon erzählt?«

»Monika? Was hat sie damit zu tun?«

»Sie war doch Lehrerin. Und eine Zeit lang hat sie für die Amerikaner gedolmetscht. In der Zeit, als Elvis in Grafenwöhr stationiert war, hat sie ab und zu für die Armee übersetzt.«

»Wirklich? Das wusste ich gar nicht«, erwidert Enni. »Hat sie auch für Elvis gedolmetscht?«

»Na klar! Er war ganz vernarrt in deine Tante und wollte keine andere Übersetzerin.«

»Jetzt übertreibst du aber.«

»Was glaubst du, wieso er sich in der *Schwarzen Katze* geprügelt hat? Wegen Monika!«

»Nie im Leben!«, ruft Enni nun ungläubig. »Du schwindelst mich an!«

»Wenn du meinst«, antwortet Paul, und seine Augen leuchten. »Ich glaube, es gibt so einiges über deine Tante, das dich überraschen würde.«

Damit steht er abrupt auf, sucht sein Werkzeug zusammen und verabschiedet sich mit einem Nicken. An die etwas raue und gleichzeitig herzliche Art der Menschen hier werde ich mich wohl erst gewöhnen müssen, überlegt Enni, als sie alle Lichter löscht und nach oben geht. Der Tag war lang, und obwohl ihr Magen knurrt, will sie nur noch ins Bett. Kurz bevor ihr die Augen zufallen, fragt sie sich noch, was sie in ihrer ersten Nacht im neuen Haus wohl träumen wird. Die Geschichte mit Elvis hat sie dabei längst wieder vergessen.

Schon bevor der Wecker klingelt, ist Enni wach. Sie liegt noch mit geschlossenen Augen da und versucht, den Raum um sich herum zu erspüren. Ob sie etwas geträumt hat, weiß sie nicht mehr. Wohl aber, dass sie nicht in München, sondern in ihrem eigenen Haus aufgewacht ist. Wie schon gestern bei ihrer Ankunft irritiert sie die Stille. Vor dem Schlafengehen hat sie noch ihr Fenster gekippt, doch auch draußen ist alles ruhig. Bevor sie die Augen öffnet, versucht sie, sich den Raum vorzustellen, in dem sie liegt, die Lage des Fensters zu erahnen, die Neigung der Dachschräge, die Himmelsrichtung, in die ihre Beine zeigen. Enni kommt vollkommen zur Ruhe und fragt sich, ob sie den Zustand erreicht hat, von dem ihre Meditationslehrerin in München immer gesprochen hat. In die eigene Mitte kommen.

Dann endlich macht sie die Augen auf und stellt verblüfft fest, dass sie mit ihren Vorstellungen falschlag. Das Fenster befindet sich viel weiter links, die Tür ein Stückchen weiter rechts, und die Neigung des Daches ist viel flacher, als sie gedacht hat. Einzig die Himmelsrichtung stimmt. Ihre Füße zeigen nach Norden, und wenn sie den Kopf nach rechts dreht, kann sie durch das Fenster bereits die Sonne erahnen, die noch hinter den Baumwipfeln schlummert, aber ihre Ankunft bereits durch einen hellen Schleier über dem dunklen Wald ankündigt.

Sie tappt ins Bad und stellt dort freudig fest, dass die Fußbodenheizung den kleinen Raum bereits gut aufgewärmt hat. Enni genießt es, mit den nackten Füßen über die warmen Fliesen zu laufen, und würde gerne noch länger dort verweilen und sich eine ausgiebige Morgentoilette gönnen, aber es ist noch so viel zu tun im Haus, und deshalb verschiebt sie das Verwöhnprogramm auf den Abend. Zähneputzen und Haare zum Dutt binden müssen reichen. Zurück im Schlafzimmer zieht sie die Klamotten von gestern an und sucht im Koffer nach dicken Wollsocken. Leider gibt es den Luxus einer Fußbodenheizung nur im komplett neu sanierten Bad, der Rest des Hauses wird nach wie vor über Heizkörper vorsorgt, die unter den Fenstern angebracht sind. Dann steckt sie ihr Handy in die Hosentasche und geht in die Küche, um Kaffee zu kochen und zu frühstücken. Nachdem sie gestern das Abendessen ausfallen ließ, ist der Hunger nicht mehr zu ignorieren. Aus München hat sie Müsli, Milch, Brot und Marmelade mitgebracht und freut sich nun auf ihr Frühstück. Während das Wasser kocht, schaltet sie den Flugmodus ihres Handys aus, und sofort erscheinen drei Nachrichten von Alexander. Sie hat gestern einfach vergessen, sich bei ihm zu melden. Obwohl es noch ein bisschen früh ist, ruft sie ihn sofort zurück. Dazu muss sie allerdings noch mal nach oben ins Badezimmer gehen. Das ist der einzige Ort im Haus, an dem sie Empfang hat. Der Telefonanbieter hat es noch nicht geschafft, den neuen Router wie versprochen zu liefern, und deshalb gibt es im Haus auch noch kein WLAN.

»Enni? Ist etwas passiert?«, begrüßt er sie etwas verschlafen.

»Nein, alles gut. Tut mir leid, dass ich mich jetzt erst melde. Ich hatte gestern im Haus so viel zu tun und bekam später dann auch noch Besuch. Da habe ich total vergessen, mich bei dir zu melden«, gibt sie kleinlaut zurück.

»Schon in Ordnung. Ich dachte mir, dass du viel um die Ohren hast. Wer war denn bei dir?«

Alexander stellt seine Frage in einem ganz neutralen Ton. Dennoch hat Enni den Verdacht, dass er vielleicht ein kleines bisschen argwöhnisch ist. Sie schmunzelt.

»Paul, der ältere Mann von nebenan, hat mir geholfen, einige Lampen zu montieren«, antwortet sie. »Wir haben noch ein wenig über meine Großtante gesprochen, und danach bin ich todmüde ins Bett gefallen.«

»Hast du gut geschlafen?«

Alexanders Ton ist nun einfühlsamer als zuvor, und Enni fühlt sich auch über die vielen Kilometer hinweg stark mit ihm verbunden. Sie freut sich darauf, dass er in wenigen Tagen hier sein wird.

»Ja. Es war wunderbar. So tief und fest habe ich seit Jahren nicht mehr geschlafen. Auch wenn es klingt, wie ein Klischee: Die Landluft tut mir gut. Und die Stille auch.«

»Das freut mich sehr für dich. Hast du heute viel vor?«

»Die Liste an Dingen, die ich erledigen muss, wächst und wächst. Aber keine Sorge, bis du kommst, wird hier alles so schön sein, dass du gar nicht mehr zurück nach München willst.«

»Darauf freue ich mich schon. Holst du mich am Freitag vom Bahnhof ab?«

»Ja klar. Bis Freitag. Ich liebe dich!«
»Ich dich auch.«

Nachdem Enni den ganzen Tag Kisten ausgepackt, Sachen weggeräumt und Möbel verrückt hat, macht sie am frühen Nachmittag eine Pause. Ihr Magen knurrt, und sie überlegt, ob sie die Packung Nudeln kochen soll, die sie aus München mitgebracht hat. Doch ihre erste richtige Mahlzeit im neuen Zuhause sollen nicht Nudeln mit Pesto sein. Daher beschließt sie, in den nächsten Ort zu fahren, um einzukaufen und den Kühlschrank zu füllen. Es gibt dort auch einen Baumarkt, den sie während des Umbaus hin und wieder aufgesucht hat, und sie überlegt, ob es noch etwas anderes als den Türstopper zu besorgen gibt. Ihr fällt ein, dass noch ein Badvorleger, ein Zahnputzbecher und ein kleiner Abfalleimer fehlen.

Enni schnappt sich eine leer geräumte Klappkiste, ihren Geldbeutel und die Schlüssel und verlässt das Haus. Die Straße ist menschenleer, und sie überlegt, ob sie die Einzige ist, die um diese Tageszeit zu Hause ist. Autos sind auch keine zu sehen, und daher vermutet sie, dass die meisten Anwohner auswärts arbeiten. Doch dann denkt sie wieder an ihre Begegnung mit Paul gestern Abend, der in seinem Alter sicher nicht mehr berufstätig ist. Vielleicht sollte sie ihm ein kleines Dankeschön mitbringen? Sie nimmt sich vor, Pralinen zu kaufen und ihm nachher vorbeizubringen. Dann steigt sie ins Leihauto und fährt los.

Die Strecke, die in den nächstgrößeren Ort führt, kennt sie ganz gut, da sie dort während der Renovierung oft etwas zu essen geholt hat. Der Weg dorthin führt sie in ein Waldstück, durch das sich die Straße in engen Kurven eine kleine Anhöhe hinaufwindet. Wie immer, wenn sie an dieser Stelle vorbeikommt, irritieren sie die Schilder, die rechter Hand der Straße aufgestellt sind. Alle 100 Meter ist dort auf Englisch und auf Deutsch zu lesen: »Caution, Danger for Life« und »Vorsicht, Lebensgefahr«. Prompt bekommt Enni eine Gänsehaut. Obwohl sie weiß, dass ihr nichts Schlimmes geschehen wird, selbst wenn sie vom Weg abkommt, lassen die Warnschilder alle Alarmglocken in ihrem Kopf läuten. Denn das Gebiet, das rechts der Straße liegt, gehört zum Truppenübungsplatz und wird von der US-Armee verwaltet. Dort finden regelmäßig Übungen statt, wie Enni schon seit Kindheitstagen weiß. Während ihrer Ferienbesuche bei ihrer Großtante waren diese Übungen durchaus auch zu hören und teilweise auch zu sehen gewesen. Schüsse, Tiefflieger, Hubschrauber und Panzer gehörten damals fast zum Tagesgeschehen. Mittlerweile werden die Trainingseinheiten mit zumeist lautlos operierenden Waffensystemen durchgeführt, was die Lärmbelästigung erheblich reduzierte, wie Enni während der letzten Monate selbst feststellen konnte. Dennoch gruselt sie die Vorstellung, dass nur wenige 100 Meter entfernt Soldaten im Dickicht liegen, und sie im Visier haben könnten.

Sie gibt Gas, um das militärische Übungsgelände so schnell wie möglich hinter sich zu lassen. Kurz darauf öffnet sich der Wald, und vor ihr breitet sich ein großflächiges Tal aus. Im Westen kann sie die Kirchturmspitze eines weiteren Dorfs erkennen, dessen Namen sie im Augenblick nicht parat hat. Links von ihr funkeln Hunderte von Solarpaneelen in der tief stehenden Nachmittagssonne und nehmen die letzten Strahlen auf, um sie in Strom umzuwandeln. Wenn sie Richtung Süden blickt, kann sie am Horizont etwa ein halbes Dutzend Windräder ausmachen, deren Propeller sich träge drehen. Zumindest die Energiewende scheint hier angekommen zu sein, freut sich Enni. Hoffentlich kriegen die den Ausbau der digitalen Infrastruktur auch bald hin, hofft sie.

Die Felder ringsherum sind abgeerntet und liegen brach. Auf einer Koppel stehen drei oder vier Pferde eng beisammen, und ein Habicht zieht am Himmel einsam seine Runden. Sie kommt an einer Reihe uralter windschiefer Birken vorbei, deren Zweige sich sanft im Wind wiegen. Diese Baumreihe kennt sie noch von früher. Damals waren die Birken auch schon riesig, und sie freut sich, dass sie immer noch dort stehen. Enni registriert all diese Dinge und fragt sich, wieso ihr solche Details in der Stadt nicht aufgefallen sind.

Die Straße führt sie weiter in groß geschwungenen Kurven durch eine wunderbare Landschaft von still daliegenden Feldern, die durch Hecken oder vereinzelt stehende Bäume voneinander getrennt werden. Sie freut sich schon jetzt auf das Frühjahr und den Sommer, wenn alles zu blühen und zu sprießen beginnt und neues Leben hervorbringen wird. In München hat sie den Wechsel der Jahreszeiten oft nur deshalb wahrgenommen, weil die Biergärten öffneten, das Oktoberfest unzählige feierwütige Menschen in die Stadt spülte oder Christbäume die Innenstadt schmückten.

Außerhalb des Städtchens, das sie ansteuert, liegt ein kleines Gewerbegebiet, und es bietet Enni alles, was sie im Augenblick braucht. Dort findet sie einen Baumarkt, einen Supermarkt und sogar ein Möbelhaus, auf das sie zurückgreifen kann, sollte ihr einrichtungstechnisch noch etwas fehlen. Doch heute steht nur ein Besuch des Super- und des Baumarkts auf dem Programm. Bevor sie Lebensmittel einkauft, geht Enni in den Baumarkt und fragt eine Mitarbeiterin gleich beim Eingang nach Türstoppern. Sie hat keine Lust, länger als nötig hier zu bleiben. Sie findet das richtige Regal und auch einen passenden Türstopper und geht weiter zu dem Gang, in dem Sanitärausstattung angeboten werden. Hier dauert es etwas länger, bis sie einen grauen Badevorleger und einen cremefarbenen Abfalleimer mit passendem Zahnputzbecher gefunden hat. Sie klemmt sich den kleinen Teppich unter die Arme, packt Zahnputzbecher und Türstopper in den Abfalleimer und macht sich auf den Weg zur Kasse. Gedankenverloren läuft sie um die Ecke und prallt mit jemandem zusammen.

»Hey, pass doch auf!«, ruft sie empört.

»Pass doch selber auf«, kommt es ungehalten von einem Mann zurück, der ungefähr in ihrem Alter sein muss. Er trägt Jeans, Turnschuhe, ein dunkles T-Shirt und darüber eine Kapuzenjacke, und obwohl sein Kleidungsstil sehr leger ist, wirkt es doch so, als ob er viel Zeit und Geld darin investiert hätte.

Zum Glück hat sie sich nicht wehgetan und es ist auch nichts zu Boden gefallen. Im Grunde hat sich Enni nur erschrocken und ist deshalb so unfreundlich. Dass sie hungrig ist, macht die Sache natürlich nicht besser.

Sie will schon weiter zur Kasse hetzen, bleibt aber doch noch einen Moment stehen und sieht sich den Mann, dem sie gerade in die Arme gelaufen ist, noch mal näher an.

»Sag mal, wir kennen uns doch. Oder?«

Die Frage ist Enni so rausgerutscht. Eigentlich ist sie überhaupt nicht der Typ, der andere so ohne Weiteres anspricht. Doch die braunen Augen, das helle Haar, das kantige Kinn und das markante Muttermal auf seiner rechten Wange sind ihr so vertraut, dass sie nicht anders kann.

»Bist du nicht Tobias?«

»Ja, bin ich.« Sein Tonfall ist nicht mehr ruppig, sondern klingt jetzt interessiert. »Und du bist entweder Hellseherin, oder ich bin ziemlich vergesslich, was ich sehr bedauern würde«, gibt er mit einem Grinsen zurück. »Ich hoffe, Ersteres ist der Fall.«

Der Mann schaut sie nun erwartungsvoll an. Enni, die mit ihren knapp ein Meter 70 um einen Kopf kleiner als ihr Gegenüber ist, hält den Blick fest auf die warmen braunen Augen gerichtet und bekommt Spaß daran, ihn noch ein wenig zappeln zu lassen.

»Nein, definitiv nicht. Ich verdiene mein Geld als freiberufliche Grafikdesignerin und nicht im Zirkus als Hellseherin. Sorry.«

»Dann hatten wir wohl eher ein kurzes Vergnügen miteinander, sonst würde ich mich sicher erinnern …«, versucht er nun, sich aus der Affäre zu ziehen, und seine Wangen leuchten hellrot auf.

»Diese Art von Vergnügen hatten wir definitiv nicht«, lacht Enni und zwinkert ihm zu. »Ich bin Enni. Wir haben als Kinder zusammen auf dem Dachboden meiner Großtante gespielt.«

»Du bist Enni?«, fragt er nun anerkennend und schaut sie von oben bis unten an. »Du bist ziemlich groß geworden.«

»Das kann ich nur zurückgeben. Aber seit wir uns das letzte Mal gesehen haben, sind mehr als 20 Jahre vergangen. Es wäre ziemlich doof, wenn wir beide immer noch die Dreikäsehochs von damals wären.«

Nun müssen beide lachen. Dann fällt Tobias' Blick auf die Sachen, die Enni in ihren Armen hält.

»Wohnst du hier? Ich dachte, du lebst in München.«

»Bis gestern war das auch so. Vor einem halben Jahr habe ich mich dazu entschlossen, aufs Land in das Haus meiner Großtante zu ziehen.«

»Stimmt, du hast ja Monikas Haus geerbt. Ich hätte vermutet, du verkaufst das alte Ding und lässt dich nie mehr hier blicken.«

»Wie kommst du denn darauf?«, fragt Enni, runzelt die Stirn, und das Lächeln verschwindet von ihrem Gesicht.

»Na ja, du warst jahrelang nicht mehr im Dorf, oder?«, entgegnet Tobias und lehnt sich lässig gegen ein Regal. »Es wurde gemunkelt, dass Monikas Haus renoviert und dann verkauft wird. Damit könnte man sicher viel Geld verdienen.«

»Jetzt bin ich aber wieder da«, stellt die junge Frau knapp fest. »Und verkauft wird hier gar nichts.«

»Das freut mich zu hören«, meint Tobias, zwinkert ihr zu und lässt sich von Ennis abwehrender Haltung nicht abschrecken. »Schön, dass wir jetzt quasi Nachbarn sind.«

Seine lockere Art verfehlt seine Wirkung nicht, Enni entspannt sich wieder und fragt: »Und du? Bist du von hier weggegangen?«

»Ja. Ich meine nein. Also, ich war eine Zeit lang weg, bin aber wieder zurückgekommen. Die Stadt war nichts für mich …«

»Das kann ich gut verstehen. Mich hat das Leben dort auch immer mehr genervt. Nun freue ich mich darauf, das ruhige Landleben zu genießen.«

»Ruhig wird es ganz bestimmt«, lacht Tobias. »Aber mal Spaß beiseite. Man fühlt sich hier nicht so ausgeschlossen wie in einer großen Stadt. Man ist mehr bei sich, ohne sich ständig zu vergleichen. Das hilft ungemein, um entspannter zu leben.«

»So habe ich das noch gar nicht gesehen«, antwortet Enni.

»Auf der anderen Seite wirst du es als Grafikdesignerin hier nicht einfach haben. Es gibt nicht so viele Firmen, denen du deine Arbeit anbieten könntest.«

»Das muss ich auch nicht. Ich kann für meine Kunden von Waidmannsthal aus arbeiten. Denen ist es egal, wo ich sitze. Hauptsache ich liefere die Sachen rechtzeitig. Aber für den Umzug habe ich mir eine kleine Auszeit genommen. Ich möchte das Haus noch fertig einrichten und richtig hier ankommen, bevor ich mich wieder an die Arbeit mache.«

»Hört sich klasse an. Hoffentlich fällt dir nicht irgendwann die Decke auf den Kopf. Du warst in München sicher viel Trubel gewohnt. Bei uns geht es eher gemächlich zu. Aber zur Not kannst du dich bei mir melden. Ich vertreibe mir gerne die Zeit mit dir zusammen.«

Nun wird Enni rot und blickt verlegen zu Boden.

»Ähm, ja. Alexander, mein Freund, kommt am Wochenende hierher. Wir wohnen quasi zusammen im Haus meiner Großtante. Also in meinem Haus …«

»Melde dich trotzdem bei mir, wenn dir langweilig wird oder du irgendwas brauchst. Unter Nachbarn hilft man sich immer gerne.«

Er holt eine Visitenkarte aus seinem Geldbeutel und gibt sie Enni.

»Meine Nummer steht drauf. Bin quasi Tag und Nacht zu erreichen«, sagt er grinsend, dreht sich um und verschwindet zwischen den Regalen.

Zurück im Haus muss Enni zweimal hin und her laufen, um alle Einkäufe auszuladen. Dabei fällt ihr auf, dass etwas im Briefkasten steckt. Sie sucht nach dem Schlüssel an ihrem Bund und holt die Benachrichtigungskarte eines Paketdienstes raus. Eine Sendung ihres Telefonanbieters wurde bei den Nachbarn abgegeben. Sie nimmt sich vor, morgen dort zu klingeln und sich bei der Gelegenheit auch gleich vorzustellen. Dann schließt sie das Auto ab, geht hinein und beginnt, die Lebensmittel in den alten Küchenschränken und im neuen Kühlschrank zu verstauen. Anschließend bringt sie die anderen Sachen ins Bad und freut sich schon darauf, nach dem Essen die neue Dusche auszuprobieren. Erst beim Blick in den Spiegel fällt ihr wieder ein, wie nachlässig sie gekleidet ist und wie zerrupft ihre Frisur aussieht. Einige Strähnen ihrer dunklen glatten Haare haben sich aus dem Dutt gelöst, und ihre Klamotten gehören in die Waschmaschine. Klar, dass Tobias sie nicht erkannt hat. Sie könnte glatt eine Landstreicherin sein und nicht eine Grafikdesignerin aus München. Aber diesen Gedanken verdrängt Enni schnell wieder. Sie ist aufs Land gekommen, um genau diesen Ansprüchen nach Perfektion nicht mehr gerecht werden zu müssen. In München wäre sie niemals in diesem bereits zum zweiten Mal getragenen Outfit und mit dieser Frisur aus dem Haus gegangen. Maximal beim Putzen hätte man sie so angetroffen.

Zurück in der Küche sucht sie nach schöner Musik und beginnt, Gemüse und Tofu für ein Curry zu schneiden. Als alles im Wok köchelt, stellt sie noch einen Topf mit Reis auf den Herd und macht eine Flasche Rotwein auf. Dann legt sie eine von Monikas Tischdecken auf, deckt den Tisch mit dem alten Goldrandporzellan ihrer Großtante, macht Kerzen an und blickt sich um. Der Tag war so schnell verfolgen, dass sie gar keine Zeit hatte, sich einsam zu fühlen. Nun kommt Enni zum ersten Mal, seit sie gestern hier angekommen ist, zur Ruhe. Draußen ist es mittlerweile dunkel geworden, und sie kann nur noch erahnen, wie sich die Baumwipfel vor ihrem Fenster im Wind hin und her wiegen.

Nach dem Essen schaut Enni auf ihre Liste mit Dingen, die sie noch erledigen möchte, bevor Alexander kommt. Dafür hat sie morgen noch den ganzen Tag und Freitagvormittag Zeit. Als sie nach oben gehen will, um sich endlich das Verwöhnprogramm in ihrem neuen Badezimmer zu gönnen, fällt ihr Blick auf Tobias' Visitenkarte, die sie auf dem alten Küchenbuffet liegen gelassen hat. Enni nimmt sie zur Hand, weiß aber nicht recht, was sie damit anfangen soll. Sie könnte seine Nummer in ihrem Handy abspeichern und dann nach seinem Profilbild bei einem Nachrichtendienst suchen. Oder sie könnte ihre Social Media Apps nach ihm durchforsten. Doch dann legt sie die Karte wieder zurück und löscht das Licht. Im Augenblick genügt ihr, was sie von ihm weiß. Tobias wohnt in der Nähe, ist Landschaftsarchitekt, und sie hat ein gutes Gefühl bei dem Gedanken, dass sie sich jederzeit bei ihm melden kann.

»Guten Morgen, du Schlafmütze!«, tönt es ihr gut gelaunt, doch etwas abgehackt entgegen, als sie es endlich geschafft hat, den Anruf anzunehmen. Es dauert einen Moment, bis sie sich in ihrem Bett orientieren kann und weiß, wo sie ist. Dann rappelt Enni sich mühsam auf und geht ins Badezimmer, um besseren Empfang zu haben.

»Morgen«, murmelt sie und wirft einen Blick in den Spiegel. Das gestrige Verwöhnprogramm hat nicht wirklich viel gebracht, ihre dunklen Augen sind zu Schlitzen geschrumpft, die Haare sind verstrubbelt, und ihre Gesichtsfarbe passt sich den hellen Wandfliesen an. Enni hockt sich kurzerhand auf den Boden, freut sich über die angenehme Wärme und lehnt sich gegen die Tür.

»Alles in Ordnung bei dir?«, fragt Alexander besorgt.

»Ja, solange ich nicht in den Spiegel schaue«, antwortet sie und wechselt sofort das Thema. »Sorry, ich konnte gestern lange nicht einschlafen und bin gefühlt erst im Morgengrauen endlich weggedämmert. Gut, dass du mich geweckt hast. Ich habe heute und morgen noch so viel zu erledigen.«

»Soll ich vielleicht schon eher kommen und dir helfen? Ich könnte heute Abend den letzten Zug nehmen. Du müsstest mich dann allerdings um Mitternacht am Bahnhof abholen.«

»Nein, lass mal. Wir machen es wie abgesprochen. Bleib du in München und geh mit deinen Kunden wie geplant heute Abend essen. Morgen früh setzt du dich in den Zug, und ich hole dich vom Bahnhof ab.«

»Wenn du meinst, dann machen wir es so.«

»Sind die beiden Untermieter schon eingezogen?«

»Nein, die wollen am Sonntag kommen. Ich muss um 20 Uhr wieder in München sein, um ihnen alles zu zeigen.«

»Echt? Das ist ja blöd. Ich dachte, du bleibst länger hier.«

»Sorry, es ging nicht anders. Aber bald ist Weihnachten, und dann kann ich zwei Wochen am Stück mit dir zusammen im Haus sein. Darauf freue ich mich jetzt schon!«

»Okay«, gibt Enni widerwillig zurück. »Aber dann kaufen wir den größten Weihnachtsbaum, den wir finden können, und schmücken alles ganz festlich.«

»Oder wir klauen eine Tanne aus dem Wald. Macht man das nicht so auf dem Dorf?«

»Keine Ahnung. Ich kann ja mal Paul fragen.«

»Wer war noch mal Paul?«

»Unser Nachbar.«

»Ja, stimmt. Aber wenn du vorher fragst, macht es keinen Spaß mehr.«

»Und wenn ich es mir mit den Dorfbewohnern verscherze, dann habe *ich* garantiert keinen Spaß mehr …«

»Hey, das war doch gar nicht ernst gemeint. Bleib mal locker.«

»Ja, sorry. Ich muss wohl erst richtig wach werden. Wollen wir später noch mal telefonieren?«

»Klar, gerne. Ich melde mich in meiner Mittagspause bei dir. In Ordnung?«

»Danke. Bis später! Mach's gut.«

»Du auch«, hört Enni gerade noch und drückt den Anruf dann weg.

Sie lässt den Kopf zwischen die Knie sinken und überlegt, wieso sie so mies drauf ist, kann sich aber nicht erinnern, etwas Schlechtes geträumt zu haben. Um nicht weiter in Trübsal zu versinken, beschließt sie, in Ruhe zu duschen und wieder einen passabel aussehenden Menschen aus sich zu machen.

Der erneute Blick in den Spiegel stimmt sie schon besser. Sie hat Jeans und einen ihrer Lieblingspullis angezogen, die Haare geföhnt und die getönte Tagescreme aufgetragen. Dann gönnt sich Enni noch ein paar Spritzer ihres Parfüms, das nach Zitronenverbene duftet, streicht sich den Pony glatt und nimmt erneut ihr Telefon zur Hand. Bevor sie unten frühstückt, möchte sie noch die ausstehenden Anrufe erledigen, da sie unten keinen Empfang hat.

Nach getaner Arbeit ist Enni zufrieden. Die Umzugsfirma wird ihr ein Formular mailen, das sie ausfüllen und mit einigen Fotos der Schäden zurückschicken soll. Der Handwerker hat versprochen, am späten Nachmittag zu kommen, um die Haustür einzustellen. Ennis Laune ist deutlich besser, und sie überlegt, was heute noch zu tun ist. Sie beschließt, nach dem Frühstück den Router abzuholen, sich bei den Nachbarn vorzustellen und Paul die Pralinen vorbeizubringen, die sie gestern beim Einkaufen besorgt hat. Beim Runtergehen probiert sie verschiedene Vorstellungsvarianten aus und überlegt, ob sich im Dorf alle duzen.

Nach ihrer kleinen Tour durch die Nachbarschaft ist Enni aufgedreht. Zuerst hat sie bei Paul geklingelt und ihm an der Haustür die Pralinen überreicht. Der alte Mann freute sehr darüber und lud sie auf einen Kaffee ein. Sein Haus ist baugleich wie ihres, nur ganz anders eingerichtet. Die meisten Möbel und auch die Türen sind mit dunklem Holz furniert, und die schweren dunklen Gardinen lassen nur wenig Licht ein. Auch die Rahmen der Holzfenster sind dunkel lasiert und bekommen vermutlich jedes Jahr einen neuen Anstrich. Trotzdem merkt man sofort, dass Pauls Frau schon seit einigen Jahren tot ist. Überall sieht es auf den ersten Blick sauber und aufgeräumt aus. Doch der Teppichvorleger im Flur ist schon etwas abgenutzt, und die Gardinen in der Küche sind in die Jahre gekommen. Wahrscheinlich hat Paul einfach keinen Sinn dafür, diese Dinge zu erneuern, oder er möchte im Haus nichts verändern. Jedenfalls unterhielten sie sich nett, und er bot ihr erneut seine Hilfe an, wenn sie mit irgendetwas nicht zurechtkäme. Über die Großtante haben sie diesmal nicht gesprochen.

Die Nachbarin auf der anderen Seite von Ennis Haus ist wesentlich jünger als Paul, aber trotzdem mindestens zehn oder 15 Jahre älter als sie selbst. Das Haus ist wohl vor einigen Jahren renoviert worden. Zwei Dachgauben zeigen in Richtung Westen und lassen vermuten, dass dort, wo bei Enni nur ein kleiner Spitzboden ist, weiterer Wohnraum vorhanden ist, und die relativ neuen weißen Kunststofffenster lassen das Haus irgendwie freundlicher wirken. Christa, hat heute frei, ihr Mann Udo ist schon im Morgengrauen losgefahren und arbeitet bei einem Sicherheitsdienst auf dem Truppenübungsplatz. Sie hätte Enni gerne auf einen Kaffee eingeladen, doch war sie gerade auf dem Sprung zum Einkaufen gewesen. Daher drückte ihr Christa das Paket, das Enni hier abholen wollte, in die Hand und meinte, Enni solle einfach die Tage noch mal vorbeikommen. Mit dem Router wünschte sie ihr viel Glück, die Internetverbindung wäre schrecklich, waren Christas Worte zum Abschied.

Zurück im Haus packt Enni den Router aus. Das Modell kennt sie schon aus der Wohnung in München. Auch dort hat sie das Gerät nach ihrem Einzug installiert. Alexander nutzte zwar gerne neues technisches Spielzeug, beschäftigte sich aber ungern mit der Inbetriebnahme. So bleibt es oft an Enni hängen, die Dinge zum Laufen zu bringen.

Eine Stunde später hängt der Router an der Wand im Arbeitszimmer und versorgt das ganze Haus mit WLAN. Enni stellt ihr Handy auf WLAN-Call um und probiert gleich aus, ob sie nun besseren Empfang hat. Alexander erreicht sie leider nicht. Er sei gerade in einer Besprechung, würde aber zurückrufen, meint die Mitarbeiterin vom Empfang. Danach probiert sie es bei Silvia, ihrer ehemaligen Kollegin aus der Werbeagentur, die mittlerweile eine ihrer besten Freundinnen geworden ist.

»Hey, Silvia! Kannst du mich verstehen?«

»Hallo, Enni. Ja, klar und deutlich. Wieso fragst du?«

»Ich habe endlich eine Internetverbindung im Haus und wollte gleich ausprobieren, ob alles auch wirklich gut funktioniert. Die Nachbarin meinte, es könnte Probleme mit der Datenübertragung geben.«

»Stimmt! Du bist ja im Wald.«

»Na ja, der Bayerische Wald ist von hier schon noch ein ganzes Stück entfernt. Aber im Wald bin ich trotzdem. Das ganze Dorf ist von Wald umschlossen, und ich freue mich schon darauf, wenn ich endlich etwas Zeit habe, um die Gegend zu erkunden«, stellt Enni klar.

»Und, vermisst du München wenigstens ein bisschen?«

»Da muss ich dich enttäuschen. Bisher habe ich noch keinen Gedanken an die Stadt verschwendet.«

»Echt? Aber das wird schon noch kommen, wenn dir dort die Decke auf den Kopf fällt …«

»Warten wir ab«, unterbricht Enni ihre Freundin. »Bis jetzt gibt es noch keine Anzeichen von Langeweile. Ich habe hier noch einiges zu tun, bis Alexander morgen kommt. Du bist natürlich auch jederzeit herzlich eingeladen, dir selbst ein Bild von meinem Zuhause zu machen.«

»Danke für die Einladung! Zwischen Weihnachten und Silvester habe ich tatsächlich frei. Da könnte ich euch besuchen.«

»Ja, mach das. Alexanders Familie ist über die Feiertage hier. Aber die fahren dann wieder, und danach ist das Haus erst mal leer. Das Gästebett steht bereit für dich«, bietet Enni ihrer Freundin an. »Wie läuft es überhaupt in der Agentur?«

»Ehrlich? Seit du weg bist, ist alles noch viel chaotischer als vorher. Und ich darf nun das Fahrradcenter betreuen. Wie hast du das nur ausgehalten? Kurz vor Druckschluss fällt ihnen noch ein, dass entweder die Preise nicht stimmen oder Fahrräder nicht mehr lieferbar sind und deshalb nicht mit in den Prospekt kommen dürfen oder die Beschreibungen nicht zu den Modellen passen. Wieso lassen die in der heutigen Zeit überhaupt noch Prospekte drucken? Ich verstehe das nicht …«, jammert Silvia los.

»Wenn ich dich so höre, dann weiß ich wieder, dass mein Entschluss richtig war, mich selbstständig zu machen. Auf diesen Stress kann ich wirklich verzichten.«

»Aber klappt es denn mit deiner Selbstständigkeit? Kommst du über die Runden?«

»Zum Glück habe ich ja das Theater und das Museum als feste Kunden. Da kommen jeden Monat sichere Aufträge rein. Ansonsten muss ich natürlich schon noch Akquise machen, um auf Dauer mehr Arbeit zu haben. Aber da meinen Mietanteil in München nun zwei Untermieter übernehmen und ich nur die Nebenkosten im Haus zahlen muss, komme ich eine Zeit lang auch so klar. Das Gute daran ist, dass ich im Moment relativ viel Zeit für mich habe. Und das war ja auch mein Plan.«

»Es freut mich sehr für dich, dass du den Ausstieg aus diesem Hamsterrad geschafft hast. Ich muss dich bald in deinem neuen Zuhause besuchen kommen. Hab' bis dahin eine schöne Zeit! Ich muss zurück zu den Fahrrädern. Mach's gut!«

»Du auch. Bis bald«, verabschiedet sich Enni und legt das Telefon zur Seite.

Der Blick aus dem Fenster zeigt ihr, dass es vielleicht noch eine Stunde lang hell ist. Dann wird die Sonne relativ schnell hinter den Hügeln, die das Dorf im Westen umgeben, verschwinden. Sie überlegt, ob noch etwas Wichtiges zu tun ist, sucht dann in einem Karton nach ihren schwarzen Wanderstiefeln, einer dicken Jacke und einer Mütze und macht sich für ihren ersten Waldspaziergang fertig.

Bevor Enni losmarschiert, sucht sie in einer Wander-App nach einer passenden Route in der Umgebung. Doch für Waidmannsthal werden keine Ergebnisse angezeigt, und so macht sie sich ohne festes Ziel auf den Weg. Bevor sie das Haus verlässt, schaltet sie das Licht in der Küche und im Flur an, damit das Haus nicht so verwaist wirkt. Obwohl sie sich bis jetzt kein bisschen einsam gefühlt hat, ist ihr wohler bei dem Gedanken, in ein hell erleuchtetes Haus zurückzukommen. Gerade, als sie die Haustür hinter sich zuziehen will, kommen zwei Autos die Straße entlang. Das erste

Fahrzeug bleibt vor Christas Haus stehen, und Enni schließt daraus, dass der große stämmige Mann mit den im Nacken zusammengebundenen blonden Haaren Udo sein muss. Sie winkt ihm unbekannterweise zu, und er nickt zurück.

Das zweite Auto bleibt direkt vor ihrem Haus stehen, und Enni erkennt den Handwerker wieder, der die neue Eingangstür eingebaut hatte. Sie sprechen kurz miteinander, und er meint, dass sie den Spaziergang ruhig machen könne, er ziehe nach getaner Arbeit die Tür hinter sich ins Schloss. Er witzelt noch, dass das Modell ja einbruchsicher sei und deshalb nichts passieren könne. Enni will schon erwidern, dass ein Einbrecher dieses Dorf, das fast am Ende der Welt liegt, nie und nimmer finden würde, verkneift sich die Bemerkung aber und geht los.

Da das Haus am Ortsrand liegt, dauert es nur einige Minuten, bis sie den Wald erreicht hat. Sie kommt an einem weitläufigen Feld vorbei, dessen Erde in langen Furchen aufgerissen daliegt. Der Anblick erinnert Enni an eine großflächige Wunde, und sie fragt sich, wozu es gut ist, den Boden derart grob zu bearbeiten. Sie wendet den Blick ab, weil es sie schmerzt zu sehen, wie Menschen mit der Natur umgehen. Mit Gülle düngen und dann die Bodenstruktur durch brachiales Pflügen vollends kaputt machen, so was können die hier, denkt sie und geht zügig weiter.

Von der geteerten Straße geht ein geschotterter Weg ab und führt direkt in den Wald hinein. Enni überlegt kurz, ob sie vielleicht doch lieber auf der Straße bleiben und einmal um das ganze Dorf herum gehen soll. Doch sie will kein Angsthase sein und sagt sich, dass hier nur Vögel, Hasen und Rehe unterwegs sind und sicher keine gefährlichen Tiere darauf warten, sie anzufallen. Trotzdem greift sie in ihre Tasche, um zu prüfen, ob sie ihr Handy eingepackt hat.

Die kühle, glatte Oberfläche des Geräts gibt ihr ein wenig Sicherheit, und so verlässt sie die Teerstraße. Wozu sonst hat sie extra ihre Wanderstiefel angezogen?

Außer dem Rauschen der Bäume ist nichts zu hören. Enni bleibt immer wieder stehen, um zu lauschen und den Blick in Richtung Himmel zu werfen. Um sie herum stehen Jahrzehnte alte Baumriesen und wiegen sich sanft hin und her. Der Boden ist übersät mit vertrocknetem Laub, dazwischen welken einige Farne vor sich hin, und hier und da blitzen grüne teppichgroße Moosflächen auf. Von Zeit zu Zeit begegnen ihr am Wegesrand meterhoch aufgeschichtete Holzstapel, die darauf warten, abtransportiert zu werden. Enni vermutet, dass viele Heizungen im Dorf mit heimischem Holz betrieben werden und die Männer dafür ihre Freizeit opfern, um die Bäume zu fällen, zu zersägen und nach Hause zu transportieren. Dort muss das Stammholz noch gespalten und zu handlichen Holzscheiten gemacht werden.

Von ihrer Großtante weiß sie, dass Waldarbeit gefährlich ist und dass ein Unfall dort leicht tödlich ausgehen kann. Wenn man im falschen Moment, wenn der Baum fällt und dann auf dem weichen Boden zurückfedert, an der falschen Stelle steht, kann das fatale Folgen haben. Deshalb gilt das strikte Gebot, niemals alleine zu arbeiten, damit man im Notfall schnell Hilfe holen kann. Früher war es keine Seltenheit, dass ein verletzter Mann eine halbe Nacht lang im Wald lag, bevor er endlich gefunden wurde. Ennis Großtante hatte immer gesagt, den Wald könne man nicht besitzen, dort herrschten eigene Gesetze.

Der Weg windet sich tiefer ins Holz hinein, und sie folgt ihm. Hinter einer Kurve, vielleicht 100 Meter abseits des Pfads, entdeckt Enni drei frei stehende Laubbäume, die ganz eng beieinander wachsen. Die Fichten und Tannen ringsum halten gebührenden Abstand, wie um den drei Bäumen genügend Raum zu geben. Bei näherem Betrachten erkennt sie, dass es sich um Buchen handelt, die dort in trauter Dreisamkeit nebeneinander wachsen. Es bräuchte wahrscheinlich drei oder vier, sich an den Händen haltende Menschen, um die Bäume zu umfassen. Als Enni die alten Riesen umrundet, entdeckt sie an der Rückseite einen Jägersitz, der wie ein Fremdkörper an einem der Bäume festgemacht ist und in ungefähr drei Meter Höhe hinaufführt. Welcher Idiot sucht sich gerade diese majestätische Baumgruppe aus, um dieses in ihren Augen nutzlose Monstrum anzubringen, fragt sie sich. Enni rüttelt an der Leiter und merkt, dass der Hochsitz solide gebaut ist. Da hat sich jemand sehr viel Mühe gegeben, um sich auf die Lauer legen zu können.

Plötzlich ertönt aggressives Bellen, und Enni dreht sich einmal im Kreis herum. Doch sie kann nirgendwo ein Tier entdecken. Kann das ein Wolf sein, fragt sie sich und sucht auf dem Boden nach einem Ast, mit dem sie sich im Ernstfall verteidigen könnte. Dann erschallt das Bellen erneut, nun lauter als zuvor, und sie ist sich sicher, dass das Tier nähergekommen ist. Ihre Hand findet auf dem feuchten und kalten Waldboden einen dicken Ast, der ihr stark genug erscheint, es im Ernstfall mit einem Raubtier aufzunehmen. Sie greift fest zu, hält ihn drohend vor ihr Gesicht und dreht sich langsam um ihre eigene Achse. Aus welcher Richtung kam das Bellen? Ennis Herz pocht immer heftiger, und ihre Atmung geht schnell und stoßweise. Sie schwitzt unter der dicken Jacke und fürchtet, jeden Moment ohnmächtig zu werden.

»Hey, was machst du denn da?«, ruft eine Männerstimme, und wie aus dem Nichts taucht plötzlich ein kläffender

Hund neben ihr auf, der von einem Jäger, der ein Gewehr geschultert trägt, an der Leine geführt wird. »Lass den Ast fallen, der Hund tut dir nix!«

Die Stimme des Mannes ist bestimmend, aber nicht unfreundlich. Er steht ruhig da und blickt Enni offen an. Seine Körperhaltung wirkt so, als ob er die Situation im Griff hätte. Dennoch bleibt sie alarmiert.

»Ja, das sagen alle Hundebesitzer. Halten Sie mir den Köter vom Leib«, entgegnet Enni und hält ihre improvisierte Waffe weiterhin hoch.

»Jetzt spinn hier nicht rum. Ich bin Jäger, mein Hund gehorcht mir aufs Wort«, versucht er weiter, die Situation zu deeskalieren.

Dann gibt der Mann, der dunkelgrüne Kniebundhosen, warme Stricksocken, feste Wanderschuhe und eine dicke, ebenfalls dunkelgrüne Outdoorjacke trägt, ein kurzes Kommando, und der Hund hört auf der Stelle auf zu bellen.

»Legst du den Ast jetzt endlich weg?«, versucht er, sie erneut dazu zu bewegen, ihre angriffslustige Haltung aufzugeben.

Der Mann, unter dessen Filzhut eine Fülle an grauen Haaren hervorquillt, macht eine schnelle Handbewegung, murmelt »Sitz«, und der braune Labrador folgt umstandslos dem Kommando seines Herrn.

»Na gut«, gibt sich Enni endlich geschlagen und legt ihre Waffe nieder. Dabei lässt sie weder das Tier noch seinen Besitzer aus den Augen. »Eine Freundin von mir ist Augenärztin und arbeitet in der Notaufnahme. Von der höre ich immer wieder die schlimmsten Horrorgeschichten über Augenverletzungen, die angeblich brave Hunde verursacht haben. Sie hat mir eingebläut, mich niemals auf so eine Aussage zu verlassen und auf keinen Fall ein Tier zu streicheln, das ich nicht kenne.«

Obwohl sie sich mittlerweile etwas sicherer fühlt, bleibt Enni dem Mann gegenüber dennoch reserviert.

»Die Frage, ob man meinen Hund streicheln darf, beantworte ich grundsätzlich mit nein. Deine Freundin ist eine kluge Frau. Aber es macht doch einen Unterschied, ob du mit einem Ast auf einen Hund losgehst, der dir nichts getan hat, oder ob du dich gegen einen Hund wehren musst, den du streicheln wolltest und der sich dann anders als erwartet verhält.«

»Ich habe vielleicht überreagiert«, gibt sie nun kleinlaut zu und schiebt ein leises »Sorry« hinterher.

»Schon gut«, kommt es besänftigt vom Jäger zurück. Nach einer kurzen Pause fragt er: »Kommst du aus der Gegend?«

»Ich wohne seit zwei Tagen in Waidmannsthal und heiße Enni.«

»Sehr erfreut! Ich bin Manfred Reinwald und wohne seit meiner Geburt im Dorf. Alle nennen mich aber nur Reinwald. Ich habe die Jagd gepachtet.«

Sie schütteln sich die Hände. Die warme, etwas schwielige Hand des Mannes fühlt sich gut an, und die Berührung vertreibt Ennis Anspannung.

»Wollen wir zusammen zurückgehen?«

Die junge Frau nickt und hastet dem Jäger hinterher, der sich bereits zielstrebig in Bewegung gesetzt hat.

»Das hier ist übrigens Theo«, hört sie ihn sagen, und er deutet auf den Hund.

»Hallo, Theo«, antwortet Enni, als sie aufgeschlossen hat.

Kurz darauf erreichen sie den Schotterweg und gehen eine Weile schweigend nebeneinander her. Obwohl sie sich gerade erst kennengelernt haben, ist die Situation nicht unangenehm. Langsam lichtet sich nun auch der Wald, und der Himmel, an dem die ersten Sterne leuchten, ist zu erkennen. In einiger Entfernung blitzen schon Lichter auf. Waidmannsthal liegt vor ihnen.

»Ich kann dir ja mal ein paar Wege hier in der Gegend zeigen. Melde dich einfach, wenn du Zeit und Lust hast. Paul hat meine Nummer.«

»Du weißt, dass ich Pauls neue Nachbarin bin? In eurem Dorf sprechen sich die Sachen ja schnell rum.«

»Ja, hier ist es anders als in der großen Stadt. Ich glaube, eine Stadt hat die Tendenz, einen zu verschlucken.«

»Bist du Philosoph *und* Jäger? Eine interessante Mischung«, findet Enni.

»Ich gebe einfach gerne ungefragt Weisheiten von mir! Paul hat mir übrigens erzählt, dass du in das Haus deiner Tante eingezogen bist.«

»Eigentlich war sie meine Großtante«, verbessert ihn Enni. »Sie war die Tante meiner Mutter.«

In München hätte sie sich in so einer Situation überwacht gefühlt, aber hier ist es irgendwie anders. Es scheint ihr, als ob die Menschen in diesem kleinen Dorf noch aufeinander aufpassten.

»Für uns hier war sie einfach nur Monika«, stellt Reinwald fest. »Ich hätte ihr einen friedlicheren Tod gewünscht.«

»Ja, ich auch. Leider konnte ich sie nach dem Unfall nicht mehr sprechen oder mich von ihr verabschieden ...«

Enni stockt und versucht, die aufkommenden Gefühle in den Griff zu bekommen. Sie muss schwer schlucken, damit ihr nicht die Tränen kommen.

»Gräm dich nicht«, versucht sie der Jäger zu trösten. »Monika meinte einmal zu mir, sie hätte ein gutes Leben gehabt. Sie war zufrieden, so wie es war. Alleine die Sache mit Elvis war bestimmt ein Highlight, um das sie von vielen beneidet wurde.«

»Elvis? Davon hat Paul auch gesprochen. Weißt du mehr darüber?«

»So, da wären wir«, beendet Reinwald abrupt das Thema, als sie vor Ennis Haus stehen, und macht auch keine Anstalten, auf ihre Frage einzugehen. »Bis bald.«

Ohne auf eine Reaktion zu warten, dreht er ihr den Rücken zu und verschwindet ziemlich schnell mit Theo an seiner Seite in der Dunkelheit. Enni starrt ihm hinterher und bleibt ziemlich ratlos zurück. Sie weiß nicht, ob sie sich mehr über die wortkargen Dorfbewohner oder das mysteriöse Leben ihrer Großtante wundern soll.

Am Freitagmorgen packt Enni die letzten Umzugskartons aus und bringt das Haus auf Hochglanz, damit sich Alexander auf Anhieb wohlfühlt. Bevor sie zum Bahnhof in der kleinen Stadt fährt, um ihn dort abzuholen, macht sie noch einen Abstecher ins dortige Rathaus, um ihren Wohnsitz umzumelden und ganz offiziell Einwohnerin von Waidmannsthal zu werden. Die Öffnungszeiten sind sehr übersichtlich, aber sie hat Glück und das Amt ist heute besetzt.

Sie wird herzlich willkommen geheißen, und die Buschtrommeln scheinen ihr auch hier zuvorgekommen zu sein. Der Standesbeamte, der für die Anmeldung zuständig ist, fragt, ob sie sich wohl im Haus der Tante fühlt. Automatisch erwidert Enni, dass das Haus ihrer Großtante gehörte, doch darauf geht der Mann nicht ein und schwärmt stattdessen davon, wie schön es hier auf dem Land sei und dass sie froh sein könne, dem rauen Stadtleben nun entkommen zu sein. Darauf weiß sie keine Antwort, nickt nur und nimmt den Computerausdruck entgegen, auf dem schwarz auf weiß ihr neuer Wohnort steht. Der Standesbeamte erinnert sie daran, die Adresse auf ihrem Personalausweis ändern zu lassen, doch dieser liegt zu Hause, und sie verspricht, baldmöglichst wiederzukommen.

Die Fahrt vom Rathaus zum Bahnhof dauert keine fünf Minuten, und sie hat noch reichlich Zeit, bis der Zug aus München ankommt. So macht Enni noch einen Abstecher zum Supermarkt, um frisches Gemüse und eine Flasche Prosecco zu kaufen. Am Abend möchte sie ein Linsencurry mit Spinat kochen und als Nachspeise vegane Crème Brûlée machen. Sie nimmt noch eine Packung Naan mit, das indische Fladenbrot, das Alexander so gerne mag, um damit die Soße des Currys aufzutunken, und freut sich darüber, dass der Supermarkt so viele vegane Produkte im Angebot hat. Beim Bäcker nimmt sie noch Brot und ein paar Brötchen mit, die sie einfrieren möchte. Ab nächster Woche wird Enni kein Auto mehr zur Verfügung haben, und es kann nicht schaden, ein wenig zu hamstern.

Auf dem Weg zurück zum Auto weht ihr eine kalte Brise um die Nase. Die Temperaturen sind seit gestern noch mal um fünf Grad gefallen und nähern sich dem Gefrierpunkt. Die Wiese vor ihrem Küchenfenster war am Morgen schon ganz weiß gewesen, und Enni hat mit einer Tasse Kaffee einfach nur dagestanden, ihren Blick schweifen lassen und ihren Gedanken nachgehangen. Seit sie im Haus ist, fragt sie sich immer wieder, was sie in genau diesem Moment in München tun, wo sie sich gerade aufhalten würde und was sie zu erledigen hätte. So viel Zeit, wie ihr nun zur Verfügung steht, hat sie seit ihrer Kindheit nicht mehr gehabt. In München war sie immer nur hin und her geeilt, hatte ständig Termine, musste Besorgungen machen oder sich mit Freunden und Bekannten treffen.

Sie überlegt kurz, ob auch noch ein Abstecher zum Baumarkt drin ist, doch ein Blick auf die Uhr mahnt sie, zum Bahnhof zu fahren. Alexander wird in zehn Minuten ankommen, und sie möchte ihn nicht warten lassen. Außerdem werden sie morgen noch Zeit haben, wichtige Besorgungen zu machen.

Als der Zug einfährt, steigt Enni aus dem Wagen und setzt eine hellgraue Mütze auf, die gut zu ihren dunklen Haaren passt und noch dazu wunderbar wärmt. Alexander hat sie ihr letztes Jahr zu Weihnachten geschenkt, und obwohl sie aus Angorawolle gemacht ist, mag sie die Mütze gerne. Zuerst wollte sie die Mütze wegen der schlechten Haltebedingungen von Kaninchen, aus deren Haaren Angorawolle gemacht wird, umtauschen. Aber dann einigten sie und Alexander sich, das Geschenk mit einer großzügigen Spende an den *Deutschen Tierschutzbund* zu kompensieren, dessen Webseite als Erstes aufgeführt worden war, als sie die Worte »Angorawolle« und »Tierwohl« in die Suchleiste eingegeben haben.

»Hallo, mein Herz!«, hört sie eine Stimme hinter sich sagen und dreht sich schwungvoll und mit einem Flattern im Bauch um.

»Alexander«, ruft sie freudig und fällt ihm um den Hals.

Sie sind erst seit wenigen Tagen getrennt, aber ihr kommt es wie eine Ewigkeit vor. Die Uhren ticken hier irgendwie anders, kommt es ihr in den Sinn. Vielleicht kann sie Alexander doch noch überzeugen, dass München nicht der Nabel der Welt ist und man ein erfülltes Leben auch fern von der Metropole führen kann. Doch dann schiebt sie den Gedanken wieder beiseite und freut sich auf die kommenden Tage, die sie zusammen verbringen werden.

»Puh, ganz schön kalt hier«, bemerkte er, nachdem sie sich geküsst und lange umarmt haben.

»Dann komm schnell mit zum Auto. Im Haus ist es schön warm, die Heizung funktioniert perfekt.«

»Prost! Auf unser neues Zuhause!«

Zur Feier des Tages hat Enni den kalt gestellten Prosecco aus dem Kühlschrank geholt und in zwei geschliffene Kristallgläser aus dem Fundus ihrer Großtante gegossen. Nun hält sie Alexander ein Glas hin und stößt dann mit ihm an.

»Der Einstand war jedenfalls schon vielversprechend«, zwinkert er ihr zu und trinkt einen großen Schluck.

»Wir haben uns ja immerhin drei Tage nicht gesehen ...«, murmelt sie etwas verlegen und wird rot.

Nach einer kurzen Stippvisite durchs Haus haben sie den Nachmittag zusammen im Bett verbracht. Es ist neu für Enni, dass eine kurze Trennung ihr Liebesleben so entflammen kann. Wenn das so weitergeht, dann kann Alexander ruhig die Woche über in München bleiben, geht es ihr durch den Kopf, und sie lächelt versonnen.

»Worüber freust du dich so?«, fragt er und gibt ihr einen Kuss.

»Die Sektkelche klirren so schön beim Anstoßen«, flunkert sie, um vom Thema abzulenken. »Diese Qualität bekommt man heutzutage nicht mehr oft.«

»Stimmt. Und der Prosecco schmeckt daraus auch viel besser. Oder macht das die viel gerühmte Landluft? Egal, ich genieße es einfach und halte nun besser meinen Mund.«

Er küsst sie erneut, jetzt drängender, und Enni muss lachen. Sie fühlt sich ein wenig beschwipst, obwohl sie erst zwei Schlucke getrunken hat. Dann macht sie sich los und schiebt ihn weg. Sie muss sich um das Curry kümmern, sonst wird es auf dem Herd verkochen und der Spinat matschig werden. Sie haben noch den ganzen Abend und die nächsten beiden Tage Zeit. Eigentlich nur die nächsten eineinhalb Tage, wenn man es genau nimmt. Aber diese Haarspalterei will Enni nun nicht betreiben und wendet sich stattdessen dem schwarzen Emailtopf zu, der auf dem Herd steht.

»Ich hätte nicht gedacht, dass dieses alte Ding wirklich noch funktioniert«, meint Alexander mit Blick auf das Ungetüm, das sowohl mit Strom, als auch mit Holz betrieben werden kann, und setzt sich auf die Eckbank. »Meinst du, man kann im Winter damit die ganze Küche heizen?«

»Wenn wir genügend Holzscheite hätten, dann ganz sicher«, gibt sie zurück. »Der Vorrat meiner Großtante ist fast aufgebraucht.«

»Dann sollten wir uns mal darum kümmern, dass wir neue bekommen.«

»Gute Idee. Vielleicht können wir Paul fragen, wo wir Holz besorgen können. Oder wir fragen Reinwald, der kennt sich bestimmt auch damit aus.«

»Paul ist der alte Nachbar, oder? Und wer zum Teufel ist Reinwald?«

»Ja, Paul wohnt linker Hand. Er kannte meine Großtante wohl recht gut. Reinwald habe ich im Wald kennengelernt. Er ist Jäger und scheint nett zu sein.«

»Du bist erst seit ein paar Tagen hier und hast schon jede Menge Männerbekanntschaften gemacht. Sollte ich mir Sorgen machen?«, fragt Alexander im Spaß, steht wieder auf und umarmt sie von hinten.

»Bist du eifersüchtig?«, stellt Enni eine Gegenfrage und überlegt, ob sie Tobias erwähnen soll, lässt es dann aber bleiben.

»Muss ich?«, murmelt er in ihre Haare hinein.

Nun beginnt er, ihren Nacken zu küssen, und drängt sich fest an sie.

Sie schüttelt nur den Kopf und macht sich energisch von ihm los, um das Curry abzuschmecken. Dann fragt sie: »Wie sind eigentlich deine neuen Mitbewohner? Du hast noch gar nichts über sie erzählt.«

Alexander, der neben ihr am Herd stehen geblieben ist, umfängt sie erneut und seine Hände wandern zwischen ihre Beine. Er murmelt, dass es über die beiden nichts zu erzählen gibt, und wird immer drängender.

Doch Enni entschlüpft ihm mit einer schnellen Bewegung, schnappt sich den Kochlöffel und lässt Alexander vom Curry probieren.

»Fehlt noch was?«, fragt sie unschuldig.

Alexander gibt sich geschlagen, pustet und kostet. Dann nickt er.

»Vielleicht noch ein wenig Zimt. Aber ansonsten ist es perfekt.«

»Gut, dann kannst du schon mal den Tisch decken. Ich wärme noch schnell das Naanbrot auf.«

»Aber nur, wenn du nach dem Essen auch noch die anderen Zimmer im Haus mit mir einweihst.«

Enni errötet erneut, wendet sich wieder dem Curry auf dem Herd zu und rührt im Topf. Sie kann sich nicht beschweren. Ihr Einstand in Waidmannsthal ist wirklich gelungen.

Dezember

Der Weg von Waidmannsthal in die kleine Stadt dauert mit dem Bus viel länger, als Enni mit dem Auto brauchen würde. Und flexibel ist sie auch nicht. Der Bus fährt am Vormittag drei Mal und dann erst wieder ab dem späten Nachmittag, ebenfalls drei Mal. Ab 19 Uhr ist Schichtende. Bis zum nächsten Morgen säße sie dann theoretisch im Dorf fest, wenn dies nicht ihr Zuhause wäre. Zu allem Überfluss muss man jede Fahrt mindestens eine Stunde vorher telefonisch anmelden. Rufbus nennt der örtliche Anbieter diesen Service. Enni hat den Bus »Rufus« getauft und sich nur widerwillig dem umständlichen Prozedere gefügt. Innerhalb der letzten drei Wochen hat sie den Service schon fünf Mal genutzt, sich aber immer noch nicht daran gewöhnen können, dass sie jede Fahrt genau planen muss.

Der kleine gelbe Bus, in dem etwa ein Dutzend Fahrgäste Platz finden, quält sich die kurvige Straße am Truppenübungsplatz entlang. Außer ihr sitzt nur noch eine Mutter mit einem Kleinkind auf dem Schoß im Bus. Die Frau trägt einen leuchtend bunten Sari und hat einen roten Punkt auf ihre Stirn gemalt. Auch das Kind trägt dieses Zeichen und nuckelt zufrieden an seiner Flasche. Der Busfahrer und die Frau sprechen in einer Sprache miteinander, die Enni nicht versteht. Einen Moment lang wundert sie sich darüber, wie Menschen, die scheinbar vom anderen Ende der Welt kommen, in dieser Abgeschiedenheit aufeinandertreffen können. Doch dann muss Enni über sich und ihre

Kleingeistigkeit lachen. Wieso sollten sie sich hier nicht über den Weg laufen?

Der Bus kommt nur langsam voran, und der Fahrer greift immer wieder zu seinem Kaffeebecher, um daraus zu trinken, oder er versucht, einen passenden Musiksender zu finden. Hin und wieder unterhält er sich mit der Frau im Sari und blickt dabei in den Rückspiegel, statt die Straße im Auge zu behalten. Enni würde ihm am liebsten sagen, er solle sich auf das Fahren konzentrieren, traut sich aber nicht.

Sie zwingt sich, ihren Blick nach draußen zu richten, um sich abzulenken. Der Tag ist nebelig, und die Sonne hat es seit Tagen schwer, sich durchzusetzen. Die mittlerweile vertrauten Warnschilder, die alle 100 Meter am Rand des Truppenübungsplatzes davor warnen, den Bereich unbefugt zu betreten, ziehen an ihr vorbei. Seit sie ihren Lebensmittelpunkt hierher verlegt hat, hat sich die Landschaft verändert. Die Laubbäume haben nun ihre letzten Blätter abgeworfen, und ihre Kronen ragen nicht mehr so majestätisch in den Himmel, sondern erscheinen ihr eher gespenstisch, wie verkrüppelte Finger strecken sich die Äste nach oben. Die Fichten, Tannen und Kiefern wirken, als ob sie sich vor der anrückenden Kälte wappnen wollen und ihre sonst weit ausragenden Äste enger um sich tragen. Unwillkürlich schlingt auch sie die Arme fest um sich, obwohl es im Bus eigentlich angenehm warm ist.

Dort, wo viele Nadelbäume zusammenstehen, ist der Wald dunkler und undurchdringlicher als bei ihrer Ankunft. Enni starrt nach draußen und versucht, im Dickicht etwas zu erkennen. Doch nichts regt sich dort, alles wirkt finster und abweisend. In zwei Wochen ist endlich Wintersonnenwende, dann werden die Tage wieder länger und heller und die Gegend auch wieder freundlicher, hofft sie.

Der Bus lässt das Waldstück und den Truppenübungsplatz hinter sich, und vor ihnen liegen nun die abgeernteten Wiesen und Felder. Dahinter ragen die mittlerweile vertrauten Windräder auf, die heute aber bewegungslos stehen. Vermutlich wird am späten Vormittag nicht mehr viel Strom verbraucht, schlussfolgert Enni. Als sie die Reihe der alten Birken passieren, lächelt sie. Die Bäume sind ihr mittlerweile so vertraut, dass ihr Anblick ihr ein wohliges Gefühl bereitet. Dann holt sie ihr Handy aus der Tasche und checkt noch einmal ihre Einkaufsliste. Es ist wichtig, dass sie alles besorgt und nichts vergisst, sonst müsste sie den mühsamen Weg in die kleine Stadt am nächsten Tag noch mal antreten. Doch den Gedanken, sich ein eigenes Auto anzuschaffen, verbietet sie sich. Noch.

Zum Glück gibt es direkt vor dem Supermarkt und der danebenliegenden Post eine Haltestelle, und Enni drückt rechtzeitig auf den roten Knopf, der dem Fahrer signalisiert, dass sie aussteigen möchte. Obwohl sie bei der Buchung von »Rufus« Start- und Endhaltestelle angeben muss, bleibt der Fahrer trotzdem nicht automatisch an der richtigen Haltestelle stehen, wie sie bereits feststellen musste. Enni setzt ihre warme Mütze auf, bevor sie sich von der Frau mit dem Kind und dem Fahrer verabschiedet und aussteigt.

Wie erwartet bläst ein starker Wind, und obwohl es immer noch nicht gefroren hat, fühlt es sich schon fast so an. Enni zieht den Kopf ein und läuft zum Supermarkt. Eigentlich wollte sie heute auch noch die Adresse auf ihrem Personalausweis ändern lassen, doch das verschiebt sie. Sie hat keine Lust, in dieser Kälte bis zum Rathaus zu laufen. Zudem schließt die Verwaltung in einer halben Stunde ihre Pforten, das würde eh knapp werden.

Als sie an den Kassen vorbeikommt, ruft ihr jemand zu. Ihre Nachbarn Christa und Udo zahlen gerade und verstauen ihren Wocheneinkauf im Einkaufswagen. Enni winkt kurz, geht aber gleich weiter zum Regal mit den veganen Produkten. Dort checkt sie noch mal ihre Einkaufsliste auf dem Handy und packt alles Nötige in ihren Korb.

»Hey«, hört sie eine männliche Stimme hinter sich sagen und dreht sich um. Vielleicht ist es Udo, der ihr eine Mitfahrgelegenheit anbieten möchte. Dann müsste sie nicht eine Stunde darauf warten, bis der Bus wieder zurückfährt.

»Hast du dich schon eingelebt?«

Enni blickt in zwei warme braune Augen und braucht einen Augenblick, bis sie Tobias erkennt. Das Muttermal auf seiner rechten Wange, das er früher immer loswerden wollte, macht ihn irgendwie sexy.

»Ja, eigentlich schon«, antwortet sie, zieht ihre Mütze runter und versucht, ihren Pony zu glätten.

»Eigentlich?«

»Bis auf ›Rufus‹ ist alles super«, gibt sie zurück und überlegt, ob sie am Morgen ihre Zähne geputzt hat. Es kommt hin und wieder vor, dass sie es vergisst, jetzt, wo sie so selten raus muss und fast keine Termine mehr hat. Zumindest hat sie am Morgen geduscht und trägt vernünftige Klamotten und kommt sich neben Tobias, der schon wieder makellos aussieht in seinem halblangen Wollmantel, den dunkelgrünen Chinos und den schwarzen Boots, nicht mehr so schäbig vor.

»Wer ist Rufus? Ich dachte, dein Freund heißt Alexander.« Tobias blickt verwirrt drein.

»Ja, stimmt. Alexander ist mein Freund. Ich habe den Rufbus so getauft, weil es netter klingt. Aber trotzdem macht es nicht so viel Spaß, auf den Bus angewiesen zu sein«, klärt Enni ihren Sandkastenfreund auf.

»Ja, das kann ich verstehen. Aber heute hast du Glück. Du kannst bei mir mitfahren. Nach dem Einkaufen wollte ich zurück nach Waidmannsthal. Ich nehme dich gerne mit«, bietet ihr Tobias mit einem breiten Lächeln an. »Vielleicht verpasst du mir dann auch einen so schönen Kosenamen.«

Enni wird augenblicklich rot und knetet die Mütze in ihren Händen. Sie gibt schnell vor, im übernächsten Regal etwas holen zu müssen, und meint, dass sie sich an der Kasse treffen sollen.

Kurz darauf sitzt Enni im »Joghurtbecher«, wie Tobias das Auto nennt.

»Die Firma, bei der ich angestellt bin, setzt total auf Nachhaltigkeit. Alle Firmenwagen dort sind Elektroautos. Da ich viele Kundentermine habe, blieb mir nichts anderes übrig, als mich dem zu beugen«, erklärt er Enni.

»Ja, das scheint im Trend zu liegen. Alexander kann sich für die Fahrten hierher auch einen Firmenwagen leihen. Leider ebenfalls ein Elektroauto. Seit zwei Wochen versuche ich nun schon, einen Elektriker zu finden, der eine Ladestation am Haus montieren würde. Es ist zum Verzweifeln, niemand hat Zeit oder eine entsprechende Wallbox vorrätig. Im Augenblick müssen wir ein Fenster gekippt lassen und ein Verlängerungskabel nach draußen legen, um das Auto über Nacht aufzuladen.«

»Mit einem Elektriker kann ich leider nicht dienen. Aber ihr könnt gerne meine Wallbox nutzen, wenn es mal eng wird«, bietet Tobias an.

»Danke, das ist lieb von dir. Aber wir kriegen das sicher bald hin«, meint Enni zuversichtlich. Die Vorstellung, dass sich Alexander und Tobias begegnen, gefällt ihr nicht besonders.

»Sag mal, wieso bist du eigentlich ins Dorf zurückgekommen?«, wechselt sie nun schnell das Thema.

»Ach, das ist eigentlich keine lange Geschichte. Nach meinem Studium in Weihenstephan bin ich dort hängen geblieben und jahrelang nach München gependelt, um für verschiedene Büros zu arbeiten.«

»Echt? Du warst auch in München?«

»Nur zum Arbeiten. In meiner Freizeit hätten mich keine zehn Pferde in die Stadt gebracht. Da bin ich lieber in die Natur gefahren. Zum Wandern und Mountainbiken.«

»Und wieso hat das dann nicht mehr funktioniert?«

»Kurz und knapp: Mich haben die Bauherren in München mehr und mehr genervt. Plötzlich wollten alle einen naturnahen Garten, aber der Rasen sollte trotzdem schön kurz geschnitten sein.«

»Oh je, das hört sich echt furchtbar an. So ähnlich ging es mir in der Werbeagentur. Die Kunden wollten von uns, dass wir die furchtbarsten und umweltschädlichsten Dinge so verkaufen, dass sich ihre Käufer gut dabei fühlen. So, als ob sie die Welt damit retten. Der absolute Bullshit. Ich bin so froh, dass ich die Entscheidung getroffen habe, dort aufzuhören und mich selbstständig zu machen.«

»Da kam das Haus von Monika ja wie gerufen«, witzelt Tobias. Doch als er merkt, wie Enni plötzlich tiefer in ihren Sitz sinkt, setzt er hinterher: »Sorry. Das war blöd von mir. Vermisst du sie?«

Statt zu antworten, taucht in ihrem Kopf die Erinnerung an den Tag vor drei Jahren auf, als der Anruf sie im Büro erreichte, dass ihre Großtante im Garten gestürzt war. Es überraschte Enni, dass ihre Großtante sie als Notfallkontakt angegeben hat. Sie und auch ihre Eltern sprachen schon seit Jahren nicht mehr mit ihr. Enni erfuhr, dass Monika so unglücklich gefallen war, dass sie mit einem Oberschenkelhalsbruch in ein Krankenhaus eingeliefert werden musste. Aber weil eine dringende Terminsache für einen Werbekunden, der deutschlandweit einige Fahrradcenter besaß, fertig werden musste, reagiert Enni nicht sofort. Sie überlegte kurz, ob sie die Aufgabe delegieren konnte, traute sich aber nicht, ihren Chef zu fragen. So arbeitete sie nach dem Anruf weiter, erledigte den Auftrag und fuhr erst spät am Abend zu Monika ins Krankenhaus. Diese sollte am nächsten Tag operiert werden, und Enni hatte Bammel vor der Begegnung mit ihr. Doch Monika bekam starke Schmerzmittel und schlief schon, als Enni ankam. So strich sie ihr nur sanft über die Haare und schlich aus dem Zimmer. Die Nacht verbrachte sie in Waidmannsthal, damit sie gleich am Morgen wieder ins nahegelegene Krankenhaus fahren konnte. Der Ersatzschlüssel für Monikas Haus lag, wie schon in Ennis Kindheit, unter einem Blumentopf, der neben der Eingangstür stand. Enni fühlte sich nicht wohl, ohne Monikas Einverständnis dort zu übernachten. Aber die lange Fahrt zurück nach München scheute sie noch mehr. Als sie am nächsten Morgen gerädert zurück auf die Station kam, standen ihr nur ratlose Pflegerinnen gegenüber. Schließlich kam eine Ärztin und erklärte ihr, dass es während der Narkose zu Komplikationen gekommen und die Tante verstorben war. Enni war wie vor den Kopf geschlagen, obwohl sie Monika jahrelang nicht gesehen hatte. Dennoch hätte sie gerne noch einmal mit ihr gesprochen. Doch diese schreckliche Nachricht markierte erst den Anfang der schlimmsten Zeit in Ennis bisherigem Leben. Erst als sie Alexander kennenlernte, hatte sich das Blatt wieder gewendet.

Eine einzelne Träne läuft über ihre Wange, und Enni nimmt alle Kraft zusammen, um den Kloß im Hals runterzuschlucken.

»Sie war ja schon so alt. Ich wusste, dass sie irgendwann sterben würde. Aber außer meinen Eltern hatte ich keine Verwandten, weshalb ihr Tod trotzdem ein Schock war. Und nun habe ich niemanden mehr ...«

»Deine Eltern sind auch tot?«, rutscht es Tobias heraus.

Enni hat mittlerweile gelernt, dass die Menschen geschockt sind, wenn sie hören, dass sie keine Familie mehr hat. Es ist wohl nicht der Normalfall, mit Mitte 30 alleine zu sein, weil man ein Einzelkind war, und die Eltern, die ebenfalls keine Geschwister hatten, auch schon verstorben sind. Enni wappnet sich innerlich gegen Tobias' Mitleid, das nun unweigerlich folgen wird. Dieses Bedauern, das von oben herab kommt und nicht wie Mitgefühl direkt aus dem Herzen, ist nur schwer auszuhalten.

Doch Tobias reagiert anders. Er legt seine warme Hand auf ihre. Weder fragt er nach, wie das passiert ist, noch heuchelt er ihr vor, wie leid ihm das tue. Mit seiner sanften Berührung lässt er sie einfach spüren, dass er für sie da ist. Sein Händedruck lässt den Kloß in ihrem Hals verschwinden, und Enni räuspert sich.

»Danke«, murmelt sie.

»Wofür?«

»Dass du anders bist als die anderen.«

»Ist das ein Kompliment?«

»Ja«, gibt Enni zurück und lächelt.

Den letzten Teil der Strecke sitzen sie schweigend im Auto, und die Fahrt ist schneller vorbei, als es Enni recht wäre. Ihr Freund aus Kindertagen hält direkt vor ihrer Haustür und wartet, dass sie aussteigt.

»Magst du mit reinkommen und dir das Haus ansehen?«

»Leider habe ich keine Zeit. Ich habe gleich einen Zoom-Call und später muss ich noch eine Planung fertigstellen. Wie sieht es denn bei dir am Wochenende aus?«

»Da bin ich leider verplant«, beeilt sie sich zu sagen. »Montagabend?«

»Ja, das passt. Ich bring eine Flasche Wein mit.«

»Okay«, meint Enni, steigt aus und will die Tür zuschlagen. Da hört sie Tobias noch sagen: »Ich freu mich auf den Abend mit dir.«

Am nächsten Morgen schafft es Enni endlich wieder einmal, einen Spaziergang in den Wald zu unternehmen. In ihrer Hosentasche steckt ihr Handy, auf das sie zuvor die Karte der näheren Umgebung geladen hat. Und sie hat sich vorgenommen, strikt auf dem Weg zu bleiben und keine Ausflüge mehr ins Unterholz zu unternehmen.

Als sie aus dem Haus tritt, winkt ihr Paul durch das Küchenfenster zu und hält eine Kaffeetasse hoch. Sie grüßt ihn und schüttelt gleichzeitig den Kopf. Sie ist dick eingepackt und hat keine Lust, sich gleich wieder aus der kuscheligen Jacke zu schälen. Außerdem will sie möglichst schnell in den Wald kommen. Eine innere Unruhe treibt sie an, und Enni hofft, zwischen den Bäumen Ruhe und Gelassenheit zu finden.

Die Begegnung mit ihrem Sandkastenfreund hat sie verwirrt, und dieses Gefühl möchte sie bei ihrem Spaziergang loswerden. Sie stapft los und spürt schon nach wenigen Metern, wie die Kälte ihren Kopf klarer werden lässt. Die Wiese, an der sie auf dem Weg zum Waldrand vorbeikommt, ist von Raureif bedeckt. Die Sonne, die sich heute endlich wieder blicken lässt und damit Ennis Gemüt erheblich aufhellt, lässt die Eiskristalle glitzern. Der Anblick des blauen Himmels, der dunkelgrünen Nadelbäume am Waldrand, auf denen ebenfalls ein wenig Raureif liegt, und die warmen Strahlen der tief stehenden Sonne auf ihrer Nasenspitze lassen Enni ruhiger werden.

Nach wenigen Minuten taucht sie in den Wald ein, und auch hier verbreitet die Sonne eine wohltuende Stimmung. Die kahlen Laubbäume lassen die Strahlen bis auf den Waldboden fallen, der über und über mit vertrockneten Blättern übersät ist. Anders als in den Parks der Stadt bleibt hier alles liegen, und das Laub trägt dazu bei, dass der Boden feucht bleibt und mit Nährstoffen versorgt wird. Der ewige Kreislauf von Entstehen und Vergehen beginnt jedes Jahr aufs Neue, sinniert Enni. Der Wald braucht uns Menschen nicht, er reguliert sich selbst. Alles ist hier im Fluss, nichts wird verschwendet, sondern trägt dazu bei, dass das Ökosystem im Gleichgewicht bleibt. Wäre es ohne unser Eingreifen hier nicht noch schöner, fragt sie sich, während sie ein paar Meter abseits des Weges durch das raschelnde Laub läuft. Doch dann erinnert sie sich wieder an ihren letzten Besuch und kehrt zurück zum befestigten Pfad.

Im Wald ist es windstill, und die Sonnenstrahlen, die durch das Dach der Bäume fallen, wärmen immer wieder angenehm Ennis Gesicht. Sie fühlt sich hier geschützt, aufgehoben und läuft eine Weile den Weg entlang. Dabei versucht sie bewusst zu atmen, so wie sie es bei den Yogastunden in der Stadt gelernt hat. Einatmen, ausatmen. Einatmen, ausatmen. Die Technik hilft ihr, sich auf sich selbst zu konzentrieren und alles andere für den Augenblick zu vergessen.

Enni ist so in ihre Atmung vertieft, dass sie nicht gleich mitbekommt, wie der Wald sich öffnet und sie auf eine Lichtung zugeht. Als sie bemerkt, dass sich dort etwas bewegt, bleibt sie stehen und hält inne. In der Mitte des kreisrunden Platzes ist eine Futterkrippe aufgestellt, und eine Handvoll Rehe frisst dort gerade, ohne sich aus der Ruhe bringen zu lassen.

Enni traut ihren Augen nicht. Sie hat diese Tiere noch nie in der freien Natur gesehen. Die Gruppe scheint sie entweder nicht zu bemerken oder sie ignorieren sie, weil keine Gefahr von ihr ausgeht. So oder so ist die junge Frau dankbar, dass sie diesen Augenblick erleben darf, und traut sich ein Stück weit aus ihrer Deckung heraus. Ganz langsam geht sie auf die Futterstelle zu, hält jedoch noch genügend Abstand, sodass die Rehe nicht davonlaufen. Die Tiere sind viel kleiner, als sie das von den Dokumentationen aus dem Fernsehen kennt. Und auch die Geweihe der männlichen Rehe sind nicht so imposant, wie Enni sich das vorgestellt hat. Sie kann sich noch erinnern, dass Hirsche, die weitaus größer und schwerer sind, einer anderen Gattung angehören, und dass sie hier Rehböcke und Geißen vor sich hat. Die Kitze werden erst im nächsten Frühjahr geboren, und Enni hofft, dann eines davon zu Gesicht zu bekommen.

Die Szenerie ist so friedlich und die Gemeinschaft der Tiere wirkt so harmonisch auf Enni, dass sie ihr Handy aus der Tasche holt und zu filmen beginnt, um es später Alexander zeigen zu können. Immer wieder versucht sie, ihm zu erklären, was er alles verpasst, wenn er in München ist, aber es kommt irgendwie nicht bei ihm an. Vielleicht hilft ihm das Video ja auf die Sprünge, und er gibt sich endlich einen Ruck und verbringt mehr Zeit hier bei ihr in Waidmannsthal, hofft sie.

Plötzlich zerreißt ein unglaublich lauter Knall die Stille. Erschrocken lässt sie das Handy fallen und blickt sich verwirrt um, kann jedoch nicht erkennen, woher der Schuss kam. Als sie sich wieder der Lichtung zuwendet, sind alle

Tiere verschwunden. Zum Glück scheint keines davon getroffen zu sein, zumindest ist kein verletztes oder totes Reh zurückgeblieben.

Enni bleibt auf der Hut und wartet, ob ein weiterer Schuss fällt. Nachdem sich nichts mehr rührt, hebt sie ihr Telefon auf und prüft, ob es Schaden genommen hat. Zum Glück hat der weiche Waldboden keinen Kratzer oder Sprung verursacht. Beim Blick auf das Display fällt ihr auf, dass sie hier wohl telefonieren kann. Mit pochendem Herzen ruft sie Alexander an.

»Hallo, mein Herz«, begrüßt er sie. »Was gibt es?«

»Stell dir vor«, antwortet sie empört, ohne ihn zu begrüßen. »Ich habe gerade Rehe an einer Futterkrippe beobachtet, und dann fällt plötzlich ein Schuss! Da hat wer geschossen, obwohl ich direkt in der Nähe war! Was ist das denn für ein kranker Scheiß!«

»Wie? Was ist los? Ich verstehe leider überhaupt nichts.«

»Ich bin im Wald und wollte einen Spaziergang machen. Auf einer Lichtung bin ich zufällig einigen Rehen begegnet, die bei einer Futterkrippe standen. Plötzlich fiel ein Schuss, obwohl ich mittendrin war, und die Tiere waren weg.«

»Und du glaubst, das war ein Jäger?«

»Wer denn sonst?«

»Vielleicht kam der Schuss vom Truppenübungsplatz? Der ist doch nur einen Steinwurf entfernt und vielleicht haben Soldaten ...«

»Das war sicher dieser Reinwald«, fällt sie Alexander ins Wort. »Der hat zwar das letzte Mal, als wir uns getroffen haben, auf supernett gemacht. Aber in Wirklichkeit ist der ein eiskalter Killer.«

»Hey, jetzt mach mal langsam. Ich kenn diesen Reinwald zwar nicht, aber ich glaube, du übertreibst ein wenig. Ich finde es ja auch nicht in Ordnung, wenn man Tiere tötet. Aber Jäger gibt es nun mal aus gutem Grund. Und dieser Reinwald würde bestimmt nicht auf Tiere zielen, wenn Menschen in der Nähe sind.«

»Da wäre ich mir nicht so sicher. Jäger wollen doch nur ihre Mordinstinkte ausleben«, schimpft Enni.

»Ach, Enni. Sei nicht immer so theatralisch. Rede doch erst mal mit dem Mann. Vielleicht kann er dir erklären, wieso er den Job macht. Und frag ihn dann bitte auch gleich noch, ob er auf Wild schießen würde, wenn Menschen in der Nähe sind.«

»Okay, vielleicht hast du recht«, gibt sie kleinlaut zurück. »Könnte sein, dass ich etwas überreagiert habe.«

»Vielleicht. Aber nur ein ganz kleines bisschen«, flötet er nun ins Telefon. »Und pass gut auf dich auf, mein Herz. Nicht, dass dir im Wald ein wildes Tier begegnet. Ich brauche dich noch.«

»Dann begleite mich doch bei meinem nächsten Spaziergang. Wir könnten zum Beispiel am Samstag eine große Runde im Wald drehen.«

»Das geht leider nicht«, antwortet Alexander zerknirscht. »Ich muss am Wochenende unbedingt hier im Büro etwas für einen Kunden fertig machen. Aber ich habe mir ab dem dritten Adventswochenende freigenommen und bleibe bis zum Dreikönigstag bei dir. Freust du dich?«

»Und wie«, erwidert Enni, obwohl sie sich über das »bei dir« ärgert. Sie weiß, dass es nichts bringt, ihren Freund darauf hinzuweisen, dass es ihr gemeinsames Zuhause ist. Er würde es als Haarspalterei abtun.

Schon während sie sich von Alexander verabschiedet, überlegt sie, ob sie Tobias nun doch schon am Samstag zu sich einladen soll.

Zwei Tage später kommt Enni voll beladen aus der Stadt zurück und muss den Weg von der Bushaltestelle zu Fuß laufen. Sie war einkaufen und hat in jeder Hand einen prall gefüllten Stoffbeutel. Der Rucksack ist ebenfalls randvoll. Sie hat gehofft, den Wocheneinkauf zusammen mit Alexander bequem im Auto erledigen zu können. Doch nach seiner Absage war sie gezwungen gewesen, den Bus zu nehmen. Obwohl das Dorf nur 300 Einwohner hat, zieht es sich trotzdem ganz schön in die Länge, wenn man von einem Ende zum anderen laufen muss.

Als sie endlich in ihre Straße einbiegt, winkt ihr Paul entgegen. Er hält einen Besen in der Hand und kehrt die wenigen Blätter weg, die im Bordstein vor seinem Haus liegen.

»Hallo, Paul«, begrüßt sie ihn, als sie bei ihm ist. »Wieso kehrst du denn den Bordstein? Macht das nicht die Straßenreinigung?«

»Na, bei uns auf dem Land machen wir das selbst! Die Gemeindearbeiter kommen nur einmal im Jahr mit ihrer großen Kehrmaschine vorbei. Die alte Linde vor deinem Haus macht viel Dreck. Den kann man ja nicht ein Jahr lang liegen lassen.«

Wenn das ein versteckter Hinweis ist, dass Enni vor ihrem Haus auch kehren soll, dann kommt Paul damit nicht bei ihr an.

»Was schleppst du da eigentlich alles mit dir rum?«, fragt er nach einer kleinen Pause.

»Meinen Wocheneinkauf.«

»Bist du mit dem Bus in die Stadt gefahren?«

»Nein, per Anhalter«, gibt sie leicht ungehalten zurück.

»Das solltest du nicht tun«, antwortet der alte Mann, der den ironischen Unterton wohl nicht gehört hat.

»Ich war mit Rufus unterwegs«, klärt Enni ihn auf. »Und

natürlich fahre ich nicht per Anhalter. Obwohl es hier in der Gegend bestimmt keine Serienmörder gibt.«

»Da wäre ich mir nicht so sicher«, entgegnet Paul. »Wer ist überhaupt dieser Rufus? Hoffentlich kein Amerikaner. Wer weiß, zu was die fähig sind. Die jungen Soldaten machen nur Blödsinn, um sich die Zeit zu vertreiben.«

»Das ist jetzt nicht dein Ernst«, ruft Enni empört. »Rufus ist der Rufbus, und Amerikaner sind ganz normale Menschen.«

»Na, du weißt ja, dass wir hier im Dorf nicht immer die besten Erfahrungen mit GIs gemacht haben.«

Enni fallen wieder die alten Geschichten mit den Prügeleien zwischen den Dorfbewohnern und den Soldaten ein. Und auch die Sache mit ihrer Großtante und Elvis kommt ihr wieder in Erinnerung.

»Stimmt es wirklich, dass Monika Elvis getroffen hat?«, will sie nun wissen.

»Sie hat ihn nicht nur getroffen, sie hat für ihn übersetzt.«

»Und du flunkerst mich wirklich nicht an?«

»Können diese Augen lügen?«, gibt der alte Mann zurück und klimpert theatralisch mit den Wimpern.

»Nein«, lacht Enni. »Wahrscheinlich nicht.«

Während Enni in ihr Haus geht, um die Einkäufe in der Küche zu verstauen, überlegt sie, wo die alten Briefe, Dokumente und Fotos ihrer Großtante geblieben sind. Als sie das Haus renovierten, mussten sie ziemlich viel aussortieren und haben extra einen Container kommen lassen, um das abgenutzte Sofa mit dem braunen Cordbezug, einen wackeligen Beistelltisch, die alte Schlafzimmereinrichtung und allen möglichen Krimskrams loszuwerden. Etliche Übertöpfe, in die Jahre gekommenes und defektes Gartenwerkzeug, angeschlagene Töpfe und eine Vielzahl von Einmachgläsern konnten sie nicht mehr gebrauchen. Und auch der Bauschutt, der während der Sanierung anfiel, musste entsorgt werden. In der Stadt hätte man einiges davon einfach mit dem Schild »Zu verschenken« auf die Straße stellen können. Doch auf dem Dorf war das undenkbar. Da meldete man im Bedarfsfall »Sperrmüll« beim Landratsamt an und wartete dann wochenlang auf einen Termin, an dem ein riesiges Müllauto Zeit hatte, um die ausgedienten Sachen vom Straßenrand abzuholen. Und diejenigen, die sich aus dem sogenannten »Sperrmüll« bedienten, wurden schief angesehen, wie Enni es einmal selbst erlebt hat. Kurz nach Beginn der Renovierung war ihr bei einem Spaziergang durch das Dorf eine blaue Vase aufgefallen, die neben Möbeln und anderen Sachen am Straßenrand vor einem Haus stand. Irrtümlich dachte sie, die Gegenstände wären zu verschenken und wollte die Vase mitnehmen. Da ging die Eingangstür auf, und eine grauhaarige Frau fragte sie misstrauisch, was sie hier wolle. Auf Ennis Frage, ob die Sachen denn nicht zu verschenken wären, kam nur der kurze Hinweis, dass der »Sperrmüll« morgen abgeholt werde und sie die Vase mitnehmen könne, wenn sie unbedingt meine. Enni ließ sie stehen und zog verwirrt weiter.

In der Küche angekommen, legt sie veganen Käse und Margarine und das frische Gemüse in den Kühlschrank und packt Nudeln, Gemüseaufstriche, Reis, Couscous und Kichererbsen in das Küchenbuffet, das auch als Vorratsschrank dient. Dann bringt sie Waschmittel und Toilettenpapier ins Bad im ersten Stock. Eigentlich wäre es praktischer, die Waschküche im Keller weiterhin zu nutzen, dann wäre im Badezimmer mehr Platz. Aber Enni hat die Idee, dort unten eine Sauna einbauen zu lassen, immer noch nicht aufgegeben. Seit sie in Waidmannstahl lebt, ist ihr CO_2-Abdruck so gering geworden, da wäre der kleine Luxus einer Sauna durchaus drin, auch wenn Alexander immer noch nichts davon wissen will. Er meint, sie hätten schon mehr als genug Geld in das Haus gesteckt.

Ihr fällt ein, dass sie alte Briefe, Fotos und andere Dokumente ihrer Großtante in einer alten Lebkuchenschachtel aus Blech gesammelt hat. Leider weiß sie nicht mehr, wo die Dose verstaut ist. Enni nimmt sich vor, am Abend danach zu suchen. Vielleicht findet sie ja wirklich einen Hinweis darauf, dass Monika früher einmal Übersetzerin war und Elvis tatsächlich getroffen hat. Am liebsten würde sie gleich jemandem davon erzählen, doch der einzige Mensch, zu dem sie jetzt gehen könnte, ist Paul. Und der hat ihr die Geschichte ja selbst erzählt.

Enni schaut auf die Uhr. Sie ist unter Zeitdruck und muss nun aufhören, sich weiter von der Vergangenheit ablenken zu lassen. Ein Auftrag für einen Kunden muss dringend fertig werden, und die Dateien müssen noch heute hochgeladen werden. Beim Gedanken an die Upload-Geschwindigkeit vergeht ihr die Lust darauf, den Computer einzuschalten. Aber es hilft nichts. Das Museum wartet auf den sechsseitigen Flyer, der die neue Ausstellung ankündigt, die sich Enni vielleicht sogar selbst angeschaut hätte, wenn sie noch in München wäre. Ab Januar werden im Museum Bäume in allen möglichen Variationen gezeigt und machen Lust auf den Frühling. Doch wenn sie dem Flyer heute nicht den letzten Schliff gibt, dann kann er nicht rechtzeitig in Druck gehen, und sie bekommt Ärger mit einem ihrer besten Kunden. Und die Aussicht darauf lässt sie aktiv werden.

Während das Notebook im Arbeitszimmer hochfährt und sie den großen Bildschirm anschaltet, um besser arbeiten zu können, überlegt sie, ob ihr Tobias vielleicht mehr über ihre Großtante sagen kann. Er ist im Dorf aufgewachsen und weiß eventuell etwas darüber, wie Monika gelebt hat. Paul macht immer nur Andeutungen und will offensichtlich nicht über seine ehemalige Nachbarin sprechen. Enni muss sich also selbst auf die Suche machen, wenn sie herausfinden möchte, was für ein Mensch ihre Großtante eigentlich war.

»Schön, dass du doch schon früher für mich Zeit hast«, begrüßt Tobias seine Sandkastenfreundin, als diese die Haustür öffnet, und gibt ihr links und rechts ein Küsschen.

Enni schreckt erst zurück, dann macht sie wieder einen Schritt auf ihn zu und umarmt ihn einmal fest. Die oberflächliche Küsserei verbindet sie gedanklich zu sehr mit München, und hier auf dem Land möchte sie das echte Leben spüren. Wie hatte Christo im Dokumentarfilm über sein Kunstwerk, die *Floating Piers* im Iseosee in Italien, gesagt? »I love real things. Real wind, real water. Real joy and real fear.«

Diesen Wunsch nach Echtheit konnte Enni spüren, als sie 2016 mit ihrer Arbeitskollegin und Freundin Silvia die riesige Installation des Verpackungskünstlers besucht hat. Breite, gelb eingepackte, schwimmende Stege führten über den See zu zwei Inseln, und mitten auf dem Wasser wehte ihr der Wind um die Nase, die Sonne brannte auf sie herunter, und das Lachen der Kinder, die voller Freude über die Stege tobten, klang in ihren Ohren. Es fühlte sich damals wirklich so an, als ob sie alle die Fähigkeit hätten, über Wasser laufen zu können.

Obwohl der Besucherandrang überwältigend war und das Organisationsteam rund um Christo zeitweise überlegt hatte, die schwimmenden Stege zu sperren, hatten Enni und Silvia Glück. Ihr Hotel lag direkt neben dem Fähranleger, und sie bekamen gerade noch einen Platz auf einem Schiff, das eine der Inseln im See direkt ansteuerte. Die meisten anderen Besucher wollten vom Festland aus das Kunstwerk betreten und mussten teilweise stundenlang warten, bis sie loslaufen konnten. Doch von all dem Trubel bekam Enni damals nichts mit. Erst Jahre später erfuhr sie im Dokumentarfilm, wie dramatisch die Lage dort war. Und da hörte sie erstmals auch Christo davon sprechen, dass er »echte Dinge« liebte.

Seiher war es zwischen ihr und Silvia zu einem geflügelten Wort geworden, etwas »real« zu nennen. In der Mittagspause in der Werbeagentur wollten sie einen »real salad« essen, in der Bar nach Feierabend wünschten sie sich, dass ein »real man« sie ansprechen würde, der Wanderurlaub in den Dolomiten sollte »real hiking« sein.

Tobias, der natürlich nicht ahnen kann, worüber sich Enni gerade den Kopf zerbrochen hat, und der in Silvias Augen sicher ein »real man« wäre, erwidert Ennis herzliche Umarmung. Die Rotweinflasche, die ihm dabei ein wenig in die Quere kommt, überreicht er ihr anschließend.

»Ich muss ja heute nicht mehr fahren«, meint er mit Blick auf die Flasche.

Dann tritt er ganz selbstverständlich ein und schließt die Haustür. Beinahe wäre Enni »real wine« rausgerutscht, aber sie kann sich gerade noch bremsen und bedankt sich stattdessen. Sie geht voraus in die Küche und stellt die Flasche auf den gedeckten Tisch. Dort steht bereits frisch gebackenes Brot bereit, zwei selbst gemachte Aufstriche aus Kichererbsen und Auberginen und ein Salat aus vielen verschiedenen Kräutern sind ebenfalls schon fertig.

»Setz dich doch«, fordert Enni ihren Sandkastenfreund auf.

»Hier hat sich ja fast nichts verändert«, bemerkt dieser nun und blickt sich verwundert um. »Nur der Kühlschrank ist neu, oder?«

»Volltreffer«, staunt Enni. »Du kennst dich ja wirklich gut aus.«

»Wir saßen doch früher oft in der Küche, und Monika hat uns Kakao gekocht«, erklärt Tobias. »Sie hatte ein gutes Gespür für Kinder und war bestimmt eine tolle Lehrerin.«

»Ja, das war sie ganz sicher«, bestätigt Enni. »Weißt du noch, wie wir im Dachboden gestöbert haben? Der war die reinste Schatzgrube!«

»Klar erinnere ich mich daran! Du hast immer Monikas alte Kleider aus dem Schrank geholt und angezogen. Doch die waren dir um fünf Nummern zu groß. Und dann bist du über die Dielen gelaufen, als wäre es ein Laufsteg.«

»Bin ich gar nicht«, protestiert Enni. »Und du hast immer Angst bekommen, wenn Monika von unten das Licht ausgemacht hat und es plötzlich dunkel wurde. Sie hatte ihren Spaß dabei, uns ein wenig zu ärgern.«

»Oh ja, daran kann ich mich noch gut erinnern!« Etwas ernster fügt er hinzu: »Es war schade, dass du plötzlich weg warst. Ich hatte immer den Eindruck, als ob du hier sehr glücklich gewesen bist.«

»War ich ja auch. Ich habe es geliebt, die Ferien hier zu verbringen. Wir hatten damals alle Freiheiten der Welt. Das kannte ich von München nicht. Das ganze Dorf fühlte sich wie ein ›Safe Space‹ an. Weißt du, was ich meine?«

»Ich glaube schon«, antwortet Tobias und nimmt sich ein Stück Brot, das er mit einem der Aufstriche bestreicht. »Und wieso bist du dann weggeblieben? Was ist damals passiert? Monika meinte nur, deine Eltern hätten dir verboten, nach Waidmannsthal zu kommen.«

»Direkt verboten haben sie es mir nicht. Ich weiß nur noch, dass meine Eltern mit Monika eine Auseinandersetzung hatten und wir danach nie mehr hergekommen sind.«

Enni lässt die Schultern sinken und blickt gedankenverloren aus dem Fenster. Es gibt so viele blinde Flecken, die mit ihrer Familie zu tun haben. Und leider ist niemand mehr da, der ihre Fragen beantworten könnte.

»Was duftet hier eigentlich so lecker?«, wechselt Tobias das Thema, um Enni abzulenken.

»Auf dem Herd köchelt eine Rotweinsoße, und im Ofen warten gegrillte Pilze auf uns. Dazu gibt es ein Püree aus weißen Bohnen.«

»Lass mich raten: Du bist Vegetarierin?«

»Veganerin«, verbessert sie ihn.

»Na, dann lasse ich mich mal überraschen«, lacht er. »Ich hatte eigentlich mit Wild gerechnet.«

»Hä? Wie kommst du denn darauf?«

»Ich habe gehört, dass du dich mit Reinwald angefreundet hast. Da dachte ich, er hat dir zum Einstand vielleicht frisches Wild geschenkt. So kurz vor der Schonzeit hat er im Wald alle Hände voll zu tun, und da fällt einiges an.«

»Ich glaube, da geht deine Fantasie mit dir durch«, empört sich Enni. »Erstens haben wir uns nicht *angefreundet*, wir sind uns nur im Wald *begegnet*. Zweitens esse ich keine Tiere, auch kein Wild. Und drittens: Wieso kümmert ihr euch im Dorf alle darum, mit wem ich mich treffe?«

»In der Stadt war dein Leben sicher anonymer«, lenkt Tobias ein.

»Das kannst du laut sagen. Dort wäre keiner meiner Nachbarn auf die Idee gekommen, mir nachzuspionieren.

Habt ihr in Waidmannsthal keine anderen Probleme?«, regt Enni sich auf.

»Hey, jetzt beruhige dich mal wieder. Niemand spioniert dir nach. Die Leute hier reden einfach miteinander. Und so kommt eins zum anderen.«

»Sorry. Ich wollte nicht gleich so aufbrausend sein«, meint Enni, wendet sich der Rotweinsoße auf dem Herd zu und rührt energisch um.

So hat sie sich den Abend nicht vorgestellt. Eigentlich möchte sie mit Tobias einfach eine schöne Zeit haben, sich locker unterhalten, lachen, lecker essen und guten Wein trinken. All das, was sie an einem Samstagabend auch in München getan hätte. Nur ohne den Druck, immer im angesagtesten Restaurant einen Platz zur ergattern, das Richtige zu bestellen, um am Montag im Büro mitreden zu können. Denn das war letzten Endes der Grund, wieso sie mit Alexander an jedem Wochenende loszog. Um ja nichts zu verpassen, hatte sie in München eine Liste mit Restaurants angelegt, die sie unbedingt noch besuchen mussten. Natürlich war es für einen normal arbeitenden Menschen überhaupt nicht zu schaffen gewesen, die ständig aus dem Boden sprießenden neuen Lokale alle abzuklappern. Dafür reichte weder die Zeit noch das Geld.

Enni holt die Pilze aus dem Ofen und beginnt, das Essen anzurichten. Das Püree aus weißen Bohnen kommt mittig auf den Teller und wird mithilfe eines runden Dessertrings aus Edelstahl schön drapiert. Dann verteilt sie die gegrillten Pilze auf dem Püree und rührt noch mal in der Rotweinsoße, um sie dann über das fertige Gericht zu träufeln. Sie schmollt immer noch. Tobias scheint das nicht zu stören. Er öffnet zielsicher eine Schublade, holt den Korkenzieher heraus und füllt die beiden Gläser mit dem samtig rot schimmernden Wein. Dann stellt er sich locker neben Enni an den Herd und hält ihr ein Glas hin.

»Der kommt aus dem Piemont«, erklärt er. »Den habe ich selbst aus dem Urlaub mitgebracht. Wenn er dir schmeckt, gibt es jede Menge Nachschub bei mir.«

Enni hört auf, die Rotweinsoße über Pilze und Bohnenpüree zu träufeln und nimmt das Weinglas entgegen. Als sie Tobias dabei anblickt und sieht, wie das Muttermal auf seiner rechten Wange nach oben wandert, während er sie anlächelt, verfliegt ihr Groll. Vielleicht, denkt sie, wird der Abend doch noch so, wie ich ihn mir vorgestellt habe.

»Hättest du den Baum nicht draußen auspacken können, damit hier nicht alles voller Nadeln und Dreck ist?«, beschwert sich Enni, als sie ins Wohnzimmer kommt.

Alexander scheint sich an ihrer Bemerkung nicht zu stören und auch nicht zu bemerken, dass eine Spur aus Tannennadeln und Dreckkrümeln von der Haustür über den Flur und die Treppe bis in den ersten Stock reicht. Stattdessen dreht er den Baum im Christbaumständer ein wenig nach rechts, damit er besser zur Geltung kommt. Er ist sichtlich zufrieden mit seinem Kauf. Mit schief gelegtem Kopf prüft er, ob der Baum auch gerade steht, und nickt dann.

»Wie findest du ihn? Du wolltest doch einen riesigen Christbaum haben. Jetzt hast du einen«, freut er sich und grinst sie an.

Der Baum ist wirklich groß. Die Spitze lugt über die Dachbalken hinaus, und hätten sie den Raum nicht bis zur Dachschräge geöffnet, würde er an die Decke stoßen. Enni ist alles andere als begeistert. Sie hat zwar vorsorglich eine zusätzliche Lichterkette besorgt, weil sie ja einen großen Baum wollte. Aber nun wird ihr klar, dass ihre Kugeln ganz sicher nicht ausreichen werden, um den Baum zu schmücken. Enni überlegt, ob sie Monikas Christbaumkugeln irgendwo aufgehoben hat, und nimmt sich vor, danach zu suchen. Aber vorher muss sie die abgefallenen Nadeln und den Dreck wegsaugen.

Ihre Stimmung ist im Augenblick eh nicht besonders gut. Alexander ist zwar wie versprochen am dritten Adventswochenende nach Waidmannsthal gekommen, aber irgendwie läuft es trotzdem nicht rund. Für sie fühlt es sich so an, als ob er hier Urlaub machen würde. Alexander hat es bisher nicht einmal geschafft, seinen Koffer auszupacken. Mit in den Wald wollte er auch nicht gehen. Wenigstens hat sie ihn dazu gebracht, den Christbaum zu besorgen. Wie er es allerdings geschafft hat, das riesige Ding in seinen Firmenwagen zu verfrachten, ist ihr ein Rätsel.

Tobias hat ihr vor wenigen Tagen angeboten, beim Transport des Baumes zu helfen. Aber da Enni Alexander immer noch nichts von ihrem Sandkastenfreund erzählt hat, lehnte sie das Angebot ab. Da sie die Feiertage im Haus verbringen werden, weil Alexanders Familie eher an Kultur als an Natur interessiert ist, laufen sie sicher nicht Gefahr, Tobias irgendwo zu treffen. Aber irgendwann werden sich die beiden Männer zwangsläufig begegnen. Und bis dahin sollte Enni Alexander gegenüber zumindest erwähnt haben, dass sie ihren Freund aus Kindheitstagen wieder regelmäßig trifft.

Der Gedanke an den Abend, den Enni mit Tobias hier im Haus verbracht hat, muntert sie für einen kurzen Augenblick wieder auf. Die Stunden mit ihm waren wie im Flug vergangen, und die mehr als 20 Jahre, die sie sich nicht gesehen hatten, spielten überhaupt keine Rolle. Tobias war so ganz anders als Alexander. Wenn er etwas sagte, dann nahm ihm Enni zu 100 Prozent ab, dass er es auch so meinte. Ihr Freund dagegen meint nicht immer, was er sagt. Die Oberflächlichkeit der Werbebranche hat gewaltig auf ihn abgefärbt, denkt sie nun und fragt sich, wieso ihr das früher nicht aufgefallen ist.

»Soll ich dir beim Schmücken helfen?«, fragt Alexander unschuldig, als sie mit dem Saugen fertig ist.

»Wieso helfen? Ich dachte, wir machen das gemeinsam«, mault sie zurück und drückt energisch mit dem Fuß auf die Taste, um das Stromkabel im Staubsauger verschwinden zu lassen. Der Stecker knallt ungebremst auf das Gehäuse. Mit dieser Geste will Enni ihm zeigen, dass sie sich nicht so ohne Weiteres von ihm einwickeln lässt.

»Klar, wir schmücken den Baum gemeinsam. Ich geh kurz runter in die Küche und mache uns Glühwein«, versucht er daraufhin, Enni zu beschwichtigen, und verschwindet. Alexander hat ein untrügliches Gespür dafür, wann er seine Freundin besser alleine zu lassen hat.

Enni bekommt sofort ein schlechtes Gewissen und würde ihm am liebsten hinterherrufen, dass sie es nicht so gemeint hat. Doch dann räumt sie den Staubsauger in den Wandschrank im Schlafzimmer und mit ihm auch ihr schlechtes Gewissen wegen Tobias. Dann geht sie zurück ins Wohnzimmer und betrachtet den Baum. Eigentlich ist er wirklich schön und genauso, wie sie ihn sich vorgestellt hat. Im Grunde ist Alexander ein Schatz und weiß genau, was sie sich wünscht. Enni ist froh, dass sie bei Tobias' Besuch vorgegeben hat, müde zu sein, als die Flasche Rotwein leer getrunken war. Sie will sich in nichts Neues verwickeln lassen, jetzt, da sie endlich dort angekommen ist, wo sie hinwollte. Es ist besser, Tobias auf Abstand zu halten. Er scheint ihr eh ein ziemlicher Draufgänger zu sein, und Enni hat keine Lust, eine weitere Trophäe in seiner Sammlung zu werden, redet sie sich ein.

Da fällt ihr plötzlich ein, dass sie zwei oder drei Kisten mit Monikas Sachen, die sie nicht weggeben wollte, im Heizraum verstaut hat. Vielleicht steckt Monikas Christbaumschmuck in einem der Kartons. Sie nimmt sich vor, die Kisten gleich noch auf Hinweise zu durchstöbern, die Licht in Monikas Vergangenheit bringen könnten.

Auf dem Weg nach unten ruft sie Alexander zu, er solle doch auch etwas Christstollen mit nach oben nehmen. Er wirft ihr aus der Küche einen versöhnlichen Blick zu, und sie zwinkert ihm zu und geht dann weiter in den Keller. Mit jeder Stufe, die sie nach unten geht, wird ihre Laune besser. Eigentlich ist alles so, wie sie es sich gewünscht hat. In drei Tagen werden Alexanders Eltern und seine Schwester Paula kommen, um Weihnachten mit ihnen zu feiern. Sie haben bereits zusammen das Menü geplant, und der Familie wird nichts übrig bleiben, als in diesem Jahr auf Fleisch zu verzichten. Enni hat sich strikt geweigert, etwas anderes als Gemüse oder Getreide beim Kochen zu verwenden.

Im Keller angekommen macht sie Licht und öffnet die Tür zum Heizraum. Die Pellets, die hier lagern, verströmen einen angenehmen Duft nach Holz, und der Heizkessel verbreitet eine wohlige Wärme. Da Enni seit ihrem Einzug nicht mehr hier unten war, muss sie sich erst einmal orientieren. Ihr Blick schweift über halb volle Farbeimer, Kabelreste, Teile von Dämmplatten und zwei Werkzeugkisten. Daneben lagern eine Kabeltrommel, ein Akkuschrauber und Fliesenreste. Enni tritt weiter in den Raum hinein und überlegt, wo die Kisten mit Monikas Sachen sein könnten. Dann geht sie in die Hocke und entdeckt das Gesuchte hinter dem Pelletspeicher. Sie hatte die beiden Kisten in die hinterste Ecke des Raums geschoben, bevor die Pellets geliefert worden waren. Nun muss sie sich mühsam an dem trichterförmigen Sack vorbeizwängen, um an die Kisten zu kommen. In geduckter Haltung schiebt sie sich an den Pellets vorbei und hofft, dass ihr die Spinnen aus dem Weg gehen, die hier ihr Winterquartier aufgeschlagen haben.

Auf den beiden Kartonkisten hat sich Staub gesammelt, und Enni versucht, diesen wegzupusten, bevor sie sie aufklappt. Dann nimmt sie sich die erste vor und macht sie neugierig auf. Vielleicht findet sie hier tatsächlich einen Hinweis darauf, dass Monika mit Elvis befreundet war.

»Die alten Christbaumkugeln machen sich gut neben eurem Weihnachtsschmuck. Alt und neu passt eben doch zusammen«, befindet Paula, als sie mit Enni das Wohnzimmer betritt. Alexander und seine Eltern sitzen unten in der Küche bei einem Glas Rotwein zusammen. Das Ehepaar ist gestern schon angereist und hat das Haus bereits inspiziert. Das Gästezimmer ist für die beiden reserviert, für Paula steht die ausziehbare Couch im Arbeitszimmer bereit.

»Ja, das finde ich auch«, antwortet Enni. »Ich bin so froh, dass ich die mundgeblasenen Kugeln nicht weggegeben habe. Im Trubel des Umbaus hätte es leicht passieren können, dass ich die Kartons einfach wegschmeiße. Und das wäre echt schade gewesen. Die pastelligen Farben der Kugeln passen wunderbar zu den bunten Anhängern, die ich über all die Jahre gesammelt habe. Am liebsten mag ich die Gurke und den Tannenzapfen.«

»Stimmt, die Gurke ist ein echter Hingucker. Überhaupt ist das ganze Haus toll geworden«, staunt Paula. »Ich habe es zwar vor dem Umbau nicht gesehen, aber ich kann mir denken, dass ihr viel Arbeit hier reingesteckt habt.«

»Ja, wir haben unzählige Stunden investiert, um es so schön zu machen.«

»Wie hast du nur meinen Bruder dazu gebracht, einen Hammer in die Hand zu nehmen?«, meint Paula erstaunt.

Enni lacht und geht zur Couch, um sich zu setzen. Die Schwester ihres Lebensgefährten nimmt ebenfalls Platz.

»Die Initiative ging eigentlich von ihm aus. Und ich muss sagen, er hat sich gar nicht so dumm angestellt. Ich selbst habe auch wahnsinnig viel gelernt. Zum Beispiel weiß ich jetzt, wie man alten Putz abschleift, wie eine Fußbodenheizung verlegt wird und wie man eine Ablaufrinne für eine begehbare Dusche installiert.«

»Wow, das klingt ja, als wärst du die *Wonder Woman* der Handwerker. Vielleicht solltest du dir überlegen, die Branche zu wechseln.«

»Oh nein, lieber nicht! Ohne die richtigen Handwerker, die alles absegnen mussten, was Alexander und ich hier selbst zusammengebastelt haben, würde die Heizung nun sicher nicht laufen, und fließendes Wasser gäbe es bestimmt auch nicht.«

»Und deine Tante hat all die Jahre ganz alleine hier gelebt?«, fragt Paula daraufhin, und ihr Ton verrät, dass sie nicht sicher ist, wie Enni auf dieses Thema reagieren wird.

»Großtante. Monika war die Tante meiner Mutter«, entgegnet sie mittlerweile ganz automatisch. »Als Kind war ich in den Ferien fast immer hier. Meine Eltern haben beide viel gearbeitet und konnten es sich nicht leisten, immer Urlaub zu nehmen, wenn ich schulfrei hatte. Aber ja, die restliche Zeit war meine Großtante alleine im Haus.«

»Alexander meinte, du hast deine Tante jahrelang nicht gesehen. Bis zu ihrem Unfall im Garten ...«

Paula stockt und weiß nicht recht, ob sie weiterreden soll.

»Ja, das stimmt. Irgendwann gab es eine Auseinandersetzung zwischen meinen Eltern und meiner Großtante, und ich durfte in den Ferien nicht mehr zu ihr fahren. Da war ich vielleicht zehn oder elf. So genau weiß ich das nicht mehr. Jedenfalls brach der Kontakt komplett ab.«

»Und worum ging es bei dem Streit, wenn ich fragen darf?«

»Klar darfst du fragen«, erwidert Enni. »Ich kann es dir nur leider nicht sagen. Wie du ja weißt, sind meine Eltern ebenfalls gestorben, und ich kann sie nicht mehr fragen.«

»Das tut mir sehr leid«, entgegnet Paula und legt Enni den Arm um die Schulter. »Ich weiß, dass du eine schwere Zeit hinter dir hast.«

»Am schlimmsten war es für mich, als meine Eltern erfuhren, dass ich das Haus von Monika geerbt habe. Da wurden sie richtig sauer. Nicht auf mich, sondern auf meine Großtante. Aber irgendwie hab ich es dann doch abgekriegt.«

Enni wischt ein paar Tränen weg, die über ihre Wangen rollen, und blickt Paula direkt an.

»Ich konnte doch nichts dafür, dass Monika und meine Eltern nicht mehr miteinander gesprochen haben. Ich saß wortwörtlich zwischen den Stühlen, und niemand wollte mir sagen, was los war. Beinahe hätte ich das Erbe ausgeschlagen, nur damit wieder Frieden herrscht. Zum Glück war das Häuschen schon recht alt und sanierungsbedürftig, sonst hätte ich auch noch einen Haufen Erbschaftssteuer zahlen müssen. Aber dadurch und durch den Umstand, dass es am Ende der Welt steht, konnte ich es mir gerade noch leisten, die Steuer zu bezahlen.«

»Und dann kam der schreckliche Unfall …«

Der Satz von Paula bleibt eine Weile in der Luft hängen, und die beiden Frauen sitzen einfach nur da und betrachten den glitzernden Weihnachtsbaum.

»Alexander hat mir davon erzählt. Das muss ein Riesen-schock für dich gewesen sein«, meint Paula mitfühlend, löst ihren Arm von Ennis Schulter und nimmt stattdessen ihre Hand, um diese fest zu drücken.

»Sie hatten furchtbares Pech, als sie im Spätherbst mit Sommerreifen aus Italien nach München zurückfahren wollten. Meine Eltern waren erst am späten Nachmittag vom Gardasee aus aufgebrochen und wurden am Bren-ner von starkem Schneefall überrascht. Es kam zu mehre-ren Auffahrunfällen, und sie steckten mittendrin, konnten nicht mehr rechtzeitig bremsen und haben den Aufprall nicht überlebt.«

Ein Tränenschleier trübt nun Ennis Sicht, und Paula holt ein Taschentuch hervor und hält es ihr hin. Enni trocknet damit ihre Tränen und putzt sich die Nase.

»Am nächsten Tag hätten sie einen Werkstatttermin für den Reifenwechsel gehabt. Leider zu spät ...«

Wieder bleiben die Worte in der Luft hängen, und Paula gibt Enni die Zeit, sich wieder zu fassen.

»Plötzlich war ich die Einzige, die von unserer Familie noch übrig war. Mit der Beerdigung und der Auflösung der Wohnung meiner Eltern war ich ganz schön eingespannt und verfiel fast in eine Depression. Zum Glück bin ich dann Alexander begegnet. Mit ihm konnte ich wieder Richtung Zukunft schauen.«

»Wie kamt ihr eigentlich auf die Idee, das Haus für euch herzurichten?«

Der Themenwechsel entspannt Enni sichtlich, und sie lehnt sich auf der Couch zurück.

»Alexander zog ja relativ schnell zu mir in die Münchner Wohnung, weil meine beiden Mitbewohnerinnen fast zeit-gleich in andere Städte gingen. Und obwohl ich ein wenig

Schiss vor dem Zusammenleben mit einem Mann hatte, kamen wir super klar. Als ich ihm einige Zeit später bei einem Ausflug nach Waidmannsthal das Haus zeigte, war er sofort Feuer und Flamme.«

»Ja, so kenne ich meinen Bruder«, lacht Paula. »Er kann sich wahnsinnig schnell für Sachen begeistern.«

»Ja, das stimmt. Aber seine Euphorie war kein Strohfeuer. Er hat mich ein halbes Jahr lang bearbeiten müssen, bis ich endlich zugestimmt habe. Er meinte, das Haus hat Potenzial, das wir auf jeden Fall nutzen müssen.«

»Echt? So energisch kenne ich ihn gar nicht.«

»Ich glaube, ihn reizte die Herausforderung, etwas mit seinen eigenen Händen zu machen.«

»Anfangs konnte ich es gar nicht glauben, als er mir erzählte, er würde drei Monate lang freinehmen, um das Haus zu renovieren.«

»Ich auch nicht. Ich dachte, er würde Spaß machen. Aber ich merkte schnell, wie ernst es ihm damit war.«

»Wie ist es für dich, wieder in dem Haus deiner Kindheit zu sein?«

Enni überlegt. Dann macht sie den Mund auf, hält aber wieder inne und fasst ihre Gedanken schließlich doch in Worte. »Vieles erinnert mich an meine Großtante. Die Kücheneinrichtung, die große Linde vor dem Haus, sogar die Nachbarn sprechen immer wieder von ihr. Ich merke langsam, dass ich sie eigentlich gar nicht kenne. Oder besser gesagt kannte. Als ich den Christbaumschmuck gesucht habe, sind mir aber einige ihrer persönlichen Dinge in die Hände gefallen.«

»Und, war etwas Interessantes dabei?«, will Paula wissen und setzt sich aufrecht hin.

»Ja, ein altes Tonband, auf dem handschriftlich ›Elvis 1958‹ notiert war. Paul, mein Nachbar, meinte, Monika hätte für

Elvis Presley gedolmetscht, und vielleicht hat meine Großtante das Band deshalb aufgehoben. Ich hatte auch auf Fotos oder ein Tagebuch aus dieser Zeit gehofft, aber leider war nichts dergleichen zu finden.«

»War deine Tante damals in Amerika?«

»Nein, Elvis Presley war eine Zeit lang hier in Deutschland stationiert. Das konnte ich im Internet nachlesen. Angeblich soll er sich auch auf dem hier angrenzenden Truppenübungsplatz aufgehalten haben. Und dort soll Monika für ihn übersetzt haben, erzählte mir zumindest mein Nachbar.«

»Oder deine Großtante war einfach ein Fan von Elvis, und auf dem Tonband ist Musik von ihm aus dem Jahr 1958 zu finden.«

»Wahrscheinlich hast du recht, und wir werden nie erfahren, wie es wirklich war«, meint Enni resigniert.

»Kann man das Band denn nicht mehr abspielen?«

»Vermutlich schon. Aber dazu bräuchte ich ein entsprechendes Gerät.«

»So was gibt es bestimmt auf dem Flohmarkt«, versucht Paula, sie aufzumuntern.

»Ja, in München wäre es sicher kein Problem, so ein altes Gerät aufzutreiben. Aber wo soll hier so was rumliegen?«

»Vielleicht staubt es auf einem der Dachböden im Dorf gerade vor sich hin und wartet darauf, dass du kommst und ein Originaltonband von Elvis darauf abspielst?«

»Klar, und ich bin Schneewittchen und lebe hier hinter den sieben Bergen, zusammen mit den sieben Zwergen«, kontert Enni, und ihre Stimmung wird langsam wieder besser.

»Ihr lebt hier eher wie Hänsel und Gretel mitten im finsteren Wald, würde ich sagen«, meint Paula daraufhin und lächelt. »Aber lassen wir die alten Geschichten erst mal ruhen und gehen lieber nach unten und trinken ein Glas Rotwein, bevor die anderen die Flasche leer machen. Morgen ist Heiligabend, und ich habe mir vorgenommen, mit einem riesigen Kater aufzuwachen.«

»Gute Idee! Bin dabei«, erwidert Enni und lässt sich gerne von Paulas guter Laune anstecken.

Der Duft von Rotkohl und Zimt weht Enni in die Nase, als sie die Küche betritt. Oben im Wohnzimmer ist der Tisch bereits festlich mit Monikas Goldrandporzellan und schönen Leinenservietten eingedeckt, zwei Flaschen Merlot aus Südfrankreich stehen geöffnet daneben, damit der Wein noch atmen kann, und die Kerzen am Tisch brennen bereits. Alexanders Eltern haben sich zurückgezogen, um ihre Garderobe zu wechseln, und Paula packt noch letzte Geschenke ein. In einer halben Stunde soll es das Festessen geben, danach ist Bescherung. So jedenfalls hat es der Familienrat bestimmt. In Ennis Vorstellung wäre der Heiligabend weit weniger formal und eher leger ausgefallen, aber sie will die Tradition nicht brechen und hat daher keine Einwände erhoben. Zumal sie froh ist, überhaupt im Kreis einer Familie feiern zu können. Im ersten Jahr nach dem Tod ihrer Eltern hatte sie keine Angehörigen mehr, mit denen sie die Feiertage hätte begehen können. Aber dann schneite Alexander in ihr Leben und brachte seine Familie gleich mit.

»Das duftet herrlich«, ruft sie ihrem Freund von der Tür aus zu und wirft dann einen Blick in den Ofen. »Der Nussbraten sieht toll aus. Ich glaube, der braucht nicht mehr lange«.

»Im Rezept steht, dass er noch 20 Minuten bei 180 Grad im Ofen bleiben muss«, erwidert er, nachdem er noch mal im Kochbuch nachgelesen hat. »Du kannst aber gerne übernehmen, wenn du möchtest …«

Nun ist er eingeschnappt, und Enni beeilt sich zu sagen, dass es sicher richtig ist, wie es das Rezept vorgibt. Sie selbst kocht eher aus dem Bauch heraus und vermischt Zutaten nach Lust und Laune, ohne sie vorher genau abzumessen. Aber sie kann verstehen, dass Alexander heute alles ganz besonders gut machen möchte. Seine Familie feiert zum ersten Mal auswärts Weihnachten, und auf den geliebten Feiertagsbraten müssen sie ebenfalls verzichten. Alexander und sie waren sich sofort einig gewesen, dass es kein Fleisch geben würde.

»Magst du die Rotweinsoße kosten?«, fragt Alexander nun, und Enni versteht sein Friedensangebot richtig.

»Klar«, gibt sie zurück und holt einen kleinen Löffel aus der Schublade.

»Irgendetwas fehlt noch, aber ich komme einfach nicht darauf, was es ist«, meint Alexander und wartet auf Ennis Reaktion.

»Sehr lecker«, befindet sie. »Ich könnte mir vorstellen, dass ein Stück dunkle Schokolade die Soße rund machen würde.«

»Genau, das ist es!«

Alexander geht zum alten Küchenbuffet und holt eine Tafel heraus. Dann bricht er eine Reihe ab, wirft kleine Stücke davon in die Rotweinsoße und rührt immer wieder um. Nachdem sich die Schokolade vollständig aufgelöst hat, lässt er Enni erneut kosten.

»Nun ist sie perfekt!«, befindet sie.

»Super. Dann fehlen nur noch die Spätzle. Zum Glück haben wir die schon vorgekocht und müssen sie nur noch aufwärmen.«

Alexander holt eine gusseiserne Pfanne heraus, gibt Margarine hinein und stellt sie auf den Herd. Die Platten müssen sie leider immer noch mit Strom betreiben, weil sie es noch nicht geschafft haben, Brennholz zu organisieren. Aber da es in der Küche vom Kochen eh schon sehr warm geworden ist, ist Enni ganz froh darüber, dass der alte Herd den Raum nicht noch zusätzlich aufheizt.

»Paula hat mir vorhin erzählt, dass deine Großtante Elvis kannte. Stimmt das?«, will Alexander wissen, während er wartet, dass das Fett heiß wird.

»Ob das stimmt, kann ich dir leider nicht sagen. Paul meinte, Monika hätte für Elvis übersetzt, als er hier am Truppenübungsplatz stationiert war.«

»Das wäre ja echt eine coole Geschichte. Vielleicht gibt es im Haus noch irgendwo ein Tagebuch, in dem Details stehen? Oder Fotos? Das wäre noch besser. Vielleicht könnte man die Sache irgendwie vermarkten«, beginnt Alexander zu träumen.

»Jetzt mach mal halblang«, unterbricht Enni ihn. »Bisher habe ich nichts gefunden, das bestätigt, was Paul erzählt hat. Und ob es stimmt oder nicht: Hier wird gar nichts vermarktet. Das kannst du dir für deine Kunden in München aufheben.«

»Hey, jetzt flipp nicht gleich aus. Es geht ja nicht gerade um ein Staatsgeheimnis oder so.«

»Nein, aber es geht um meine Familie. Und da verstehe ich überhaupt keinen Spaß.«

Enni ist lauter als beabsichtigt geworden, und Paula, die im Zimmer nebenan Geschenke einpackt, steckt den Kopf durch die Tür, um zu fragen, ob alles in Ordnung sei.

»Klar«, antwortet Alexander und wirft seiner Schwester eine Kusshand zu. »Das Essen ist in zehn Minuten fertig. Gibst du Mama und Papa Bescheid?«

Paula wirft Enni noch einen fragenden Blick zu, nickt dann und verschwindet wieder.

»Sorry, ich wollte gerade nicht so laut werden«, entschuldigt sich Enni nun zerknirscht. »Seit ich hier wohne, kommen die ganzen alten Geschichten wieder hoch. Der Streit meiner Eltern mit meiner Großtante, das Erbe, das ich und nicht sie bekommen habe, der Unfall und dann noch dieses Gerede über Monika, das ich nicht verstehe. Es ist einfach alles ein bisschen viel auf einmal.«

»Komm her, mein Herz«, meint Alexander daraufhin versöhnlich und breitet seine Arme aus.

Enni wendet sich ihm zu, legt ihren Kopf auf seine Schulter und lässt sich bereitwillig in seine starken Arme sinken. Mit geschlossenen Augen stehen sie einige Augenblicke eng umschlungen da, bis ihr ein komischer Geruch in die Nase steigt.

»Sag mal, hier riecht es irgendwie angebrannt«, stellt sie dann fest und löst sich aus der Umarmung.

»Oh nein! Schnell, wir müssen den Nussbraten rausholen. Ich glaube, der ist doch eher fertig, als es im Rezept angegeben ist.«

Als Enni das Haus verlässt, um zu Alexanders Firmenwagen zu gehen, bleibt sie einen Moment an der Tür stehen und blickt zum blauen Himmel hinauf. Sie lauscht der mittlerweile vertrauten Stille und atmet die frische Luft ein. Wenn sie es nicht besser wüsste, würde sie denken, dass der Frühling vor der Tür steht. Über die Feiertage war es schon nicht besonders kalt gewesen, doch die Prognosen für die kommenden Tage sind noch verrückter. An Neujahr soll es frühlingshaft warm werden. Überall ist vom Klimawandel die Rede, und die heißen, regenarmen Sommer der letzten

Jahre deuten ebenfalls darauf hin, dass sich in der Welt etwas ändern wird. Die Wissenschaftler gehen sogar so weit zu sagen, dass die Menschheit in ein neues Erdzeitalter eingetreten ist. Das Anthropozän, in dem Menschen ganz maßgeblich für die Veränderung ihre Umwelt verantwortlich sind, löst seit etwa 1950 das Holozän ab. Zumindest hat Enni diese Information in der letzten Woche irgendwo aufgeschnappt.

Doch vorerst will sie sich nicht mit diesem Thema beschäftigen, das ihr insgeheim Angst macht. Die Gegend, in der sie nun lebt, ist von jeher extrem wasserarm und trocken, wie sie noch aus ihrer Kindheit weiß. Von daher kann sie keinen Unterschied feststellen, ob nun wirklich weniger Regen fällt oder nicht. Der Hanggarten, der unterhalb des kleinen Häuschens liegt, wird zum großen Teil von einer Magerwiese bedeckt, wie ihr ihre Nachbarin Christa, die rechter Hand wohnt, vor einigen Tagen erklärt hat. Sie und Udo haben ihren Garten terrassiert, mit Mutterboden aufgefüllt und Rasen angesät. Im Sommer müssen sie nun oft wässern, wie Christa klagte. Doch eine Magerwiese wie bei Enni würde trotzdem nicht infrage kommen, meinte die ältere Frau trotzig. Im Frühjahr und Herbst sehe alles ja ganz nett aus und die Insekten fänden ja auch etwas zu fressen, was gut wäre. Aber im Hochsommer würde die ganze Fläche regelmäßig verdorren und sehe nicht besonders schön aus. Christa fürchtete zudem, dass die Gemeinde schon bald das Wässern von Rasenflächen verbieten würde, weil der Grundwasserpegel immer mehr sinke. Was werde dann mit ihrem schönen Rasen passieren, hat sie Enni gefragt und ein langes Gesicht gezogen.

Enni verscheucht die Gedanken an Klimawandel und die möglichen Auswirkungen auf ihr Leben, geht zügig zum Auto und steckt das Ladekabel aus. Sie ist doch nicht aufs Land gezogen, um hier in Zukunftsangst zu verfallen, sagt sie zu sich selbst, rollt energisch die leuchtend rote Verlängerung auf und legt sie vor die Eingangstür. Sie geht ins Haus zurück, steckt auch dort das Kabel aus und lässt es durch das gekippte Fenster nach draußen fallen. Zum Glück war es die ganze Nacht über recht mild gewesen, und so konnten sie es riskieren, das Fenster geöffnet zu lassen. Hoffentlich hält der Elektriker Wort und montiert wie versprochen die Wallbox in der ersten Januarwoche. Auf Dauer ist es wirklich kein Zustand, das Auto so umständlich zu laden, denkt Enni grimmig. Dann schließt sie das Fenster, geht wieder hinaus, rollt das restliche Stück Kabel auf und lässt es an Ort und Stelle liegen. Sie hat keine Lust, wieder ins Haus zurückzugehen und die Verlängerung im Keller zu verstauen. Das kann sie machen, wenn sie vom Bahnhof zurück ist.

Als sie endlich beim Auto ist, und gerade einsteigen will, tritt Paul vor sein Haus und grüßt sie freundlich. Obwohl sie schon spät dran ist, geht sie die wenigen Meter zu ihm, um ihm einen guten Rutsch ins Neue Jahr zu wünschen.

»Schönes Wetter heute«, beginnt er die Unterhaltung. »Ich kann mich nicht erinnern, dass es am Ende eines Jahres jemals so warm gewesen wäre.«

Nicht schon wieder, denkt Enni und verdreht die Augen. Dann besinnt sie sich. Paul weiß nicht, dass ihr der Klimawandel gerade auf die Nerven geht. Sie wechselt schnell das Thema.

»Wie waren die Feiertage?«, fragt sie deshalb.

»Eigentlich wie immer, nichts Besonderes. Aber bei euch war ja einiges los.«

»Ja, Alexanders Familie hat uns besucht. Es war schön, das Haus voller Leute zu haben.«

»Das kann ich mir vorstellen«, erwidert Paul und blickt zu Boden.

Enni tut der alte Mann plötzlich leid, und einem Impuls folgend fragt sie ihn, ob er Silvester nicht mit ihnen feiern möchte. Sie erklärt ihm, dass sie gerade auf dem Weg zum Bahnhof sei, um ihre Freundin Silvia abzuholen. Diese komme aus München und würde für einige Tage in Waidmannstahl bleiben. Sie wollen den Jahreswechsel ganz entspannt feiern, ohne viel Tamtam, nur mit leckerem Essen und gutem Wein.

»Aber ihr jungen Leute wollt doch sicher unter euch sein. Da habe ich alter Mann nichts verloren«, lehnt er das Angebot ab.

»Also jung sind wir ganz sicher auch nicht mehr«, lacht Enni.

»Ihr seid sicher halb so alt wie ich …«

»Dafür hast du die doppelte Lebenserfahrung«, wirft Enni ein. »Komm schon, gib dir einen Ruck. Wir würden uns freuen, wenn du dazukommst, um mit uns auf das Neue Jahr anzustoßen. Und überhaupt müssen wir unsere Nachbarschaft auch noch feiern.«

»Also gut«, willigt der alte Mann schließlich ein. »Ich komme gerne zu euch rüber. Ob ich allerdings bis Mitternacht durchhalte, kann ich dir nicht versprechen.«

»Dass ich nicht lache! Wahrscheinlich sind Alexander und ich schon lange im Bett, während du mit Silvia noch bis in den Morgen hinein feiern wirst«, prophezeit sie.

Paul schüttelt lächelnd den Kopf und bedankt sich. Sie verabschieden sich, und im Weggehen ruft er Enni noch hinterher, dass er einen selbst gebrannten Obstler mitbringen werde. Dann steigt sie schnell ins Auto, um zum Bahnhof zu fahren. In zehn Minuten kommt der Zug aus München an und sie muss sich beeilen, damit Silvia nicht auf sie warten muss.

Enni freut sich darauf, den mittlerweile bekannten Weg in die kleine Stadt mit dem Auto fahren zu können. Sie ist es leid, auf »Rufus« angewiesen zu sein, wenn Alexander in München ist. Und jetzt, da das Auto wieder voll aufgeladen ist, kann sie sich auch den Luxus der Sitzheizung gönnen. Obwohl es draußen nicht wirklich kalt ist, freut sie sich über die angenehme Wärme an ihrem Rücken, während sie den kurvigen Teil der Strecke und die Grenze zum Truppenübungsplatz hinter sich lässt und an den Birken vorbeifährt, die den Weg säumen.

Ihre Gedanken wandern zurück zu den Feiertagen, und sie muss über die Panne mit dem Nussbraten lachen. Ihr Freund war ziemlich zerknirscht gewesen, als sie das verkohlte Ding aus dem Ofen holten. Er war kurz davor, den Nussbraten wegzuwerfen. Aber Enni hielt ihn davon ab, schnitt kurzerhand die Kruste ab und richtete den restlichen Braten schön mit geschmorten Zwiebeln, Spätzle und der Rotweinsoße an. Weder Alexanders Eltern noch Paula merkten etwas von dem Malheur und alle waren sich einig, dass das Essen ein erstklassiger Ersatz für den traditionellen Festtagsbraten war. Alexander meinte, sie hätte ihm kein schöneres Weihnachtsgeschenk machen können, als das Essen zu retten. Und er versprach ihr, mehr auf sie und ihre Intuition zu hören.

Wie vorhergesagt, liegt die Temperatur an Silvester bei ungefähr 15 Grad. Nach einem späten ausgiebigen Brunch machen sich Enni und Silvia auf den Weg in den Wald. Die Frauen haben das Bedürfnis nach frischer Luft und Bewegung. Alexander hat versprochen, dass er in der Zwischenzeit aufgeräumt. Danach, denkt seine Freundin grimmig, hängt er sicher wieder vor seinem Notebook und guckt irgendeine Serie auf *Netflix*, die sie doof findet.

Silvia, die eigentlich aus Hamburg kommt, aber schon seit 20 Jahren in München lebt, wird bald 40, und die beiden Frauen überlegen, während sie auf der schmalen Teerstraße Richtung Waldrand laufen, wie Silvia ihren Geburtstag feiern könnte. Enni rät ihr, einfach abzuhauen und Urlaub zu machen. Sie solle ihr Geld lieber für sich selbst ausgeben, als es den Besitzern eines überteuerten Restaurants in München in den Rachen zu werfen. Die großgewachsene, blonde Frau meint daraufhin, dass sie es schön fände, ihre ganzen Freunde um sich zu haben und mit ihnen zu feiern. Und dies wäre vermutlich in einem Restaurant am einfachsten.

»Sei doch mal ehrlich: Wie viele von den Leuten, die du in München triffst, sind deine echten Freunde?«, gibt Enni zu bedenken. »Die Kollegen aus der Werbeagentur kannst du gleich mal streichen.«

»Du bist ja eine richtige Misanthropin geworden«, erwidert Silvia und öffnet ihre dicke Winterjacke. Zum Glück hat sie die Mütze im Haus gelassen. Es ist wirklich warm geworden, und Enni legt beim Gehen so ein Tempo vor, dass sie ins Schwitzen kommt. Dann holt Silvia einen Haargummi aus der Tasche und bindet ihre langen glatten Haare zu einem Pferdeschwanz zusammen.

»Bin ich nicht«, kommt es trotzig zurück. »Aber außer dir hat bisher niemand aus der Agentur bei mir angerufen und nachgefragt, wie es mir geht. Aus den Augen, aus dem Sinn, heißt es ja so schön. Das stimmt wohl.«

»Was dachtest du denn? Dass du jede Woche per Zoom-Call auf dem Laufenden gehalten wirst, was in der Agentur oder in München so passiert?«

»Nein, das ganz sicher nicht. Aber bei meinem Abschied meinten einige der Kollegen, sie würden sich total für mich freuen und mich gerne mal besuchen kommen. Nicht einer hat sich bisher bei mir gemeldet.«

»So was sagt man, um nett zu sein«, sagt Silvia unumwunden. »Vor zwei Jahren hättest du das genauso gemacht.«

Vor zwei Jahren war ich ja auch noch ein anderer Mensch, will Enni antworten, verkneift sich aber die Bemerkung. Silvia und sie haben schon stundenlang darüber geredet, wie krass sich Ennis Leben seit dem Tod ihrer Eltern verändert hat. Eigentlich schon seit Monikas Tod, gesteht sie sich nun ein.

Als sie damals nach dem Anruf ins Krankenhaus gefahren ist und Monika das letzte Mal lebend gesehen hat, war sie total überfordert gewesen. Seit Jahren gab es kein Lebenszeichen mehr von ihrer Großtante, und dann war es ausgerechnet Enni, die Monika als Kontaktperson in ihre Patientenverfügung eingetragen hat. Ihre Eltern wollten nichts mit der Sache zu tun haben und überließen es der Tochter, sich um alles zu kümmern. Zu diesem Zeitpunkt konnten sie natürlich nicht wissen, dass Monika die Operation nicht überleben würde. Und so blieb es an Enni hängen, ins Krankenhaus zu fahren. Als diese dann erfuhr, dass es während der Narkose zu Komplikationen gekommen war und Monika nicht überlebt hatte, war sie wie vor den Kopf geschlagen. Zumindest dann hatten ihre Eltern ein Einsehen gehabt und waren ihr bei der Organisation der Beerdigung zur Seite gestanden. Als kurz darauf jedoch das Testament eröffnet wurde, und Enni die alleinige Erbin war, zogen die Eltern wortlos ab, und sie stand wieder mit allem alleine da.

»Kommst du mittlerweile besser damit klar, dass das Verhältnis zu deinen Eltern vor ihrem Tod nicht besonders gut war?«, will Silvia nun wissen und trifft damit genau ins Schwarze. Es ist wohl ihre hanseatische Art, alles geradeheraus und ohne große Vorrede anzusprechen, und Enni kann ihrer Freundin deshalb nicht böse sein.

»Irgendwie schon. Ich dachte immer, in allen anderen Familien läuft es besser als bei uns. Aber nachdem ich Alexander und seine Eltern nun einige Tage lang erleben durfte, habe ich kapiert, dass nicht immer alles glatt laufen kann. Wenn Menschen zusammenkommen, entstehen nun mal Reibereien. Das ist normal.«

»Trotzdem wäre es wahrscheinlich schön gewesen, wenn ihr euch vor dem Unfall noch mal ausgesprochen hättet, oder?«

»Hätte, hätte, Fahrradkette«, antwortet Enni automatisch. Das Was-wäre-wenn-Spielchen hat sie schon zig-mal gespielt. Natürlich hätte es ihr geholfen, wenn sie gewusst hätte, was zwischen Monika und ihren Eltern vorgefallen war, denkt sie nun. Und gleichzeitig bekommt sie ein schlechtes Gewissen. Vielleicht hätte sie selbst den Kontakt zu Monika suchen sollen, als sie erwachsen war, um die Unstimmigkeiten aus dem Weg zu räumen. Aber sie wollte ihren Eltern gegenüber loyal bleiben und hat sich nicht getraut, den ersten Schritt zu machen. Und nun ist es zu spät. Zum Glück konnte sie über all das mit der Therapeutin sprechen, die ihr Silvia nach dem Tod der Eltern empfohlen hat.

»Wann schlägt Alexander eigentlich seine Zelte hier im Dorf auf?«, unterbricht die Freundin Ennis Gedanken.

»Er ist doch hier«, verteidigt diese ihren Freund.

»Ja, jetzt sind ja auch Feiertage. Ich meinte, wann er endgültig hierherkommt. Das war doch langfristig euer Plan, oder nicht?«

»Das ist nicht so einfach für ihn. Er kann seine Kunden ja nicht wie ich vom Homeoffice aus betreuen. Die wollen ihn persönlich sehen, mit ihm essen gehen und so. Du kennst die Branche doch.«

»Aber habt ihr das nicht vorher schon gewusst?«

»Schon. Insgeheim habe ich gehofft, dass er sich vielleicht einen anderen Job sucht. Aber danach sieht es ganz und gar nicht aus.«

»Ja, den Eindruck habe ich auch. Er scheint sich in München sauwohl zu fühlen, wenn ich das so salopp sagen darf ...«

»Wie meinst du das nun wieder?« Enni ist stehen geblieben und schaut ihre Freundin forschend an. »Gibt es da etwas, dass du mir sagen möchtest?«

»Nein, da ist nichts. Ehrlich!«, beteuert Silvia. »Aber wenn ich ihn hier so erlebe, dann kommt es mir vor, als ob er hier nur Urlaub machen würde, während du dich voll auf das Abenteuer Landleben einlässt.«

»Das kommt schon noch«, murmelt Enni und geht langsam weiter. Sie kann sich selbst noch nicht richtig vorstellen, wie Alexander dauerhaft hierher passt, doch das sagt sie lieber nicht.

»Was gibt es denn sonst so für Männer hier im Ort? Dein Nachbar Paul ist ja eindeutig zu alt für dich!«, versucht Silvia, die Situation aufzulockern.

Enni überlegt, ob sie von Tobias erzählen soll. Eigentlich hat sie keine Geheimnisse vor ihrer Freundin. Aber irgendwie ist gerade nicht der richtige Zeitpunkt. Außerdem weiß sie gar nicht, was sie über ihren Sandkastenfreund erzählen soll. Dass er gut aussieht? Dass er ein Draufgänger ist? Dass er nur ein guter Freund ist? Ja, was ist er eigentlich, fragt sie sich selbst.

Mittlerweile sind die beiden Frauen im Wald angekommen, und der Schatten der Bäume tut ihnen gut. Sie gehen eine Weile still nebeneinander her und lauschen den Geräuschen, die sie umgeben. Einige Vögel zwitschern, hier und da knackt etwas, und unter ihren Füßen rascheln vertrocknete Blätter.

Ein Bellen, das ganz aus der Nähe zu kommen scheint, lässt Silvia erschrocken zusammenfahren.

»Hier gibt es doch keine Wölfe, oder?«

»Nein«, beruhigt Enni sie. »Das ist sicher Reinwald mit Theo, seinem Hund.«

Und wie auf Befehl taucht ein brauner Labrador an einer langen Leine neben ihnen auf. Kurz darauf ist auch Reinwald zu sehen, der zwischen den Bäumen hervorkommt und auf die beiden Frauen zugeht.

»Ein gutes Neues Jahr wünsche ich den Damen«, grüßt er, verbeugt sich theatralisch und nimmt dabei seinen Filzhut ab.

»Ebenso«, erwidert Silvia knapp. »Ich dachte schon, das Jaulen kommt von einem Wolf.«

»Also, einen Wolf habe ich hier nicht gesehen. Jedenfalls bisher noch nicht …«, gibt er zurück und marschiert weiter.

»Was war das denn für ein Kauz?«, will Silvia wissen, als Reinwald außer Hörweite ist.

»Das ist der ortsansässige Jäger. Anscheinend ist das hier ein gutes Jagdgebiet. Vor einigen Wochen bin ich zufällig an einer Futterstelle für Rehe vorbeigekommen. Die Tiere haben dort seelenruhig gefressen. Bis plötzlich ein Schuss fiel und alle wegliefen. Meinst du, ein Jäger würde die Rehe erst mit Futter anlocken und dann abknallen? Legen die sich nicht eher auf einem Hochsitz auf die Lauer?«

»Kein Ahnung! Aber ehrlich gesagt, sind Menschen, die aus Spaß auf Tiere schießen, schon ein wenig spooky«, befindet Silvia.

Aber Enni ist sich mittlerweile gar nicht mehr so sicher, ob Reinwald aus Freude am Töten Jäger geworden ist. Doch darüber möchte sie nun nicht mit ihrer Freundin diskutieren. Viel lieber möchte sie noch etwas Klatsch aus der Werbeagentur hören. Und wissen, welche Restaurants gerade angesagt sind und wo sich Silvia an den Wochenenden so rumtreibt. Es kann ja nicht schaden, gut informiert zu bleiben, denkt sie heiter.

Januar

Endlich wieder alleine. Das ist Ennis erster Gedanke, als sie am Tag nach Dreikönig ins Arbeitszimmer geht und den Computer einschaltet. Obwohl sie sich sehr über die Besuche von Alexanders Eltern, Paula und auch Silvia gefreut hat, ist sie nun doch erleichtert, das Haus wieder für sich zu haben. Sogar der Abschied von ihrem Freund gestern Abend verlief weit weniger schmerzhaft, als sie es sich vorgestellt hat.

Wie schnell man sich doch an Veränderungen gewöhnt, denkt sie nun und ruft ihre E-Mails auf. Noch vor einem halben Jahr hätte sie sich nicht vorstellen können, nach gemeinsamen Ferien mit Familie und Freunden alleine zurückzubleiben. Damals hätte sie sich irgendwie verloren gefühlt, wenn die Herde ohne sie weitergezogen wäre. Nun aber, da sie bereits einige Wochen nur mit sich selbst hat klarkommen müssen, ist auch das Gefühl verschwunden, einsam zu sein. Ein Teil von ihr genießt sogar die Stunden und Tage, die sie ohne Ansprache ist.

Bevor Enni mit ihrer eigentlichen Arbeit beginnen kann, muss sie die eingegangenen E-Mails bearbeiten. Die nächsten zwei Stunden verbringt sie damit, Nachrichten der letzten beiden Wochen zu löschen, auf Anfragen zu antworten, neue Abgabetermine zu notieren und ihr virtuelles Postfach aufzuräumen. Enni weiß, dass sie nicht konzentriert arbeiten kann, wenn dort unbearbeitete Nachrichten liegen. Daher nimmt sie sich die Zeit und schiebt jede wichtige E-Mail in einen dafür vorgesehenen Ordner, damit sie bei Bedarf später darauf zugreifen kann und nicht lange suchen muss. Alle anderen löscht sie.

Als diese mühsame Arbeit endlich erledigt ist, geht sie in die Küche und holt sich eine Tasse Kaffee. Sie gönnt sich noch einen kleinen Aufschub, bevor sie mit der Überarbeitung eines Ausstellungskatalogs beginnt. Für die 200 Seiten starke Veröffentlichung hat sie noch bis Ende des Monats Zeit. Da es so viele Änderungswünsche gibt, wird sie sicher bis zum letzten Tag brauchen, und hat sich daher für den Januar nichts anderes vorgenommen. Zum Glück wird die Arbeit gut bezahlt, und sie steht daher nicht unter Druck, nebenher noch an anderen Projekten arbeiten zu müssen.

Enni stellt sich mit dem Becher in Händen an ihren Lieblingsplatz am Fenster und blickt auf die Baumwipfel hinaus. Der Himmel ist grau und wirkt nicht besonders freundlich. Die Wiese unter ihr liegt verwaist da, nicht einmal die Nachbarskatzen, die sonst immer dort unten nach Mäusen suchen, wollen heute nach draußen. Es ist zwar nicht kalt, die Temperaturen liegen seit Jahresanfang weit über dem Gefrierpunkt, aber einladend ist es auch nicht. Seit Tagen herrscht morgens Nebel, und oft verzieht sich dieser nur für eine Stunde, bevor die Sonne am Nachmittag schon wieder ans Untergehen denkt.

Enni überlegt, ob sie in ihrer Mittagspause eine Runde durch den Wald laufen soll, bleibt jedoch unschlüssig. Zuerst muss ich meinen Arbeitsrhythmus finden, dann kann ich mir Gedanken über meine Freizeitgestaltung machen, mahnt sie sich selbst und trinkt den letzten Schluck Kaffee. Sie stellt den Becher ins Spülbecken, geht ins Arbeitszimmer und setzt sich wieder an ihren Computer. Dann ruft sie den Ausstellungskatalog auf und beginnt konzentriert zu arbeiten.

Zwei Stunden später knurrt ihr Magen, und Enni überlegt, ob noch etwas Essbares in ihrem Kühlschrank liegt. In München wäre sie jetzt einfach zu Silvia an den Schreibtisch geschlendert und hätte mit ihr zusammen überlegt, auf was sie heute Lust haben. Eine von ihnen wäre denn losgezogen und hätte Reis mit Gemüse, Salat oder Hummus mit Laugenstangen geholt. Nun kann sie nicht mehr schnell rausgehen und etwas kaufen. Und auch der Small Talk während des Essens fällt weg.

In der Küche findet Enni noch jede Menge Brot, Gemüseaufstriche und Tomaten. Sie macht aus den Zutaten ein Sandwich, beträufelt es mit Olivenöl und legt es zum Toasten in den Holzofen. Alexander hat es irgendwie geschafft, nach den Weihnachtsfeiertagen Holzscheite zu organisieren, und über ihre gemeinsamen Urlaubstage war es zur Routine geworden, gleich nach dem Aufstehen den alten Ofen anzuheizen. Dieses Ritual behält Enni nun bei, obwohl die Küche auch ohne Probleme mit der Zentralheizung auf die gewünschte Temperatur gebracht werden könnte. Doch die Wärme das Holzofens ist so angenehm, dass Enni sich wünscht, die Außentemperaturen würden noch weiter fallen, damit sie kein schlechtes Gewissen haben muss, weil sie zu viele Scheite unnötig verheizt.

Zumindest verwende ich den Holzofen zum Kochen, beschwichtigt sie ihren inneren Moralapostel und legt einige Scheite in die Glut. Nach wenigen Minuten hat das Sandwich eine knusprige Kruste bekommen, und Enni freut sich auf ihre Mahlzeit. Sie nimmt mit einem Glas Wasser und ihrem Mittagessen auf der Eckbank Platz und sucht nach einem passenden Podcast, um die Stille zu vertreiben. Während sie arbeitet, verzichtet sie auf Musik oder andere Unterhaltung. Aber beim Essen lässt sie sich gerne von den

Stimmen anderer Menschen berieseln. Am liebsten sind ihr Podcasts zu gesellschaftlichen Themen. Ab und zu lässt sie sich aber auch überraschen und wählt aus, was ihr zufällig unter die Finger kommt.

Doch heute spricht sie keines der Themen an, die auf ihrem Display erscheinen, und sie hört stattdessen in ein Hörbuch hinein. Den Roman wollte sie eigentlich über die Weihnachtsfeiertage lesen, doch wegen der vielen Besucher ist sie nicht dazu gekommen. Der Sprecher hat eine angenehm sonore Stimme, und schon nach wenigen Minuten driftet sie in ihre eigene Traumwelt ab, ohne weiter dem Romangeschehen zu folgen, und denkt stattdessen an ihre Großtante und Elvis. Enni kann sich schlecht vorstellen, dass ausgerechnet Monika mit »The King« zu tun hatte. Es gibt Bilder aus dieser Zeit, die Monika als äußerst attraktive Frau zeigen, aber es wäre doch ein sehr großer Zufall, wenn jemand aus ihrer Familie den wohl bekanntesten Musiker des 20. Jahrhunderts persönlich gekannt hätte. Von einem amourösen Abenteuer ganz zu schweigen. Paul ist bestimmt kein Lügner, aber nach über 60 Jahren ist die eigene Erinnerung nicht mehr besonders verlässlich, und gerade in einem kleinen Dorf wie Waidmannsthal schmückt man sicher manche Gegebenheiten ein wenig aus, um sich wichtiger zu machen, vermutet Enni.

Dennoch ist die Vorstellung, dass Monika ein romantisches Abenteuer mit Elvis verband, zu verlockend, und sie beginnt auf einem Block, der neben ihr auf dem Tisch liegt, herumzukritzeln. Mit gekonnten Strichen entsteht eine Bar, auf deren kleiner Bühne ein Klavier steht, vor dem ein junger Sänger sitzt und spielt. Davor liegt ein Zuschauerraum mit kleinen runden Tischen, an denen die Belegschaft der Bar sitzt und versunken zuhört. Neben dem Klavier steht eine Frau in einem Kleid mit weit schwingendem Rock, die ebenso andächtig lauscht. Mit jedem Strich werden die Züge der Frau deutlicher, und als Enni nach 15 Minuten den Stift beiseitelegt, erkennt sie sich selbst darin wieder. Zu ihrem Verblüffen sitzt nicht Elvis am Klavier, sondern Tobias, mit dem Muttermal auf seiner rechten Wange, und sein Spiel scheint nur der Frau neben sich zu gelten.

Die nächsten Tage verlaufen ähnlich unspektakulär. Enni steht gegen 8 Uhr auf, frühstückt mit Blick auf die Baumwipfel vor ihrem Fenster und macht sich dann an die Arbeit. Sie kommt mit den Änderungen am Ausstellungskatalog gut voran, schneller, als sie gedacht hat. Ohne Ablenkung arbeitet sie konzentriert und sehr effektiv. Abends kocht sie sich eine Kleinigkeit, schaut eine Serie auf *Netflix* und wartet auf ein Lebenszeichen von Alexander. Der scheint immer auf dem Sprung zu sein, sie erwischt ihn oft den ganzen Tag über nicht persönlich und schickt ihm irgendwann nur noch Sprachnachrichten. Kommt doch ein Telefonat zustande, wirkt er abwesend und schiebt es auf die vielen Termine, die er jeden Tag bewältigen muss. Alexander verspricht, ganz bald nach Waidmannsthal zu kommen, wird aber nicht konkret.

So fließen die Tage dahin. Doch irgendwann werden Ennis Vorräte weniger, und sie muss zum Supermarkt, um einzukaufen. Das Wetter ist schlechter geworden, und die Temperaturen sind gefallen. Nun kann sie zwar ohne schlechtes Gewissen den Holzofen in der Küche einheizen, aber eine Fahrt mit »Rufus« bei diesem Wetter und der Fußmarsch zur Bushaltestelle erscheinen ihr nicht besonders verlockend.

Enni beschließt, bei Tobias nachzufragen, ob er sie mit in die Stadt nehmen kann. Sie schickt ihm eine Nachricht und bekommt prompt eine Rückmeldung. Er ist auswärts unterwegs und wird erst in einigen Tagen zurück sein. Also doch eine Fahrt mit »Rufus«. Sie reserviert telefonisch einen Platz im Bus und macht dann eine Liste. Ohne Auto kann sie nur das Nötigste einkaufen. Sie verflucht Alexander, der lieber in der Stadt ist als hier bei ihr, sie verflucht den schlecht ausgebauten öffentlichen Nahverkehr auf dem Land, weil es so kompliziert ist, mit dem Bus zu fahren, und weil sie schon dabei ist, verflucht sie auch noch Tobias, weil er nicht den Chauffeur für sie spielt.

Mit einem Rucksack und zwei Stoffbeuteln ausgestattet macht Enni sich schließlich auf den Weg. Sie ist dick eingepackt und zieht den Schal vors Gesicht, um sich vor dem kalten Wind zu schützen, der durch das ungeschützte Tal fegt. Als sie gerade auf die Hauptstraße abbiegen will, hupt hinter ihr jemand. Ihr Nachbarin Christa hält neben ihr an und lässt das Fenster runter.

»Hey, du Polarforscherin! Wo soll es denn hingehen?«

»Zum Bus«, ist Ennis knappe Antwort.

»Willst du in die Stadt? Da kann ich dich mitnehmen. Ich fahre zum Supermarkt«, gibt Christa zurück und überhört dabei Ennis mürrischen Tonfall.

»Echt?«

Nun huscht ein Lächeln über Ennis Gesicht, sie steigt schnell in den Wagen und wickelt den Schal vom Kopf.

»Danke, dass du mich mitnimmst. Mein Kühlschrank ist total leer, und ich habe es irgendwie verpeilt, rechtzeitig einzukaufen. Und nun ist meine Liste ellenlang, und ich hätte nicht gewusst, wie ich das alles zu Fuß vom Bus nach Hause schleppen soll.«

»Wo ist denn dein Freund geblieben? Der hatte doch ein Auto dabei.«

»Alexander? Der ist wieder in München. Er hat dort unter der Woche beruflich zu tun und kann nur an den Wochenenden kommen. Eigentlich wollte er hier ab und zu Homeoffice machen, doch das ist nicht ganz so einfach«, entschuldigt Enni ganz automatisch Alexanders Fernbleiben.

»Bei dem schlechten Netz hier ist das auch kein Wunder«, meint Christa daraufhin.

»Ja, da hast du recht.«

»Seid ihr gut ins Neue Jahr gerutscht?«, wechselt Christa das Thema und lenkt den Wagen gekonnt durch die Serpentinen am Truppenübungsplatz entlang.

»Ja, wir hatten Besuch von einer Freundin aus München, und am Abend kam Paul noch dazu. Spätestens als er seinen selbstgebrannten Obstler ausschenkte, wurde es richtig lustig.«

»Schön zu hören. Nach dem Tod seiner Frau hat sich Paul sehr zurückgezogen. Als dann auch noch Monika plötzlich starb, habe ich ihn oft tagelang nicht mehr gesehen. Es tut ihm sicher gut, ab und zu rauszukommen.«

»Ja, das kann ich mir gut vorstellen. Erst recht, seit ich selbst wie eine Einsiedlerin hier lebe. Und dann noch ohne Auto. Wie bin ich nur auf die Idee gekommen, ohne fahrbaren Untersatz aufs Land zu ziehen?«, meint Enni im Spaß und lacht.

»Udo konnte es gar nicht glauben, als ich ihm erzählt habe, dass du auf den Bus angewiesen bist. Er wusste nicht einmal, dass es hier überhaupt eine Busverbindung gibt!«

»Echt, dein Mann wusste nicht, dass hier ein Bus fährt? Aber ehrlich gesagt, mir es wäre auch lieber, wenn ich nichts davon wüsste. Aber leider bin ich auf diese Art von Fortbewegungsmittel angewiesen.«

»Nicht, wenn du mir über den Weg läufst«, entgegnet Christa. »Du kannst jederzeit bei mir mitfahren.«

»Danke für das Angebot. Aber ich will niemandem auf die Nerven gehen«, antwortet Enni und verschweigt dabei, dass sie bei Tobias sehr wohl eine Ausnahme machen würde.

Draußen ziehen die windschiefen Birken vorbei, und Enni freut sich wie immer, die Bäume zu sehen. Mittlerweile spürt sie eine Art Verbundenheit zu diesem Fleckchen Erde, auch wenn sie nicht so weit gehen würde, es schon Heimat zu nennen.

»Normalerweise erledige ich den Einkauf nach meinem Feierabend im Kindergarten, damit ich nicht zweimal hin- und herfahren muss. Aber heute hast du Glück. Ich hatte frei, und mein Kühlschrank war genauso leer wie deiner«, nimmt Christa das Gespräch nach einer kurzen Pause wieder auf.

»Ein schöner Zufall«, meint Enni und lacht.

Noch schöner wäre es gewesen, wenn neben ihr Tobias und nicht Christa sitzen würde. Doch das verschweigt sie ebenfalls.

»Du meintest, Paul hat Monikas Tod zu schaffen gemacht. Waren die beiden denn gut befreundet?«

»Sie waren jedenfalls mehr als nur Nachbarn«, antwortet Christa und wirft Enni einen vielsagenden Blick zu.

Enni würde gerne nachfragen, was die andere damit meint, traut sich aber nicht. Es ist zwar ein offenes Geheimnis im Dorf, dass Monika und Ennis Familie den Kontakt abbrachen. Trotzdem möchte sie nicht zugeben, dass sie so gut wie nichts über das Leben ihrer Großtante weiß. Sie nimmt sich vor, Paul in den nächsten Tagen einen Besuch abzustatten. Vielleicht kommt er ja von selbst auf dieses Thema zu sprechen. Bei dieser Gelegenheit könnte sie ihn

auch fragen, wer in Waidmannsthal noch ein altes Tonbandgerät haben könnte. Alexander gegenüber verschweigt sie,
dass sie in Sachen Elvis weiter nachforschen möchte, um
keine Erwartungen bei ihm zu wecken. Sie ist neugierig
geworden und möchte nun mehr über Monikas Vergangenheit in Erfahrung bringen.

»Ich bin froh, hier so nette Nachbarn gefunden zu haben«,
gibt Enni zurück, um das Thema mit Christa nicht weiter
vertiefen zu müssen. »In München wussten die wenigsten
meinen Namen. Und zum Einkaufen hätte mich dort ganz
sicher auch niemand mitgenommen.«

Nun lächelt Christa, und Enni schließt für einen Moment
die Augen und überlässt sich ganz den Fahrkünsten der
anderen.

Alexander hat schon wieder abgesagt. Bereits das zweite
Wochenende hintereinander muss Enni alleine im Haus
verbringen, was sie ziemlich nervt. Deshalb übt sie sich
im Meditieren, setzt sich in ihr großes luftiges Wohnzimmer unter dem Dach, schließt die Augen und versucht, nur
ans Ein- und Ausatmen zu denken. Hier ist es nicht ganz
so warm wie unten in der kuschelig eingeheizten Küche,
daher trägt sie dicke Wollsocken und hat eine Decke um
die Schultern gelegt.

Alles, was ihr in den Sinn kommt, schiebt sie weg wie
Wolken, die am Himmel vorüberziehen. So hat es ihr die
Yogalehrerin in München beigebracht, als sie nach den
schweißtreibenden Übungen noch zehn Minuten meditier-
ten, um runterzukommen. Yoga hat sie seit ihrem Weggang
aus München nicht mehr gemacht. Enni kommt sich blöd
vor, wenn sie alleine vor einem *YouTube*-Video herumham-
pelt. Aber meditieren geht besser. Auch nicht wirklich gut,

aber besser. Trotzdem springen ihre Gedanken nach vier-mal Aus- und Einatmen ganz automatisch zu Alexander. Sie malt sich aus, wie er gerade sein Wochenende in München verbringt. Wie er alleine zum Markt geht, dort im Stehen einen schnellen Espresso trinkt, mit den Standbetreibern plaudert, Gemüse für das Abendessen kauft. Alles Dinge, die sie früher gemeinsam gemacht haben.

Einatmen, ausatmen. Wolken wegschieben. Zu sich kommen. Bei sich bleiben. Ein, aus. Was macht er wohl am Abend? Geschäftsessen sind normalerweise unter der Woche, also müsste er Zeit haben. Vielleicht geht er ins Kino? Mit wem?

Einatmen, ausatmen. Wolken ziehen lassen. Zu sich kommen. Hat Alexander nicht erwähnt, dass er der Studentin aus Irland helfen wollte, eine Bewerbung zu schreiben? Sie sucht einen Job in der Gastronomie, um ihren Aufenthalt in München zu finanzieren. Wie heißt sie gleich noch mal? Eileen? Einatmen, ausatmen. Wolken ziehen lassen.

Es hilft nichts. Ihre Gedanken kreisen, sie kann sich nicht auf ihre Atmung konzentrieren. Enni überlegt, was sie ansonsten tun könnte. Mittlerweile hat sie die angesag-ten Serien auf *Netflix* durch und darüber hinaus auch noch Zeit gefunden, um mal wieder das eine oder andere Buch zu lesen. Da es im Umkreis von 50 Kilometern keine vernünf-tige Bibliothek gibt, bestellt sie ihren Lesestoff im Internet.

Die Paketbotin, die an Werktagen mit ihrem elektrobe-triebenen Lieferwagen jeden Vormittag gegen 10 Uhr in ihre Straße gefahren kommt, bleibt manchmal für einen kurzen Plausch mit ihr im Eingang stehen. Enni gefallen diese belanglosen Gespräche. Gleichzeitig strukturieren sie ihre eintönigen Tage im Dorf, die immer ähnlich aussehen.

Am späten Nachmittag, nachdem sie die Arbeit am Ausstellungskatalog für den Tag beendet hat, geht sie meist noch im Wald spazieren. Mit der Zeit nimmt sie jede Veränderung in der Natur wahr. Sie merkt, wie die Tage wieder heller werden, wie die Sonne langsam, aber stetig wie ein Uhrwerk höher steigt und länger braucht, bis sie untergeht. Schnee bleibt in diesem Winter nicht liegen. Ab und zu kommt es vor, dass ein paar Flocken fallen und die Wiese vor dem Haus mit einer dünnen weißen Schicht überdecken. Eines Morgens konnte Enni einige Kinder aus dem Dorf dabei beobachten, wie diese mit Schlitten den gegenüberliegenden Hügel hinuntersausten. Doch bereits nach der dritten oder vierten Fahrt wurde wieder das braune Erdreich sichtbar. Doch das störte die Kinder wenig. Sie hatten weiterhin ihre Freude daran, die Bahn hinunterzurutschen.

Richtige Gespräche hat Enni seit Tagen nicht geführt. Paul liegt mit einer Grippe im Bett und erholt sich nur langsam. Sie kochte ihm extra eine Gemüsesuppe, die er gleich an der Eingangstür in Empfang nahm. Danach verschwand er sofort wieder im Haus, und Enni macht sich seitdem ein wenig Sorgen um den alten Mann. Aber Udo, der ihr nach seinem Feierabend bei der Sicherheitsfirma vor dem Haus über den Weg lief, meinte nur, Unkraut vergehe nicht. Du vielleicht nicht, hätte Enni gerne geantwortet, blieb aber stumm und nickte nur.

Tobias ist zwar wieder zurück von seinem Auswärtstermin, trotzdem kam bisher kein weiteres Treffen zustande. Enni möchte bei ihm nicht den Eindruck erwecken, dass er nur ein Lückenbüßer für sie ist. Und da er im Augenblick auch keine weiteren Treffen vorschlägt, ist sie gezwungen abzuwarten.

Einzig Silvia schickt hin und wieder eine Sprachnachricht. Die Waldausstellung, für die Enni die grafischen Arbeiten übernommen hat, wird nächste Woche eröffnet, und Silvia würde gerne mit ihr hingehen. Doch dazu müsste Enni nach München fahren, und sie ist noch unschlüssig, ob sie das möchte. Aus ihrer alten Wohnung ist nun eine WG geworden, und irgendwie scheut sie davor zurück, dort zu übernachten. Auf der einen Seite würde sie Alexanders Mitbewohner gerne kennenlernen und sehen, wie er dort nun lebt. Andererseits könnte es sein, dass der Traum von ihrem gemeinsamen Dorfleben nur ihr Traum ist und Alexander im Augenblick ganz andere Pläne hat.

Enni steht auf, faltet die Decke zusammen und beschließt, in den Wald zu gehen. Hier im Haus bekommt sie das Chaos in ihrem Kopf ganz sicher nicht in den Griff. Ein Waldspaziergang dagegen hilft immer. Dort wird ihr Kopf wieder klarer, und ihre Gedanken beruhigen sich. Vielleicht, denkt sie, probiere ich es dort noch mal mit dem Meditieren.

Schon nach wenigen Schritte merkt sie, wie sich der Nebel in ihrem Kopf verzieht, wie sich das Gedankenkarussell aufhört zu drehen. Die Temperatur liegt wenig über dem Gefrierpunkt, aber das stört Enni heute ausnahmsweise nicht. Sie ist dick eingepackt, trägt die warme Mütze aus Angorawolle, einen dicken Parka, der fast bis zu den Knien reicht, und gefütterte Boots. Die Sonne versteckt sich hinter einer diesigen Wand, schickt jedoch genügend Licht, um auftanken zu können.

Enni marschiert zügig und lässt schon bald das Dorf hinter sich. Als sie im Wald ankommt, taucht sie regelrecht ein. Ihr kommt der Gedanke, dass der Begriff »Waldbaden« gar nicht so falsch ist. Es fühlt sich für sie an, als ob sie, wie beim Schwimmen, in einem anderen Element wäre. Das Laufen geht einen Tick leichter, und ihre Bewegungen kommen ihr geschmeidiger vor. Enni versucht erst gar nicht zu ergründen, ob diese Empfindung auf die veränderte Luftfeuchtigkeit im Wald, auf eine andere Zusammensetzung der Luft um sie herum oder einen sonstigen Umstand zurückzuführen ist. Sie freut sich einfach, dass sich um sie herum alles durchlässiger anfühlt und sie sich mühelos durch das Gehölz bewegen kann, fast so, als ob sie schweben würde.

Mittlerweile kennt sie sich gut genug aus, um die drei alten Buchen mühelos zu finden, die immer noch eine magische Anziehung auf sie ausüben. Enni bekommt zwar jedes Mal einen Stich, wenn sie den an der Rückseite angebrachten Jägersitz sieht, versucht aber, ihn zu ignorieren und macht stattdessen an der Vorderseite Rast. Auch heute geht sie in einem großen Bogen auf den Baum zu, um den Hochsitz so gut es geht aus dem Blick zu haben, und lehnt sich schließlich gegen den dicksten der drei Stämme.

Anders als sonst überkommen sie heute nicht die gewohnte bodenlose Traurigkeit und das Gefühl der Einsamkeit. Obwohl sie bereits seit Tagen nur auf sich alleine gestellt ist und nur sehr wenig Kontakt zu anderen Menschen hat, ist etwas anders. Der Wald stimmt sie zuversichtlich und umgibt sie wie ein schützender Kokon, die drei Buchen kommen ihr vor wie Vertraute, die nur für sie da sind. Das Gefühl, mutterseelenalleine zu sein, ist weg. Enni weiß natürlich, dass ihre Eltern tot sind, ebenso wie Monika, dass Alexander und Silvia über 100 Kilometer entfernt in München sind, dass Tobias zwar in der Nähe und trotzdem nicht greifbar ist, doch es macht ihr nichts aus. Sie schafft es sogar, die Augen zu schließen, bewusst zu atmen und dieses Mal ihre Gedanken wirklich ziehen zu lassen. Nicht einmal die Geräusche im Wald, das Rascheln der am Boden liegenden Blätter, der Wind, der über die Wipfel streicht oder eine weit entfernte Motorsäge bereiten ihr Unbehagen. Alles gehört für den Moment dazu, wird Teil ihrer Meditation und bildet die Begleitmusik, um ganz zu sich selbst zu kommen.

Als Enni die Augen wieder öffnet, ist sie glücklich. Einfach so. Ohne, dass es einen äußeren Einfluss dafür geben würde. Es kommt aus ihrem Innersten heraus, ohne dass sie sagen könnte, was der Grund dafür ist. Ennis Mundwinkel wandern ganz automatisch nach oben, und sie strahlt, obwohl niemand in der Nähe ist, der sie sehen oder dem diese Freude gelten könnte. So ein Glück können sonst wohl nur Kinder fühlen, wenn sie noch nicht durch ihr Umfeld, durch die Gesellschaft oder durch sich selbst gezwungen wurden, alles zu hinterfragen.

Eine Viertelstunde lang spürt Enni dieser Empfindung noch nach, dann macht sie sich vergnügt auf den Rückweg zu ihrem Haus. Sie kommt an einer Stelle vorbei, an der sie Empfang hat, und versucht, Alexander zu erreichen. Ihr letztes Telefongespräch verlief nicht besonders schön, weil Enni ihre Enttäuschung über sein Fernbleiben schlecht verbergen konnte. Ihr Freund warf ihr daraufhin vor, sie setze ihn unter Druck, was er im Augenblick überhaupt nicht brauchen könne. Nun möchte Enni ihm ein Friedensangebot machen und ihm sagen, dass sie zur Ausstellungseröffnung nach München kommen würde. Bei der Überarbeitung des Ausstellungskatalogs liegt sie gut in der Zeit und könnte sich zwei Tage freinehmen, um bei ihm zu sein.

Enni lässt es ewig klingeln und steckt dann ihr Telefon weg. Ihr Euphorie ist nahezu verschwunden, und sie ärgert sich, dass Alexander nicht einmal am Wochenende Zeit hat, um mit ihr zu telefonieren. Doch keine fünf Minuten später ruft er zurück.

»Hey, mein Herz! Wie geht es dir?«

Alexander klingt gehetzt. Enni hört, wie eine Tür ziemlich laut geschlossen wird.

»Eigentlich ganz gut«, erwidert sie. »Wo treibst du dich denn rum? Es hört sich so an, als ob bei dir grad 'ne Menge los ist.«

»Echt? Ich bin in unserer Wohnung und hänge nur ein bisschen rum. Rahul und Eileen haben mich gefragt, ob wir zusammen kochen.«

»Wirklich? Ich dachte, die beiden gehen dir auf die Nerven und du gehst ihnen aus dem Weg.«

»Wenn Rahul kocht, riecht es manchmal komisch. Und Eileen blockiert morgens ewig das Bad. Aber langsam kommen wir miteinander klar.«

»Hört sich gut an«, kommt es wenig überzeugend von Enni zurück.

»Ehrlich gesagt habe ich keine Lust, ständig auswärts zu essen. Und für sich alleine zu kochen, macht auch keinen Spaß. Deshalb finde ich das Angebot der beiden eigentlich ganz schön.«

Enni weiß darauf im ersten Moment keine Antwort. Sie ist sauer, weil Alexander lieber in München mit Fremden kocht, als hier bei ihr zu sein. Gerade dachte sie noch, dass nun endlich alles in Ordnung kommen würde. Dass sie ihren Platz gefunden hätte und hier glücklich leben würde.

»Ach, und ich dachte, du hättest in der Arbeit so viel Stress und könntest dir die Zeit nicht nehmen, um zu mir zu kommen«, gibt sie spitz zurück.

»Ja, ich muss verdammt viel arbeiten«, antwortet er gereizt. »Aber essen darf ich ja wohl noch.«

»Das könntest du beides auch hier.«

»Wenn ich mein Auto vernünftig bei dir laden könnte,

dann wäre es ja auch kein Problem, nach Waidmannsthal zu fahren. Wann kommt denn nun diese verdammte Wallbox?«

Das Gespräch wird immer hitziger. Das letzte bisschen Zufriedenheit, das Enni gerade noch in sich getragen hat, löst sich auf und macht einem unbändigen Groll Platz.

»Der Elektriker hat versprochen …«, mault sie ins Telefon, bricht aber dann abrupt ab, weil hinter ihr ein Motor aufheult.

Sie dreht sich um und sieht gerade noch rechtzeitig, wie ein schwarzes Quad auf sie zurast. Mit einem Sprung ins Gebüsch kann sie dem Fahrer im letzten Moment ausweichen. Der dunkel gekleidete Mann hat einen schwarzen Helm auf, und sein Gesicht ist nicht zu erkennen. Enni meint, ein Gewehr auf dem Gepäckträger gesehen zu haben, und schreit ihm wüste Beschimpfungen hinterher.

»Du Arsch! Bist du blind oder was?«

Sie rappelt sich wieder auf und merkt, dass ihr das Telefon aus der Hand gefallen ist. Es liegt auf einem Bett aus Tannennadeln, und das Display ist zum Glück nicht gesprungen. Sie hebt es auf und schaut nach, ob die Verbindung zu Alexander noch steht.

»Hey, was ist denn bei dir los? Alles in Ordnung?«, fragt er besorgt.

»Mir ist nichts passiert. Grad ist so ein Wahnsinniger mit einem Quad an mir vorbeigerauscht, und ich musste ins Gebüsch hechten, sonst hätte er mich glatt überfahren. Idiot!«

»Und ich dachte schon, deine Beschimpfungen gelten mir.«

»Der Typ hatte ein Gewehr auf dem Gepäckträger. Das war bestimmt dieser Mistkerl, der vor ein paar Wochen auf die Rehe bei der Futterstelle geschossen hat«, mutmaßt Enni.

»Meinst du, das war ein Wilderer?«, fragt Alexander.

»Vielleicht. Leider konnte ich sein Gesicht nicht sehen. Aber Reinwald war es sicher nicht. Hätte ich mir doch sein Kennzeichen notiert!«

»Geht es dir wirklich gut?«

Nun, da sich ihre Wut auf den Fahrer mit dem schwarzen Helm konzentriert, kann sie Alexander nicht mehr böse sein.

»Ja, alles gut. Ich gehe jetzt heim und trinke auf den Schreck hin einen Schnaps. Es ist noch ein Rest von Pauls Selbstgebranntem übrig. Und euch wünsche ich einen schönen Abend.«

»Das wünsche ich dir auch! Und nächstes Wochenende komme ich ganz bestimmt. Versprochen!«

Nachdem sie aufgelegt hat, fällt ihr ein, dass sie ganz vergessen hat Alexander auf die Ausstellungseröffnung anzusprechen. Aber eigentlich habe ich überhaupt keine Lust, nach München zu fahren und Rahul und diese Eileen kennenzulernen, denkt Enni. Ich werde Silvia absagen.

Als sie weitergeht, kündigt ein leises Pling den Eingang einer Nachricht an. Sie stammt von Tobias.

»Was machst du heute?«, fragt er.

»Nichts Besonderes. Und du?«, tippt sie zurück.

»Ich komme um 20 Uhr zu dir.«

Ein Lächeln umspielt Ennis Lippen.

»Ja dann ... bis später«, schreibt sie zurück.

Also werde ich den Schnaps doch nicht alleine trinken müssen, freut sich Enni und stapft nach Hause. Ihre innere Mitte hat sie ganz plötzlich wiedergefunden.

Februar

»Sag mal, Paul«, fragt Enni geradeheraus, »wer im Dorf fährt ein schwarzes Quad?«

Sie sitzt mit dem alten Mann beim Kaffeetrinken. Er hat sich mittlerweile von einer äußerst hartnäckigen Grippe erholt und freut sich sichtlich über den Besuch seiner Nachbarin. Sie hat extra Kuchen für ihn gebacken. Es ist zwar nur ein einfacher Rührteig, mehr Zutaten hatte sie nicht im Haus, aber Paul schmeckt es. Er nimmt schon das dritte Stück und schenkt Enni und sich Kaffee nach.

»Ein schwarzes Quad? Keine Ahnung. Mit diesen neumodischen Gefährten kenne ich mich nicht so gut aus«, antwortet der alte Mann. »Wieso fragst du?«

»Ach, mich hätte im Wald fast einer mit so einem Teil umgefahren, und daher wollte ich wissen, wer damit draußen unterwegs sein könnte.«

»Das halbe Dorf holt das Holz zum Heizen aus dem Wald. Viele haben sich deshalb so ein Motorrad auf vier Rädern angeschafft. Scheint recht praktisch zu sein. Da könnten viele infrage kommen, vor allem die Jungen. Und du kennst diese Burschen ja. Die können leicht übermütig werden und Blödsinn machen.«

»Könnte es sein, dass sie auch wildern?«

»Wildern? Nein, das würde Reinwald nicht zulassen. Der passt gut auf sein Revier auf. Dem kommt niemand in die Quere, da bin ich mir sicher.«

Beide sitzen im Wohnzimmer zusammen, das aufgeräumt,

aber ein wenig verstaubt wirkt. Im dunklen Holzschrank stehen nur wenige Bücher, dafür ein halbes Dutzend gerahmte Fotos, die auf Spitzendeckchen platziert sind. Enni erkennt auf einigen davon Paul wieder. Ein Hochzeitsfoto in Schwarz-Weiß ist darunter, auf dem er eine kecke Tolle trägt und wie ein Filmstar lächelt. Seine Frau neben ihm wirkt nicht ganz so elegant. Sie trägt ein hochgeschlossenes, vermutlich cremeweißes Hochzeitskleid und hält einen Strauß Nelken in den Händen.

»Wie lange wart ihr verheiratet?«, fragt Enni und zeigt auf das Foto.

»Die Goldene Hochzeit haben wir knapp verpasst.«

»Das tut mir leid.«

»Muss es nicht. Wir hatten ein schönes Leben.« Nach einer kurzen Pause fügt er an: »Aber auch einige Krisen.«

»Wer hat die nicht?«, murmelt die junge Frau.

Enni muss an ihren letzten Abend mit Tobias denken. Es war eindeutig zu viel Schnaps im Spiel, das ist sicher. Trotzdem, was hat sie sich nur dabei gedacht? Mit ihrem kopflosen Verhalten setzte sie nicht nur ihre Beziehung zu Alexander aufs Spiel. Beinahe hätte sie auch die Freundschaft mit Tobias in den Sand gesetzt.

»Erna wollte immer Kinder haben. Nur hatte die Natur leider etwas dagegen. Oder der Herrgott. Oder auch beide«, erklärt Paul nachdenklich. »Jedenfalls gab es jahrelang kein anderes Thema für meine Frau. Ich habe das irgendwann nicht mehr ausgehalten. Oft wäre ich am liebsten nach Feierabend zu Monika gegangen, anstelle in mein eigenes Haus heimzukehren.«

»Das war sicher nicht einfach.«

»Mit dem Gedanken, keine Kinder zu haben, konnte ich mich abfinden. Aber dass ich meine Frau nicht glücklich machen konnte, das war nur sehr schwer zu ertragen.«

»Und wie hat Monika reagiert? Konntest du mit ihr darüber sprechen?«

»Sie meinte, Erna wüsste es nicht zu schätzen, was für einen wunderbaren Mann sie hätte. Und Kinder zu haben wäre sowieso überbewertet. Ich solle nicht traurig sein, wenn Erna mich verlassen würde. Aber ich konnte sie nicht gehen lassen. Stattdessen habe ich ihre stillen Vorwürfe ein Leben lang ertragen.«

»Und ihr seid zusammengeblieben«, stellt Enni fest.

»Ja, das sind wir. In guten wie in schlechten Zeiten. Das habe ich ihr versprochen.«

»Wie hat Erna darauf reagiert, dass du dich mit deiner Nachbarin über so private Dinge unterhältst?«

»Erna wollte nicht, dass ich weiter mit Monika darüber spreche. So hatten wir immer weniger Kontakt. Irgendwann grüßten wir uns nur noch, redeten belangloses Zeug über das Wetter und gingen unserer Wege. Wir haben viel Zeit verloren.«

»Wie meinst du das?«

Paul trinkt einen Schluck Kaffee und isst den Rest des Kuchens, der auf seinem Teller liegt. Er braucht einige Zeit, bis er antwortet. Enni sitzt still daneben. Ihre Ungeduld wächst, und 1.000 Fragen tauchen in ihrem Kopf auf. Hatten Paul und Monika eine Affäre? Oder eine Beziehung? Und was war mit Elvis? Hatte ihre Großtante gar mit beiden Männern ein Verhältnis? Ist die Tonbandaufnahme vielleicht der Schlüssel, um Antworten auf ihre Fragen zu bekommen?

»Ach, Enni. Das ist alles lange her, und ich bin als Einziger übrig geblieben. Lassen wir die Toten ruhen.«

Obwohl immer mehr Fragen auftauchen, nimmt sich die junge Frau zurück, bohrt nicht weiter nach. Paul wirkt mit einem Mal steinalt und müde. Enni trinkt ihren Kaffee aus und beginnt, Teller und Tassen in die Küche zu bringen.

»Stell einfach alles ins Spülbecken. Ich kümmere mich später darum«, ruft ihr Paul hinterher und gähnt.

Als sie zurückkommt, sitzt er mit geschlossenen Augen im Sessel. Enni bleibt nichts anderes übrig, als zu gehen. Heute kommt sie hier nicht weiter. Doch dann fällt ihr ein, dass sie ihren Nachbarn ja eigentlich fragen wollte, ob er ein altes Tonbandgerät besitzt. Im Wohnzimmer steht jedenfalls keines herum. Vielleicht sollte sie sich hoch auf den Dachboden schleichen und dort suchen? Doch das traut sie sich nicht, obwohl sie mehr denn je wissen möchte, was auf der alten Aufnahme zu hören ist.

»Ich hab' Mist gebaut. Können wir telefonieren?«

Enni zögert kurz, dann schickt sie die Nachricht an Silvia ab. Seit Tagen ringt sie damit, sich bei ihrer Freundin zu melden. Wenn sie nicht bald mit jemandem über die Sache mit Tobias spricht, wird sie noch wahnsinnig. Sogar Alexander hat schon eine Bemerkung fallen lassen, dass irgendwas komisch wäre. Aber sie konnte ihn beruhigen, zumal er im Augenblick in München und sie in Waidmannstahl ist. Am Telefon lässt sich ein schlechtes Gewissen besser verstecken als bei einem Gespräch, bei dem man sich gegenübersitzt.

»Klar! Ich mach in fünf Minuten Pause, dann rufe ich dich an«, kommt kurz darauf die Antwort von Silvia.

Enni macht ihren Bildschirm aus und geht nach oben ins Wohnzimmer. Dort setzt sie sich auf die Couch und wartet, dass ihr Telefon klingelt. Keine drei Minuten später meldet sich Silvia wie versprochen.

»Hey, wo brennt's denn? Hast du Probleme mit einem deiner Auftraggeber?«

»Schön wär's!«

»Was ist denn dann los?«, will Silvia wissen. »Lass dir doch nicht alles aus der Nase ziehen!«

»Ich wäre fast mit Tobias in der Kiste gelandet.«

»Mit deinem Sandkastenfreund? Ich dachte, der wäre total uninteressant und da läuft nix«, wundert sich Silvia.

»Vielleicht habe ich nicht die ganze Wahrheit gesagt.«

»Wie? Läuft jetzt was oder nicht? Ich bin verwirrt.«

»Nein, es läuft nix. Obwohl das nicht mein Verdienst ist. Wenn es nach mir gegangen wäre …«

»Mach mal langsam und von vorne. Ist er nun dein Typ oder nicht?«

»Ja. Oder nein. Ach, ich weiß nicht. An dem Abend vor eineinhalb Wochen war er jedenfalls mein Typ«, gibt Enni kleinlaut zu.

»Okay. Ihr habt einen Abend zusammen verbracht. Und weiter?«, bohrt Silvia nach.

»Wir haben Schnaps getrunken.«

»Pauls Selbstgebrannten? Oha!«

»Genau den. Hätten wir nicht machen sollen. Und irgendwann lagen wir auf der Couch, und Tobias hat so gut gerochen.«

»Nach Schnaps? Igitt!«

»Nein, nach Holz. Und nach Wald. Nach Freiheit.«

»Ist er Holzfäller oder was?«

»Nein, er ist Landschaftsarchitekt. Aber es ist doch egal, was er macht. Jedenfalls hat es sich gut angefühlt, dort neben ihm zu liegen und mit ihm rumzumachen.«

»Und dann?«

»Dann fragte er plötzlich, was mit Alexander wäre.«

»Ja, was ist eigentlich mit deinem Freund?«, will Silvia wissen. »Wo war der denn?«

»Er war in München, wie immer. Deshalb war ich ja so sauer und wollte mich mit Tobias betrinken. Ich konnte ja nicht wissen, dass er so gut riecht und wir auf der Couch landen würden.«

»Und dann? Jetzt spann mich nicht länger auf die Folter.«

»Als ich geantwortet habe, dass wir immer noch zusammen sind, ist Tobias aufgestanden, hat seine Sachen gepackt und ist gegangen.«

»Einfach so?«

»Ja, ohne ein weiteres Wort zu sagen.«

»Kapier' einer die Männer«, schmunzelt Silvia. »Da kommt eine einmalige Gelegenheit auf dem Silbertablett daher, und der Typ schlägt sie aus.«

»Vielleicht geht es genau darum.«

»Worum?«

»Dass Tobias nicht an einer einmaligen Gelegenheit interessiert ist?«, hilft Enni ihrer Freundin auf die Sprünge.

»Da wäre er aber der Erste.«

»Ach, ich weiß ja auch nicht. Jedenfalls fühle ich mich schrecklich. Um ein Haar hätte ich Alexander betrogen«, jammert Enni. »Und was fast noch schlimmer ist: Ich habe den einzigen Menschen vor den Kopf gestoßen, der mich in diesem Dorf wirklich versteht.«

»Dann ruf ihn an und entschuldige dich«, rät ihre Freundin.

»Vielleicht hast du recht. Und was mache ich mit Alexander?«

»Was ist das denn für eine Frage! Nichts natürlich. Oder weißt du, was der in München so alles anstellt?«

»Nein. Und ich bin mir auch gar nicht sicher, ob ich das überhaupt wissen möchte.«

Abends sitzt Enni bei Kerzenschein in der gut geheizten Küche und überlegt, ob sie sich bei Tobias melden soll. Draußen ist es schon lange dunkel, nur der Abendstern leuchtet hell über den Tannenwipfeln. Eine Kanne Kräutertee steht vor ihr auf dem alten Tisch, und sie gießt sich eine Tasse ein. Statt eine Nachricht an ihren Sandkastenfreund zu schicken, checkt sie im Internet, ob hier in der Gegend alte Tonbandgeräte zum Kauf angeboten werden. Leider wird sie nicht fündig. Sie könnte sich ein Gerät aus Berlin kommen lassen oder eines in Hamburg bestellen. Doch das ist Enni zu unsicher. Sollte das Gerät nicht funktionieren, hätte sie das Geld umsonst ausgegeben.

Um sich abzulenken und nicht wieder an Tobias zu denken, geht sie in den Keller und holt die Lebkuchenschachtel mit Monikas Sachen nach oben. Zurück am Küchentisch schaut sie sich alles genau an. Unter alten Fotos, Briefen und offiziellen Dokumenten liegt das mit »Elvis« beschriftete Tonband, ein einzelner Schlüssel mit einem Kleeblattanhänger und eine smaragdgrüne Brosche, die wie eine Fliege geformt ist. Enni nimmt das Schmuckstück in die Hand und streicht mit dem Finger über die schon etwas abgenutzte Oberfläche. Sie fragt sich, zu welcher Gelegenheit man früher so ein auffallendes Teil getragen hat und wann es aus der Mode gekommen ist. Die junge Frau versucht sich ihre Großtante vorzustellen, wie sie in einem Petticoatkleid von Elvis zum Tanzen ausgeführt wurde. Dann schüttelt sie den Kopf und sagt sich, dass dies ganz sicher nicht geschehen ist. Der Sänger war schon damals weltweit bekannt, und jeder seiner Schritte wurde von Presse und Fans verfolgt. Hätte er ein Techtelmechtel mit Monika gehabt, gäbe es davon sicher irgendwo einen Artikel in einer Zeitung oder zumindest ein Foto der beiden.

Obwohl sie sich nicht allzu viel davon verspricht, holt die junge Frau das Notebook aus dem Arbeitszimmer und beginnt zu recherchieren, was Elvis vor über 65 Jahren hier in der Gegend so alles angestellt hat. Schnell findet Enni heraus, dass er eigentlich in Friedberg in Hessen stationiert war, aber zu zwei Manövern in die Oberpfalz kam. Die Fotos, die sie auf verschiedenen Webseiten findet, zeigen einen jungen Mann, der stets aus der Masse heraussticht. Sein eindringlicher Blick, seine lässige Haltung und sein gewinnendes Lächeln zeigen unverkennbar, dass er es gewohnt ist, umjubelt zu werden.

Oft ist er von anderen Soldaten umgeben, sitzt mit ihnen in verschneiten Wäldern am Lagerfeuer, im Jeep oder ist umringt von zumeist weiblichen Fans. Elvis trägt dabei immer Uniform, und seine Frisur sitzt stets perfekt.

Aber nirgends kann sie etwas darüber finden, ob *The King* während seiner Militärzeit eine Affäre oder gar eine Beziehung zu einer Frau hatte. Und natürlich kann sie auf den Fotos auch nicht ihre Großtante entdecken. Doch ein Artikel weckt ihr Interesse. Elvis gab angeblich für die Belegschaft einer Bar hier in der Gegend ein Privatkonzert. Sein Vater war wohl während seines Besuchs dort untergebracht, und zum Dank für die gute Betreuung spielte er einige Songs für die Barbesitzer und deren Angestellten. Es wurde weiter berichtet, dass dieser Auftritt deshalb so ungewöhnlich war, weil Elvis sich vertraglich dazu verpflichtet hatte, während seiner Zeit als GI keine Konzerte zu geben. Bei einem Verstoß hätte er wohl große Probleme mit seinem Management und seiner Plattenfirma bekommen.

Enni stutzt kurz, dann fällt ihr wieder die Zeichnung ein, die sie vor einiger Zeit so gedankenverloren hingekritzelt hat. Sie sucht im Arbeitszimmer nach dem Block, schlägt ihn auf und starrt auf das Bild. Es ist genau die Szenerie, die im Artikel beschrieben ist. Ein Sänger mit Haartolle sitzt vor einem Klavier in einer Bar, und an einigen Tischen davor sitzt die Belegschaft und hört zu. Doch vor dem Klavier sitzt nicht Elvis, sondern Tobias. Und die Frau, die neben ihm steht, ist Enni.

Nach einer unruhigen Nacht stapft Enni im Morgengrauen die kleine Straße entlang und lässt das aufgerissene Feld mit den groben Erdklumpen links liegen. Obwohl sie nun schon seit drei Monaten im Dorf lebt und bestimmt schon zwei Dutzend Male daran vorbeigekommen ist, irritiert sie der Anblick des brachial durchpflügten Bodens immer noch. Wenn ihr jetzt der Bauer über den Weg laufen würde, der der Natur das angetan hat, könnte sie für nichts garantieren. Sie ist sauer. Auf die konventionelle Landwirtschaft, die so unsensibel mit der Umwelt umgeht, auf Tobias, weil er sich seit dem unglücklich verlaufenen Abend nicht mehr gemeldet hat, und am meisten auf sich selbst, weil nichts so funktioniert, wie sie sich das vorgestellt hat. Alexander verbringt immer noch den Großteil seiner Zeit in München, die ersehnte Einsamkeit auf dem Land ist ihr dann doch zu viel, Besuch kommt so gut wie nie, und sie ist auf dem besten Weg, ihre Freundschaft mit Tobias in den Sand zu setzen. Einzig mit ihrer Arbeit kommt sie gut voran, und es kommen immer wieder neue Aufträge, sodass sie nicht fürchten muss, auf das Geld ihres Freundes angewiesen zu sein. Und da sie nur die Nebenkosten für das Haus tragen muss, Besuche in Restaurants und Cafés wegfallen und sich ihre Ausgaben fast nur auf Lebensmittel reduziert haben, wächst das Guthaben auf ihrem Konto stetig.

Enni überlegt, ob sie den Weg zu den drei Buchen einschlagen soll, verwirft dann aber den Gedanken. Sie ist zu aufgebracht, um an einem Ort still zu sitzen oder gar zu meditieren. Nein, sie muss laufen und sich abreagieren.

Nachdem sie zehn Minuten durch den Wald gerannt ist, wird es langsam besser. Der Drang, jemanden anzuschreien, geht langsam weg, und stattdessen beginnt sie, die Geräusche um sich herum wahrzunehmen. Ein gutes Stück entfernt fährt ein Traktor gemächlich dahin, noch weiter weg ist ein Hubschrauber unterwegs, und wenn sie ganz leise ist, kann sie die zu Wasser geronnenen Nebelschwaden hören, die auf verwelkte Blätter tropfen. Vereinzelt sind die Rufe von Waldvögeln zu vernehmen, und das abgehackte Bellen eines Hundes dringt von Zeit zu Zeit leise durch die Stille.

Obwohl sie deutlich ruhiger ist als noch zu Beginn ihres Spaziergangs, eilt sie trotzdem weiter. Es fühlt sich gut an, den Kreislauf in Schwung zu bringen und richtig warm zu werden. Enni nimmt sich vor, in nächster Zeit öfter vor der Arbeit rauszugehen. Es ist ein gutes Gefühl, so früh am Morgen schon etwas geschafft zu haben.

»Hallo, Enni«, grüßt sie plötzlich eine Männerstimme und reißt sie aus ihren Gedanken. »Wir haben uns ja lange nicht mehr gesehen. Geht es dir gut?«

Sie dreht sich schnell um und steht Reinwald und Theo gegenüber. Der Labrador ist angeleint und wartet brav an der Seite seines Herrn auf weitere Befehle. Obwohl vermutlich Hunderte von Gerüchen ihn in den Wald ziehen würden, bleibt er dennoch reglos stehen. Enni erstaunt es immer wieder, wie folgsam Hunde sein können. Auf der anderen Seite leuchtet ihr nicht so ganz ein, wieso Menschen, die tierlieb sind, ihre Hunde so abrichten, dass diese ihren Instinkten nur noch nach einem dementsprechenden

Befehl folgen dürfen, weil sie sonst wildern würden. Eine eigenartige Beziehung, die Menschen zu ihren Tieren aufbauen, findet sie.

»Guten Morgen, Reinwald«, antwortet die junge Frau. »Danke, mir geht es gut. Was treibt dich um diese Zeit in den Wald?«

»Ich mache mich mit Theo gerade auf den Heimweg. Wir haben hier nur nach dem Rechten gesehen.«

»Hoffentlich habt ihr bei dieser Gelegenheit kein Reh erwischt«, rutscht es ihr heraus.

»Zehnmal zieht der Jäger aus, neunmal kommt er leer nach Haus«, gibt er gelassen zurück. »Dürfen wir dich ein Stück begleiten?«

»Es ist ein freies Land«, murmelt sie und setzt ihren Weg fort.

Theo trottet gemächlich neben Reinwald und Enni her. Einige Minuten lang schweigen sie, dann siegt das schlechte Gewissen der jungen Frau.

»Tut mir leid«, beginnt sie einleitend. »Aber ich verstehe einfach nicht den Sinn, wieso man Tiere hier draußen in freier Wildbahn töten muss. Es ist schon schlimm genug, wenn wir all die Schweine schlachten, die wir extra dafür züchten.

»Hast du dir schon mal Gedanken darüber gemacht, was geschehen würde, wenn wir Jäger nicht für ein Gleichgewicht im Wald sorgen?«

»Äh, die Natur würde es selbst regeln?«

»Das konnte sie früher einmal, als es noch Bären und Wölfe gab, die dafür gesorgt haben, dass die Rotwildbestände nicht überhandnehmen.«

»Und was wäre so schlimm daran, dass es mehr Rehe und Hirsche gäbe?«, will Enni wissen.

»Vermutlich käme es zu einer großen Zahl an Wildunfällen mit Autos, wenn die Population ungebremst anwachsen würde. Und falls dabei Tiere nur verletzt und nicht gleich getötet würden, müsste sich auch jemand darum kümmern …«

»Du meinst, ein Jäger müsste die Tiere dann trotzdem erschießen?«

»So würde es tatsächlich sein. Und hast du schon einmal gesehen, wie Rehe junge Bäumen zurichten und alles kahl fressen? Oder was Hirsche mit ihren Geweihen an Bäumen anstellen?«

»So ein Hirsch kann doch einem meterhohen Baum nicht schaden«, versucht Enni zu widersprechen.

»Und ob! Jedes Jahr entstehen große Schäden durch das Fegen. So nennt man das Schlagen mit dem Geweih gegen die Rinde. Gäbe es viel mehr Hirsche, wäre der Schaden im Wald so groß, dass Teile sogar großflächig absterben könnten.«

»Und du bist dafür verantwortlich, dass das Gleichgewicht wieder hergestellt wird?«

»Zum Teil auf jeden Fall. Wir bekommen genaue Vorgaben, wie viele Tiere wir entnehmen dürfen. Ich kann nicht einfach so aufs Geratewohl rumlaufen und Tiere abschießen. Ein Teil meiner Aufgabe ist die Bestandsaufnahme im Wald, wie viel Nachwuchs es gibt, welche Tiere krank sind, wie stark die Bäume geschädigt sind und so weiter. Wir führen lange Statistiken.«

»Willst du mir sagen, dass ein Jäger nicht nur ans Jagen denkt?«

»Das Schießen allein macht den Jäger nicht aus. Wer weiter nichts kann, bleibt besser zu Haus«, kontert Reinwald.

»Du und deine Kalendersprüche«, lacht Enni. So sehr sie die Vorstellung erschreckt, ein Tier vorsätzlich zu töten, dennoch kann sie dem Jäger nicht wirklich böse sein.

»Komm doch mal mit zum Ansitzen. Du wirst dich wundern, wie schön es ist, diese prächtigen Tiere so nah erleben zu können.«

»Auf keinen Fall«, protestiert sie. »Ich möchte nicht dabei sein, wie du ein Reh direkt vor meiner Nase abschießt.«

»Das mache ich ganz bestimmt nicht. Ehrenwort.«

»Na gut, dann denke ich darüber nach«, verspricht Enni und überlegt gleichzeitig, was Alexander wohl dazu sagen würde, wenn sie im Morgengrauen mit einem Jäger auf den Hochsitz klettert. Doch sie kennt die Antwort. Er wird sie für verrückt halten.

Der Spaziergang hat wieder etwas Ordnung in ihren Kopf gebracht. Enni fühlt sich freier und nicht mehr so eingesperrt. Und voller Tatendrang. Sie versucht, Alexander anzurufen, landet aber wie so oft in letzter Zeit auf seiner Mailbox. Enni hinterlässt ihm eine Nachricht, dass er sich morgen nicht auf den Weg nach Waidmannsthal machen solle. Sie würde den Zug nehmen und zu ihm nach München kommen. Dann könnten sie wie früher abends ausgehen, am Samstag auf dem Markt einkaufen, später zusammen kochen und am Sonntag die Waldausstellung besuchen. Danach sucht sie eine passende Zugverbindung für den frühen Nachmittag heraus und bucht einen Platz im »Rufus«. Zufrieden mit ihrer neu erwachten Entschlussfreudigkeit und dem Ausblick auf ein Wochenende in München frühstückt Enni und geht dann ins Arbeitszimmer, um noch einen dringenden Auftrag für einen ihrer Lieblingskunden zu erledigen.

Kurz vor 12 Uhr ist alles fertig und das von ihr gelayoutete Monatsprogramm an das Theater versendet. Enni fährt den Computer runter, packt ein paar Sachen in ihren Rucksack und geht ins Badezimmer, um sich hübsch zu machen. Sie steckt ihre dunklen Haare zu einem Dutt hoch, schminkt sich sorgfältig, was sie schon einige Wochen lang nicht mehr gemacht hat, und ist mit dem Ergebnis zufrieden. Danach geht sie in die Küche hinunter und schaut nach, ob das Feuer aus ist. Im Ofen glimmen noch die Reste der Holzscheite, die sie am Morgen angefacht hat. Dann schließt sie die Luke wieder und regelt die Zentralheizung runter. Wenn sie nicht daheim ist, reicht der Frostschutz. Ein letzter Blick durchs Haus zeigt ihr, dass sie nichts vergessen hat und aufbrechen kann. Enni zieht ihren feinen Wollmantel an, wickelt sich noch einen dicken knallpinken Schal um und schließt die Haustür ab. Sie freut sich auf ihren Ausflug nach München, und es macht ihr ausnahmsweise nichts aus, mit »Rufus« bis zum nächsten Bahnhof fahren zu müssen. Mit ihrem Outfit könnte sie dort vielleicht etwas fehl am Platz wirken, aber das macht ihr nichts aus.

Gut gelaunt eilt die junge Frau zur Haltestelle und wartet fünf Minuten, bis der Bus kommt. Eine Viertelstunde später steht sie am Bahnhof, und auch dort geht es reibungslos weiter. Muss heute wohl mein Glückstag sein, denkt sie beim Einsteigen. Der Zug fährt durch bis München, und sie macht es sich auf einem Zweiersitz bequem, stöpselt Kopfhörer ins Ohr und sucht nach einem interessanten Podcast. Bei einem ihrer Lieblingskanäle wird sie fündig. Die nächsten 90 Minuten erfährt Enni einiges über Alexander den Großen. Die Textzeile eines Liedes aus den 1980er Jahren kommt ihr in den Sinn und sie summt: »My son ask for thyself another kingdom.« Irgendwann dämmert sie weg, und die sonore Stimme des Podcastsprechers bildet eine beruhigende Hintergrundmelodie.

Kurz vor München wacht sie auf und schickt eine Nachricht an Silvia, mit der Frage, ob sie Zeit für einen Kaffee habe. Sie verabreden ein Treffen in der Innenstadt. Alexander hat sich immer noch nicht gemeldet, und Enni ist froh, dass sie den Wohnungsschlüssel noch an ihrem Schlüsselbund trägt. Zumindest ist sie nicht auf die Rückmeldung ihres Freundes angewiesen. Sie kann nach dem Date mit Silvia gleich zur Wohnung fahren und muss nicht auf ihn warten.

»Mit deinen rosigen Wangen könntest du glatt Werbung für Outdoorklamotten machen«, wird sie von Silvia begrüßt, die sie links und rechts auf die Wange küsst.

»Das nehme ich mal als Kompliment«, antwortet Enni grinsend und setzt sich neben ihre Freundin auf einen bequemen Sessel in einem Café in der Nähe vom Marienplatz.

Beide bestellen einen *Americano* und ein Glas Leitungswasser bei der Bedienung und warten, bis diese alles notiert hat und wieder verschwunden ist.

»Geht es dir gut, du Einsiedlerin?«, will Silvia wissen. »Du siehst jedenfalls glücklich aus.«

»Das bin ich auch«, gibt Enni zurück. »So nach und nach verstehe ich, wieso ich als Kind in den Ferien in Waidmannsthal so zufrieden war. Alles ist so unkompliziert dort. Ich kann einfach vor die Tür gehen, um in der Natur zu sein. Ich muss nicht umständlich durch die Gegend fahren. Und die Menschen dort meinen genau das, was sie sagen. Es ist ganz anders als in München.«

»Meinst du damit Tobias? Wie läuft es mit ihm?« Silvia grinst und freut sich sichtlich darauf, schlüpfrige Details aus dem Liebesleben ihrer Freundin zu hören. Doch Enni schüttelt nur den Kopf, und für einen Moment verschwindet das Lächeln aus ihrem Gesicht.

»Es herrscht immer noch Funkstille zwischen uns.«

»Du hast dich nicht bei ihm entschuldigt?«

»Nein. Er meldet sich ja auch nicht bei mir.«

»Also, wenn du keinen Bedarf an einem gut riechenden, durchtrainierten Naturburschen hast, dann komme ich dich bei nächster Gelegenheit besuchen und schnapp mir den Holzfäller.«

»Er ist Landschaftsarchitekt und kein Holzfäller«, verbessert Enni sie. »Und woher weißt du eigentlich, dass er ein durchtrainierter Naturbursche ist? Er könnte doch auch klein und stämmig sein.«

»Ich hab' ihn gegoogelt! Es gibt nicht allzu viele Landschaftsarchitekten in deiner Gegend, die Tobias heißen und Mitte 30 sind.«

»Du hast was? Sag mal spinnst du?«, empört sich Enni.

Gerade, als Silvia antworten will, bringt die Bedienung Kaffee und Wasser und stellt die Getränke auf dem Tisch ab.

»Bleib mal locker. Ich komm dir schon nicht in die Quere. Obwohl das eigentlich ungerecht ist. Du hast gleich zwei Typen an der Angel, während ich schauen muss, wo ich bleibe«, verteidigt sie sich, als die Bedienung weg ist, und trinkt einen Schluck Wasser.

»Also, das halte ich für ein Gerücht. Erstens habe ich nur einen Freund, und der heißt Alexander. Und zweitens musst du nur schnippen, und schon stehen die Männer bei dir Schlange.«

»Hey, ich mach doch nur Spaß«, beschwichtigt Silvia. »Gibt es eigentlich einen bestimmten Grund, wieso du nach München gekommen bist?«

Enni greift nach ihre Tasse, schnuppert am Kaffee und nimmt dann einen genüsslichen Schluck.

»Ich wollte mit Alexander ein schönes Wochenende verbringen. Und ich muss zugeben, dass ich doch so einiges am Stadtleben vermisst habe. So schön es auf dem Land auch ist, aber mir fehlen die Restaurants, die Markt- und Cafébesuche, Kulturveranstaltungen, Kinos und natürlich andere Menschen.«

»Wundert mich nicht. Ich wäre schon noch zwei Wochen Einsamkeit mit wehenden Fahnen zurück nach München gekommen. Darauf sollten wir anstoßen. Das verlorene Kind ist zurück!«, meint Silvia theatralisch und ordert zwei Gläser Prosecco.

Obwohl Enni findet, dass Silvia übertreibt, freut sie sich dennoch, dass ihr Wiedersehen so herzlich ist. Dann tratschen sie über Silvias Kollegen, tauschen sich über angesagte Kinofilme aus und sprechen über mögliche Urlaubsziele für den Sommer. Ihre Freundin spielt gekonnt Szenen aus dem Agenturalltag nach, und Enni hält sich immer wieder die Hände vor den Mund, um nicht laut loszulachen.

Eine Stunde und zwei Gläser Prosecco später verabschieden sich die beiden Frauen, und Enni macht sich leicht beschwipst und glücklich auf, um mit der Straßenbahn zu ihrer ehemaligen Wohnung zu fahren. Dort angekommen braucht sie einige Anläufe, um den richtigen Schlüssel zu finden. Als sie gerade aufsperren will, wird die Eingangstür von innen schwungvoll geöffnet, und ein junger Mann mit Headset auf dem Kopf steht mit weit aufgerissenen Augen vor ihr.

»Was machen Sie da?«, fragt er vorwurfsvoll.

Nach dem ersten Schreck überlegt Enni fieberhaft, wie Alexanders Untermieter heißt. Sie weiß noch, dass er aus Indien kommt.

»Hallo, Rahul«, fällt ihr zum Glück noch rechtzeitig ein. »Ich bin Enni, Alexanders Freundin. Schön, dich kennenzulernen. Ich habe schon viel von dir gehört.«

»Enni?«

Rahul blickt sie ungläubig an, und sie fragt sich, ob ihr Dutt vielleicht schief sitzt oder ihr Eyeliner verlaufen ist, weil sie mit Silvia vorhin so viel lachen musste. Vielleicht findet ihr Gegenüber auch einfach die Farbe ihres Schals scheußlich.

»Darf ich reinkommen?«

»Klar«, antwortet der junge Mann aus Indien und tritt ein Stück zur Seite.

»Ist alles in Ordnung mit dir?«, erkundigt sich Enni, weil er immer noch sprachlos dasteht und sie anstarrt.

»Ja, alles bestens«, antwortet Rahul. »Ich wusste nur nicht …«

Doch er spricht nicht weiter, weil in diesem Moment Alexander auf dem Treppenabsatz auftaucht und etwas außer Atem ruft: »Mein Herz! Wie schön, dass du da bist!«

Noch bevor ihr Freund die Wohnungstür erreicht hat, ist Rahul auch schon wieder in seinem Zimmer verschwunden, und Enni wundert sich, wie es Alexander mit einem so kauzigen Mitbewohner aushält.

Mit geschlossenen Augen steht Enni da, während sie dem Zwitschern der Vögel lauscht, den weichen Waldboden unter ihren Füßen spürt und eine sanfte Brise über ihr Gesicht streicht. Es ist die perfekte Illusion. Sogar die Luftfeuchtigkeit ist dem natürlichen Vorbild nachempfunden worden. Die junge Frau staunt, wie viel Mühe sich die Verantwortlichen des Museums gemacht haben, um diese naturnahe Traumwelt zu erschaffen.

Zuvor hat sie die anderen Räume der Sonderausstellung zum Thema Wald besucht. Dort werden alte und neue Gemälde gezeigt, kunsthistorische Objekte rund um die Jagd sind ausgestellt, und moderne Installationen werden präsentiert, die sich mit Bäumen beschäftigen. Es gibt großflächige Bilder alter Meister und bunte, eher fröhliche Gemälde der Moderne. Enni fürchtete sich ein wenig beim Anblick der düsteren Waldlandschaft von Caspar David Friedrich, die vom Mondschein beleuchtet wird. Hohe Berge ragen hinter einer Schlucht auf, die von eng stehenden Tannen begrenzt wird.

Der *Waldpfad* von Claude Monet ist ihr viel lieber, mit den unterschiedlichsten Grüntönen, dem hellen Himmel und dem verheißungsvollen Pfad, der in den Wald hineinführt. Sie ist eh ein Fan der Impressionisten, auch wenn sie das vor Alexander nicht zugeben würde. Er findet diese Stilrichtung zu romantisch und verspielt. Bei Vincent van Gogh sind sich beide einig. Seine Bilder finden sie grandios und *Bäume und Unterholz* könnten sie ewig betrachten. August Mackes *Paar im Wald* ist Enni dagegen zu grafisch. Überhaupt mag sie die ganze Künstlergruppe um den *Blauen Reiter* nicht besonders.

Der nächste Ausstellungsraum ist komplett mit einer Fototapete ausgestattet, die Bahn um Bahn den immer gleichen Blick auf einen Birkenhain zeigt. Diese Installation verursachte ein leichtes Schwindelgefühl, und Enni geht zügig weiter in den nächsten Raum. Dort steht alles auf dem Kopf. Nadelbäume wachsen hier von der Decke, und beim Umhergehen muss man aufpassen, dass man nicht mit dem Kopf an den Wipfeln hängen bleibt. Einige Kinder machen sich einen Spaß daraus, die Baumspitzen zu umkreisen, und anstelle der sonst eher gedämpften Atmosphäre erfüllt ihr Lachen den Raum. Die Aufseherin lässt sie gewähren und folgt ihnen mit ihrem Blick und einem Lächeln auf dem Gesicht. Auch Enni muss grinsen und lässt ihre Finger über die weichen, hellgrünen Triebe streifen, zerreibt einige davon und schnuppert am herzigen Geruch. Schließlich lockt sie Vogelgezwitscher zum letzten Raum der Sonderausstellung.

Hier steht sie nun schon seit mehr als fünf Minuten mit geschlossenen Augen und vermisst ihren Wald. Obwohl die Installation trügerisch echt wirkt und es sogar holzig-moderig riecht, fühlt sie dennoch die engen Wände, die den Raum umgeben. Die grenzenlose Freiheit, die es im Wald gibt, fehlt hier gänzlich.

»Wie lange willst du hier noch rumstehen?«, raunt ihr Alexander unvermittelt ins Ohr. »Ich möchte was essen.«

Enni hätte fast aufgeschrien, so unerwartet kam die Ansage ihres Freundes. Sie reißt die Augen auf und schaut sich unsicher um. Alexander eilt schon Richtung Ausgang, ihr bleibt nichts anderes übrig, als ihm hinterher-zulaufen.

»Hey, jetzt warte doch mal«, ruft sie ihm zu, doch er geht zügig auf die Garderobe zu.

Als sie dort ankommt, hält er ihr schon ihren Wollmantel und den farbenfrohen Schal entgegen. Sie schlüpft hinein und schaut dann auf die Uhr.

»Wenn ich heute noch zurückfahren will, muss ich in einer Stunde am Bahnhof sein. ›Rufus‹ fährt sonntags zum letzten Mal um 19.30 Uhr.«

»Ich dachte, wir gehen noch essen?«, mault Alexander. »Und wer ist Rufus?«

»Der Rufbus, das habe ich dir doch schon hundertmal erklärt.«

Sie stehen unschlüssig im Foyer des Museums herum. Die Stimmung war schon das ganze Wochenende über latent angespannt gewesen, doch nun kippt sie vollends.

»Wenn ich dich wie geplant besucht hätte, dann hätten wir nun keinen Stress.«

»Und wenn du wie geplant öfter mal Homeoffice im Haus machen würdest, dann würden wir uns öfter sehen«, gibt Enni bissig zurück.

»Ich kann meine persönlichen Kundentermine nun mal nicht vom Homeoffice aus machen. Du weißt ganz genau, dass in meinem Business viel auf der menschlichen Ebene passiert.«

»Komisch, bei mir klappt es auch, mit meinen Kunden online Kontakt zu halten«, kontert sie.

»Das ist doch etwas ganz anderes. Du bekommst konkrete Aufträge. Die kann man zur Not auch übers Telefon vergeben. Ich ziehe die großen Kampagnen an Land.«

»Na, danke! Du bist der große Macker, während ich mich um die kleinen Fische kümmere. So denkst du also?«

»Nein, das habe ich doch gar nicht gesagt«, versucht Alexander, seine Aussage zu relativieren. »Die Ausstellung hier, die Beschriftungen, das hast du großartig gemacht! Sorry, dass ich dir das vorhin nicht gesagt habe.«

»Ich dachte schon, du hast vergessen, dass ich den Auftrag dafür bekommen habe.«

»Nein, natürlich nicht. Was denkst du denn von mir?«

»Ach, keine Ahnung. Das ganze Wochenende war irgendwie komisch. Die Wohnung ist mir ganz fremd geworden, und deine Mitbewohner sind auch nicht gerade herzlich. Ich habe mich dort fehl am Platz gefühlt.«

»Rahul ist wirklich ein komischer Vogel. Entweder arbeitet er oder er hockt an der Uni, um schnellstmöglich seinen

Master zu bekommen. Der ernährt sich nur von Tütensuppen und Müsli.«

»Und diese Eileen hat mich nicht mal richtig begrüßt. Wie hältst du das nur aus?«

»Der Gedanke, dass wir uns sehen, hält mich über Wasser«, antwortet Alexander und nimmt Enni in die Arme. »Lassen wir uns die letzte Stunde nicht verderben, mein Herz. Komm, wir holen deine Sachen aus der Wohnung und fahren dann gemeinsam zum Bahnhof. Ich begleite dich zum Zug und winke dir am Bahnsteig mit einem weißen Taschentuch hinterher. Wie wäre das?«

»Du bist ein Spinner«, gibt sie zurück und vergräbt ihr Gesicht an seiner Schulter, um das breite Lächeln zu verstecken. »Und nächstes Wochenende kommst du mich auf jeden Fall besuchen! Dann zeige ich dir den richtigen Wald. Für Stadtmenschen mag diese Illusion ausreichen, um das Gefühl zu haben, in der Natur zu sein. Aber wenn du den Unterschied erst einmal erlebt hast, wirst du so wie ich süchtig danach werden, in einen richtigen Wald einzutauchen.«

»Versprochen, mein Herz! Nächstes Wochenende bin ich ganz für dich da.«

Die Woche läuft gut für Enni. Sie arbeitet ihre Aufträge Stück für Stück ab und schickt die meisten Sachen ein oder zwei Tage vor dem vereinbarten Abgabetermin an ihre Kunden. Diese danken es ihr mit weiteren Folgeaufträgen. Denn in ihrer Branche ist es üblich, dass die Lieferung der Dateien meist in letzter Minute erfolgt, und da sticht Enni mit ihrer Arbeitsweise positiv hervor.

Das Wetter wird auch langsam besser, die Tage sind spürbar länger, und sie hofft inständig, dass der Winter nun endlich vorbei ist. Auch wenn sie die letzten Wochen hier auf dem Land viel mehr Licht und Sonne abbekommen hat, als vermutlich die letzten zehn Winter in München zusammengenommen, ist sie die Kälte dennoch leid. Enni möchte sich endlich in den Garten setzen, dort einen Kaffee trinken und die Ruhe genießen.

Am Mittwoch geht sie mit ihrem Mittagessen, einem Teller Nudeln mit Pesto, probehalber nach draußen, weil sie das dringende Bedürfnis nach Licht und frischer Luft hat. Sie holt einen alten windschiefen Gartenstuhl aus dem Schuppen, in dem auch Monikas alter Rasenmäher steht und gut erhaltenes Gartenwerkzeug wie Rechen, Pickel, Schaufel und eine Harke an der Wand an Nägeln hängen. Vorsichtshalber hat sie sich eine Decke unter den Arm geklemmt und wickelt sich diese nun um die Hüften, bevor sie auf dem Stuhl Platz nimmt. Doch die Sonne hat schon genügend Kraft gesammelt, und auf ihrem windgeschützten Platz mit der Hauswand im Rücken hält sie es gut aus. Gerade, als sie die letzten Nudeln in den Mund schiebt, tritt Paul an den Zaun und grüßt sie.

»Guten Appetit!«

»Danke«, entgegnet sie mit vollem Mund. »Ist das Wetter nicht herrlich?«

»Ja, langsam taut alles wieder auf. Auch meine alten Knochen werden wieder geschmeidiger«, lacht ihr Nachbar und reckt seine Arme in die Luft.

»Freut mich, dass es dir besser geht. Die Grippe hat dir ganz schön zu schaffen gemacht, oder?«

»Ja, aber ich gebe nicht nach.«

»Recht hast du!«, meint Enni und geht zum Zaun.

»Pass übrigens auf, wenn du in den Wald gehst. Ich habe von Reinwald gehört, dass ein Wolf in der Gegend gesichtet wurde.«

»Ein Wolf? Wirklich?«

»Ja. Eine der Wildkameras hat ihn wohl vor zwei Tagen erwischt. Es wird aber erst offiziell bestätigt, wenn sie eine Probe von ihm bekommen.«

»Wie, welche Probe meinst du?«

»Wenn sie Glück haben, finden sie Kotspuren, mit der sie eine DNA-Analyse machen können. Wenn sie Pech haben, finden sie seine DNA an einem gerissenen Tier.«

»Und wieso ist es so wichtig, dass die Spuren gefunden werden?«

»Ich vermute mal, die wollen kontrollieren, wo und wann welche Wölfe auftauchen«, erklärt ihr Paul und steckt seine Hände in die Hosentaschen.

»Wer sind denn *die*?«

»Na die, die dafür verantwortlich sind«, meint Paul. »Pass du jedenfalls auf, dass dir nichts passiert.«

»Aber hat denn ein Wolf hier in der Gegend schon mal einen Menschen angefallen?«

»Nicht, dass ich wüsste.«

»Ich kenne mich zwar nicht so gut mit Wölfen aus. Aber ich denke, dass es schon ein großer Zufall wäre, wenn mir einer hier im Wald über den Weg laufen würde«, erwidert Enni. »Trotzdem danke, dass du mich gewarnt hast.«

»Na klar! Wir passen hier noch gut aufeinander auf.«

Paul tippt sich mit seinem Zeigefinger an die Schläfe und will sich mit diesem Abschiedsgruß gerade abwenden, da fällt Enni noch was ein.

»Du Paul, warte mal. Darf ich dich was fragen?«

»Wer lange fragt, geht lange irr«, gibt der alte Mann mit einem Lächeln zurück.

»Hat dir Monika erzählt, wieso sie sich mit meinen Eltern verkracht hat?«

»Ich glaube nicht, dass Monika imstande war, sich überhaupt mit jemandem zu verkrachen.«

»Wie meinst du das?«

»Von ihr ging keine Art von Aggression aus. Ich habe nie erlebt, dass sie auch nur einmal über jemanden geschimpft hat.«

»Also meinst du, meine Eltern waren an dem Streit schuld?«

»Vermutlich«, antwortet Paul einsilbig.

»Also gut. Nehmen wir an, meine Eltern haben den Kontakt zu Monika abgebrochen. Was könnte der Grund dafür gewesen sein?«

»Hast du denn nie bei deinen Eltern nachgefragt, wieso ihr das Dorf und Monika plötzlich nicht mehr besucht habt?«

»Nein, habe ich nicht«, antwortet Enni patzig.

»Und jetzt ist es zu spät.«

»Das weiß ich auch. Danke.«

Enni rafft die Decke, die sie immer noch um ihr Hüften trägt, zusammen und will zurück zu ihrem Gartenstuhl gehen. Da lenkt Paul ein.

»Sei nicht eingeschnappt. Monika hat mal eine Andeutung gemacht.«

»Und die wäre?«, will die junge Frau wissen und blickt Paul herausfordernd an.

»Es ging um Geld. Deine Eltern wollten irgendwas von Monika haben und es verkaufen. Doch deine Großtante wollte es nicht hergeben. Und dann haben deine Eltern den Kontakt abgebrochen.«

»Und was könnte das gewesen sein? Außer dem Haus hatte Monika doch keinen Besitz, oder?«

»Da kann ich dir leider nicht helfen. Wenn es dir deine

Eltern nicht erzählt haben, dann bleibt es wohl für immer ein Geheimnis«, erklärt Paul, tippt sich noch mal an die Schläfe und geht zurück zu seinem Haus.

März

»Wolf im Blutrausch« ist die Schlagzeile auf der ersten Seite der regionalen Tageszeitung, die Enni beim Einkaufen ins Auge fällt. Sie nimmt ein Exemplar zur Hand und überfliegt den Beitrag. Da der Frühling in diesem Jahr ungewöhnlich früh kam und die Temperaturen es zuließen, waren viele Schäfer mit ihrer Herde schon auf der Weide unterwegs. Dies wurde nun in einem Nachbardorf einigen Tieren zum Verhängnis, die vor zwei Tagen von einem Wolf gerissen wurden. Fünf Schafe verendeten qualvoll, und der Journalist fordert nun den Abschuss des »Problemwolfs.«

Enni muss an das Gespräch mit Reinwald denken. Der Mensch hat die Funktion der Raubtiere übernommen, und nun brauchen wir keine Wölfe und Bären mehr. Wir kümmern uns selbst darum, dass das Gleichgewicht in der Natur wiederhergestellt wird. So denkt zumindest der Jäger. Sie selbst sieht keinen Unterschied darin, ob ein Mensch ein Schaf tötet oder ob das ein Wolf übernimmt. Gleiches Recht für alle. Und was ist das überhaupt für ein Schlagzeile? Wolf im Blutrausch? Da könnte man jeden Tag über die Arbeit im Schlachthof titeln »Metzger im Blutrausch«. Nur dass sich niemand den Kopf darüber zerbricht, wie die Tiere dort abgeschlachtet werden. Doch wenn der böse Wolf plötzlich in unsere ach so heile Welt einbricht, dann ist das natürlich etwas anderes, ärgert sich Enni.

Nach dem Einkaufen schlendert die junge Frau zum Bus. Sie hat noch eine halbe Stunde Zeit, bis »Rufus« kommt, und setzt sich ins Wartehäuschen am Ende des Supermarktparkplatzes. Es ist Donnerstagabend, und Alexander will morgen Nachmittag zu ihr ins Dorf kommen. Mittlerweile hat der Elektriker, mit sieben Wochen Verspätung, die Wallbox installiert, und ihr Freund kann nun problemlos seinen Firmenwagen aufladen. Die Ausrede, es wäre so kompliziert, mit dem Elektroauto nach Waidmannsthal zu fahren, gilt ab sofort nicht mehr.

Die Sonne geht gerade unter, und die letzten Strahlen scheinen ihr direkt ins Gesicht. Ausnahmsweise findet sie es gar nicht so doof, mit dem Bus fahren zu müssen. Zu Hause wartet niemand auf sie, und irgendwie fühlt es sich so an, als ob ihr jemand ein wenig Zeit geschenkt hätte. Sie muss nicht, wie früher in München, von einem Ort zum anderen hetzen, noch schnell dort etwas abholen oder zu einer Verabredung eilen. In diesem Moment ist sie ganz bei sich. Oder mit sich im Reinen, wie ihre Yogalehrerin sagen würde. Dieses geflügelte Wort hat Enni zwar schon oft gehört, doch nie wirklich verstanden, was es bedeutet. Sie fühlt sich so frei wie selten zuvor in ihrem Leben. Einem Impuls folgend wählt sie Tobias' Nummer.

»Hallo, Enni«, wird sie nach zweimal Klingeln von ihm begrüßt. »Das ist ja eine Überraschung!«

»Hey, Tobias. Sorry, dass ich mich so lange nicht gemeldet habe. Das war echt blöd von mir.«

»Schon in Ordnung. Du hattest sicher viel zu tun.«

Tobias sagt das ohne eine Spur von Ironie. Trotzdem ist sich Enni nicht sicher, ob er es wirklich ernst meint.

»Geht so. Und bei dir?«, fragt sie und blinzelt die letzten Sonnenstrahlen weg. Enni überlegt, ob sie in München jemals einen Sonnenuntergang bewusst wahrgenommen hat. Wahrscheinlich nicht. Höchstens im Urlaub, mit einem *Sundowner* in der Hand.

»Ach, wie immer viel zu tun. Die Bauherren hier sind zwar nicht ganz so stressig wie in der Großstadt, aber von naturnahen Gärten sind sie auch nicht gerade begeistert.«

»Stimmt. Udo, mein Nachbar, hat schon seinen kleinen Rasenmäher-Roboter aus dem Winterquartier geholt, und nun fetzt der fleißig über das Gelände. Mich hat er auch gleich gefragt, ob ich mir nicht ebenfalls so ein Gerät anschaffen möchte. Er hätte gute Kontakte zu einem Händler und könnte mir einen super Preis machen.«

»Auf keinen Fall! Lass Monikas wunderbare Magerwiese auf jeden Fall stehen. Es wäre eine Sünde, daran irgendwas zu ändern.«

»Habe ich auch nicht vor. Keine Sorge«, beschwichtigt ihn Enni. »Aber trotzdem muss ich den Garten ja irgendwie pflegen, oder? Ich habe leider überhaupt keine Ahnung, was ich zurückschneiden soll und was ich auf keinen Fall anrühren darf.«

»Kann dir Alexander da nicht helfen?«, gibt Tobias patzig zurück. »Oder ist sich der feine Herr dazu zu schade?«

»Der könnte dir vielleicht aus dem Stegreif eine Werbestrategie vorstellen, wie du eine Gartenschere besser verkaufen kannst. Aber in die Hand würde ich ihm so ein Teil lieber nicht geben. Der würde einfach alles, was ihm unter die Finger kommt, zurückschneiden. Ohne Rücksicht auf Verluste.«

»Tja, dann musst du wohl selber ran«, erwidert er trocken.

»Darf ich dich zumindest beim Apfelbaum um Hilfe bitten?«, fragt Enni zaghaft und steht auf, weil die Frau mit dem bunten Sari, die ihr ab und zu im Bus begegnet, mit ihrer kleinen Tochter zur Haltestelle kommt. Diese nickt ihr nun freundlich zu und nimmt dankbar Platz. Auf der Stirn des kleinen Mädchens leuchtet ein Punkt hellrot in der Dämmerung, und sie nascht zufrieden aus einer Tüte mit Fruchtgummi.

»Wir haben den Baum während der Renovierung ziemlich gestutzt, und im letzten Sommer trug er dann auch keine Früchte mehr. Es wäre doch schade, wenn wir nicht mehr Monikas leckere Äpfel ernten könnten«, versucht sie, ihren Sandkastenfreund etwas milder zu stimmen. »Weißt du noch, wie wir immer in den Baum geklettert sind und uns die Bäuche vollgeschlagen haben?«

»Monika hatte die besten Äpfel. Das steht fest«, lenkt Tobias ein. »Also gut, ich helfe dir. Aber wir müssen es morgen gegen Mittag machen, später habe ich keine Zeit. Die Bäume treiben in diesem Jahr viel früher aus als sonst, deshalb können wir es nicht länger aufschieben.«

»Danke, du bist der beste Apfelbaumschneider, den es gibt!«

»Warte erst mal ab, ob er dann wirklich Früchte trägt.«

»Du, Tobias«, setzt Enni an, bevor er sich verabschieden kann. Sie geht ein paar Schritte vom Bushäuschen weg und spricht etwas leiser. »Es tut mir leid, was bei unserem letzten Treffen passiert ist. Irgendwie dachte ich, du siehst alles ganz locker und wärst eher so der Typ für eine Nacht.«

»Na ja, vielleicht war ich das mal. Aber jetzt …«

Enni wartet, ob er noch etwas anfügt, aber Tobias spricht nicht weiter. Um das peinliche Schweigen nicht länger aushalten zu müssen, verabschiedet sie sich unter dem Vorwand, dass ihr Bus gerade um die Ecke käme, und drückt ihn weg. Das Gespräch hat so gut angefangen, und nun ist sie sich nicht mehr so sicher, ob es eine gute Idee war, ihn wegen des Apfelbaums zu fragen. Hoffentlich sind sie mit dem Schneiden fertig, bevor Alexander auftaucht. Beide Männer gleichzeitig an einem Ort kann sie im Augenblick wirklich nicht gebrauchen.

»Silvia? Das ist ja eine Überraschung«, ruft Enni freudig, als ihre Freundin plötzlich unter dem Apfelbaum auftaucht. »Hallo! Wo kommst du denn auf einmal her?«

»Hi, Enni! Alexander hat mich mitgenommen. Ich dachte mir, ich schau mal wieder vorbei, bevor du noch komplett zur Einsiedlerin wirst«, antwortet sie und wendet sich Tobias zu, der ebenfalls im Baum sitzt und gerade dabei ist, einige Wassertriebe zu entfernen. »Hallo, ich bin Silvia, Ennis Freundin aus München. Und du bist?«

»Tobias«, gibt dieser zurück, beugt sich nach unten und drückt fest Silvias Hand. »Freut mich!«

»Und mich erst«, erwidert Silvia. »Stellt ihr hier *Men in Trees* nach? Du siehst jedenfalls ganz so aus, als würdest du aus Kanada kommen.«

»Mensch, Silvi, jetzt flirte hier nicht gleich mit Tobias. Er ist hier, um mit mir die Bäume zu schneiden«, geht Enni dazwischen.

»Wer oder was ist denn *Men in Trees*? Müsste ich das kennen?«, erkundigt sich Tobias.

»Eine von Ennis Lieblingsserien. Ist aber schon uralt. Sie war regelrecht vernarrt in die Holzfäller aus Kanada, um die sich die Serie dreht«, klärt ihn Silvia auf.

»In wen war Enni ganz vernarrt?«, fragt Alexander, der nun ebenfalls unter dem Baum auftaucht. »Ich hoffe ja wohl in mich!« Und an seine Freundin gerichtet fügt er noch hinzu: »Hallo, mein Herz! Sieh mal, wen ich mitgebracht habe.«

Bevor Enni nach unten klettert, wirft sie Tobias noch einen verstohlenen Blick zu. Mit einem Nicken grüßt er Alexander, dann kümmert er sich weiter um die Wassertriebe.

Unten angekommen umarmt sie zuerst Silvia, dann Alexander. Der macht aber keine Anstalten, sie nach der Umarmung loszulassen, sondern küsst sie und hält sie danach weiter im Arm.

»Alexander, das da oben ist Tobias. Ein Freund aus Kindheitstagen. Er kennt sich gut mit Bäumen aus und hilft beim Schneiden.«

»Hallo Tobias. Soll ich auch mit anpacken?«, fragt er dann gut gelaunt und wirft einen Blick in die Runde.

»Ne, lass mal«, kommt es von Enni und Tobias gleichzeitig zurück.

»Wir sind hier eh gleich fertig. Geht schon mal rein und setzt Kaffee auf. Ich räum hier nur noch auf und komme dann nach«, schlägt Enni vor und macht sich aus Alexanders Umklammerung frei.

»Kommst du auch mit?«, will Silvia von Tobias wissen.

»Nein«, antwortet Enni an seiner Stelle und fängt an, die abgeschnittenen Triebe vom Boden aufzusammeln. »Er hat noch einen Termin.«

»Schade! Und was ist mit heute Abend? Wir haben eingekauft und kochen später zusammen. Komm doch dazu!«

»Gerne«, kommt es aus dem Apfelbaum zurück.

Als Silvia und Alexander im Haus verschwunden sind, hält Enni kurz inne und schaut nach oben.

»Ich dachte, du hast später keine Zeit,« merkt sie grimmig an.

»Heute Nachmittag muss ich zur Werkstatt und meine Sommerreifen montieren lassen, das stimmt. Aber abends habe ich noch nichts geplant«, grinst er und schneidet weiter den Apfelbaum zurück. »Ist doch schön, wenn wir uns alle besser kennenlernen.«

»Ja, ganz toll«, erwidert Enni leise und stopft die Zweige in den Sack für Grünabfälle.

Nach dem Kaffeetrinken bietet Alexander großzügig an, die Säcke mit den Grünabfällen zum Wertstoffhof zu bringen. Enni und Silvia holen sich in der Zwischenzeit zwei alte Gartenstühle aus Monikas Fundus und setzen sich in die Sonne. Den Winter über hat es einigermaßen viel geregnet, und man sieht der Natur an, dass sie bereit ist, mit voller Kraft ins Frühjahr zu starten. Die Böden sind nass und schwer und nicht so ausgedörrt wie im letzten Sommer. Insekten und Vögel schwirren umher, und hier und da sprießt schon etwas Gras. In Pauls Garten blüht ein riesiger Forsythienstrauch, Traubenhyazinthen und Tulpen leuchten in lila, gelb und rot um die Wette. Im Vergleich zu Ennis verwilderter Wiese wirkt bei ihrem Nachbarn alles aufgeräumt und geordnet. Paul steckt immer noch viel Zeit in die Pflege seines Gartens, und das sieht man ihm auch an.

»Ich freue mich so, dass du mich besuchst«, meint Enni und drückt die Hand ihrer Freundin.

Beide liegen mit geschlossenen Augen in der Sonne und genießen die warmen Strahlen auf ihrem Gesicht.

»Wenn der Prophet nicht zum Berg kommt, dann muss der Berg … Du kennst den Spruch ja«, lacht Silvia und richtet sich auf. »Ehrlich gesagt würde ich auch lieber hier in diesem Dorf leben, wenn ich so einen Sandkastenfreund wie Tobias hätte.«

»Jetzt hör endlich auf, mich immer mit ihm verkuppeln zu wollen. Ich bin mit Alexander zusammen«, gibt Enni genervt zurück.

»Habt ihr euch mittlerweile ausgesprochen?«

»Tobias und ich? Wir waren gerade dabei, als du plötzlich unter dem Apfelbaum aufgetaucht bist.«

»Und? Wieso ist er an dem Abend wie von der Tarantel gestochen aufgesprungen und weggelaufen?«, will ihre Freundin wissen und lehnt sich wieder im Gartenstuhl zurück.

»Tobias ist nicht weggelaufen. Er wollte nur klare Verhältnisse schaffen«, entgegnet Enni, stützt ihre Arme auf die Knie und blickt zum gegenüberliegenden Wald hinüber.

Silvia lehnt immer noch im Gartenstuhl und wirft ihrer Freundin von der Seite einen skeptischen Blick zu.

»Schau mich nicht so komisch an. Genau das hat er gesagt. Er faselte gerade etwas von ›gebranntem Kind‹ und so, als du plötzlich aufgetaucht bist.«

»Vielleicht hat er die Stadt gar nicht wegen seines Jobs verlassen«, mutmaßt Silvia. »Es könnte doch sein, dass er wegen einer gescheiterten Beziehung zurück in seine Heimat gegangen ist.«

»Im Grunde ist es doch egal, wieso er hier ist. Und mal ehrlich: Ich bin auch nicht der Typ, der zweigleisig fährt. Insofern muss ich Tobias danken, dass er so strikt ist«, stellt Enni fest. »Ich will gar nicht daran denken, wie stressig es wäre, mit zwei Männern gleichzeitig etwas am Laufen zu haben.«

»Ich fände das Konzept gar nicht schlecht. Einen für die Stadt und einen für das Dorf.«

»Bitte, tu dir keinen Zwang an«, meint Enni genervt.

Dann lässt sie sich wieder in ihren Gartenstuhl zurücksinken und schließt die Augen.

»Kannst du mir einen Gefallen tun?«, wechselt sie dann das Thema. Als Silvia zustimmend brummt, gibt sie ihr den Auftrag, in München nach einem alten Tonbandgerät Ausschau zu halten. Die Sache mit Elvis und Monika lässt sie immer noch nicht los, und wozu hat man eine Freundin, die in der Stadt lebt? Auf irgendeinem Flohmarkt wird sich so ein Ding schon finden lassen.

Das Wochenende war eindeutig zu stressig. Enni nimmt sich vor, es in nächster Zeit etwas ruhiger angehen zu lassen. Gleichzeitig wundert sie sich über sich selbst. Innerhalb weniger Monate hat sie ihr Leben von 100 auf nahezu null runtergefahren, ohne dass es ihr etwas ausmachen würde. Der Januar war zwar nicht einfach, und zeitweise fühlte sie sich wirklich einsam. Aber nun, mit der Perspektive auf den kommenden Frühling, auf längere und hellere Tage und mit der erwachenden Natur um sich herum, ist sie einfach nur glücklich. Mittlerweile stört sie sich auch nicht mehr daran, dass Alexander seinen Lebensmittelpunkt eindeutig in München sieht. Ihre Fernbeziehung läuft besser als gedacht, jeder hat seine Freiräume, und wenn sie sich sehen, haben sie sich immer viel zu erzählen. Enni vermisst weder die ätzenden Montage, an denen sie nach einem ereignisreichen Wochenende und Freizeitstress am Morgen nicht aus dem Bett gekommen ist, noch die mit Terminen vollgestopften Abende, die sie in den Münchner Bars und Restaurants verbracht hat.

Nun geht Enni das zunehmend aufgeheizte Gespräch vom Samstagabend nicht mehr aus dem Kopf. Irgendwann ist die Sprache beim Abendessen mit Silvia, Alexander und Tobias auf den Wolf gekommen, der gerade ganz in der Nähe einige Schafe gerissen hat. Alexander, der wie sie Massentierhaltung verabscheut und deshalb auch kein Fleisch isst, hat sich immer weiter in das Thema hineingesteigert und darüber monologisiert, dass wir Menschen nicht das Recht hätten, Tiere unter widrigsten Umständen zu halten. Wir Menschen wären auch nicht besser als der »Wolf im Blutrausch«, und solange wir uns herausnähmen, so zu wüten, hätte das Raubtier ebenfalls das Recht dazu.

Tobias' Einwand, dass die Schafe auf ihrer Weide doch unter relativ guten Bedingungen gehalten würden, wischte er einfach weg. Der Schäfer bestimme darüber, wann welches Tier geschlachtet werde, und schrecke auch nicht davor zurück, kleine Lämmer zu töten. »Stellt euch mal vor, euch nimmt jemand eure Babys weg«, fragte er etwas zu laut in die Runde. Er hatte eindeutig schon zu viel Rotwein getrunken.

Silvia hielt sich weitgehend aus dem Gespräch heraus, da sie Alexander kannte und wusste, wann es besser war, ihm nicht noch mehr Stoff zu liefern, weil er sich dann nur noch weiter in Rage redete. Und auch Tobias schien recht schnell gemerkt zu haben, dass es Ennis Freund irgendwann nur noch darum ging, dass seine Meinung die richtige war.

Auch Enni ging es gehörig auf die Nerven, wie polternd Alexander auftrat. Sie musste an einen aufgeblasenen Gockel denken, schob das Bild aber schnell wieder weg und kochte stattdessen Espresso. Als Nachspeise tischte sie Eis mit heißen Beeren auf, und das cremig-süße Dessert und der starke Kaffee haben geholfen, die Wogen wieder zu glätten.

Nun liegen die Reste des Abendessens – gebackener grüner Spargel mit Bohnenstampf und Zwiebelchutney – in ihrem Kühlschrank, und Enni freut sich, dass sie heute nicht kochen muss. Sie wird die Zeit nutzen, um einen längeren Spaziergang im Wald zu unternehmen. Wolf hin oder her.

Obwohl Alexander sich am Samstag lautstark für das Recht der Wölfe eingesetzt hat, wie wir Menschen zu jagen und deshalb nicht abgeschossen zu werden, wollte er dennoch nicht, dass seine Freundin in Gefahr gerät und hat sie deshalb gebeten, vorerst nicht in den Wald zu gehen. Doch davon will sie sich nicht abhalten lassen.

Als sie am Abend ihren Parka anzieht und in ihre Boots schlüpft, fällt ihr wieder ein, dass Reinwald ihr angeboten hat, sie mit auf den Hochsitz zu nehmen. Sie überlegt, ob sie ihn anrufen soll. Vielleicht wäre es gar nicht so schlecht, sich die Sache aus der Perspektive des Jägers anzusehen und seinen Standpunkt zu hören. In München, in ihrer Bubble, in der alle eine ähnliche Meinung vertraten, wäre sie natürlich nie auf so eine Idee gekommen. Aber hier im Dorf ist sie freier, unterliegt nicht dem Zwang, sich der Mehrheitsmeinung anzuschließen. Enni greift zum Telefon und wählt die Nummer des Jägers.

»Hallo, Reinwald, hier ist Enni«, begrüßt sie ihn, als er abnimmt.

»Servus, Enni! Das ist ja eine Überraschung. Hast du dich wieder im Wald verlaufen?«

»Nein«, lacht sie. »Mittlerweile kenne ich mich gut in der Gegend aus. Abgesehen davon hätte ich dort draußen doch gar keinen Empfang und könnte nicht mit dir sprechen.«

»Stimmt auch wieder. Was verschafft mir dann die Ehre?«

Enni prüft, ob sie ihren Schlüssel eingesteckt hat, zieht die Haustür hinter sich zu und geht los.

»Ich wollte mich mal bei dir erkundigen, ob du mehr über den Wolf weißt, der hier ganz in der Nähe die Schafe gerissen hat«, antwortet die junge Frau.

Draußen ist es noch hell, und Christa und Udo schneiden gerade die Sträucher in ihrem Garten zurück. Enni winkt ihnen zu, und Christa führt ihre Hand mit einer Kippbewegung zum Mund und möchte damit wohl andeuten, dass sie bald einen Kaffee zusammen trinken sollten. Enni nickt, reckt den Daumen nach oben und geht weiter.

»Klar, ich kann dir sogar sagen, welcher Wolf es war«, antwortet der Jäger. »GW36…«

»Danke«, fällt Enni ihm ins Wort. »Aber so genau wollte ich es gar nicht wissen. Ist er noch hier unterwegs?«

»Er ist eine Sie, und wenn du mich hättest aussprechen lassen, dann hättest du gemerkt, dass am Ende der Nummer ein ›F‹ für ›Female‹ gestanden hätte.«

»Sorry. Und ›GW‹ steht dann für …«

»German Wolf«, klärt Reinwald sie auf. »Um auf deine Frage zurückzukommen, sie ist wohl noch immer hier.«

»Woher weißt du das?«

»Einige Wildkameras haben Fotos von ihr gemacht.«

»Oh«, meint Enni und überlegt, ob sie auf dem Teerweg bleiben und nur eine Runde um das Dorf machen sollte, anstelle in den Wald zu gehen. »Meinst du, es ist gefährlich bei uns?«

»Wahrscheinlich auch nicht gefährlicher, als wenn du nachts durch die Stadt läufst«, antwortet der Jäger.

»Na, das ist ja ein toller Vergleich.«

»Ich meinte nur, du sollst aufpassen, wenn du rausgehst. Nimm dein Handy mit …«

»… das da draußen nie Empfang hat«, wirft Enni ein.

»Nimm es trotzdem mit und halt einfach die Augen offen.«

»Hast du gerade mehr zu tun mit dem Wolf und so?«

»Also bis jetzt gab es in meinem Revier ja noch keinen Zwischenfall, von daher bin ich recht entspannt.«

»Und jagst du im Augenblick nicht selbst?«

»Nein, im Moment ist noch Schonzeit für die Rehe. Ich gehe höchstens mal raus, wenn Wildschweine ihr Unwesen treiben oder wenn sich ein Hirsch in mein Revier verirrt hat.«

»Wieso verirrt? Und wieso ist für Rehe Schonzeit, und Hirsche darfst du abknallen?«, ereifert sich Enni.

»Ich meinte abschießen«, verbessert sich die junge Frau, als Reinwald nicht gleich antwortet.

»Für die Rehe gibt es einen genauen Abschussplan, an den ich mich halten muss, damit das Gleichgewicht bestehen bleibt. Ich kann nicht einfach hergehen und nach Lust und Laune jagen.«

»Und wer legt diese Zahlen fest?«

Enni steht nun an der Abzweigung zum Wald. Doch heute wirkt er irgendwie düster auf sie, und sie geht deshalb auf dem Teerweg weiter. Hier bekommt sie auch noch ein wenig Sonne, was ihr gut tut nach den Stunden am Computer.

»Dafür ist das Landratsamt zuständig. Auf der einen Seite ist die Diversität im Wald gefährdet, wenn Rehe Triebe kahl fressen und Bäume sich nicht entwickeln können. Auf der anderen Seite brauchen wir eine bestimmte Zahl von Tieren und ihren Genpool, um ihre Art zu erhalten.«

»Und was ist mit den Hirschen? Machen die noch mehr kaputt, oder wieso dürft ihr die immer jagen?«

»Das ist ein bisschen kompliziert«, antwortet der Jäger. »Wir sind hier in einem rotwildfreien Gebiet. Hier dürfen zwar Rehe leben, aber keine Hirsche. Wenn also hier ein Hirsch oder sogar eine Hirschkuh mit ihrem Kalb auftaucht, dann müssen wir die Tiere abschießen.«

»Und wieso müsst ihr das?«

»Weil diese Tiere im Gegensatz zu den Rehen Baumstämme schälen, also die Rinde ablösen und damit große Schäden anrichten. Und das wollen die Waldbauern natürlich nicht hinnehmen.«

»Und woher kommen die Hirsche, wenn das Gebiet eigentlich rotwildfrei ist?«

»Der Truppenübungsplatz ist ein Rotwildgebiet. Und da es außer ein paar Warnschildern ja keine wirklichen Grenzen gibt, tauchen die ab und zu schon mal in meinem Revier auf.«

»Und dann musst du schießen?«, fragt Enni ungläubig. »Nur weil sie sich erlaubt haben, sich 200 Meter von der Grenze wegzubewegen?«

»Ja, so ist es«, stimmt Reinwald zu.

»Ich fasse also noch mal zusammen. Wir haben Wölfe fast ausgerottet, wollen sie nun aber grundsätzlich wieder ansiedeln. Sie haben aber nur eine Daseinsberechtigung, wenn sie unsere Schafe und andere Nutztiere in Ruhe lassen. Wegen der geringen Zahl an Wölfen haben Rehe und Hirsche nun keine natürlichen Feinde mehr, und wir müssen sie töten, damit ihre Population nicht überhandnimmt und sie dann den Wald kaputt machen. Hirsche sind in bestimmten Gebieten jedoch geschützt, müssen in anderen Revieren aber gejagt werden, weil sich sonst die Waldbauern über die immensen Schäden beschweren, die diese anrichten«, resümiert Enni und macht eine theatralische Pause. »Das kann doch gar nicht funktionieren!«

»Doch, im Großen und Ganzen schon«, meint der Jäger. »Wenn sich jeder an die Regeln hält.«

»Aber wie soll sich bitteschön ein Wolf daran halten, dass er zwar keine Schafe reißen darf, dafür aber Rehe. Und Hirsche bitte nur in den dafür vorgesehenen Gebieten. Das ist doch hirnrissig.«

»Es ist nun mal ein Kompromiss, damit alle irgendwie miteinander leben können. Dort, wo viele Interessen aufeinandertreffen, sind Regeln und Vorschriften notwendig, damit das Zusammenleben funktionieren kann.«

»Und wer fragt die Tiere, ob sie so mit uns Menschen leben wollen?«

»Guter Einwand. Aber komm einfach mal mit mir auf den Hochsitz. Wir haben doch schon mal darüber gesprochen. Vielleicht verstehst du dann besser, wie alles zusammenhängt«, biete Reinwald an.

Enni steuert auf eine Bank zu, die am Wegrand steht und von der Abendsonne beschienen wird. Sie nimmt Platz, schließt die Augen und genießt die Wärme auf ihrem Gesicht.

»Aber nur, wenn du nicht schießt.«

»Jetzt ist doch eh Schonzeit für die Rehe, und sollte uns wirklich ein Hirsch vor die Flinte laufen, dann drücke ich beide Augen zu, und wir lassen das Tier ziehen.«

»Ehrenwort?«

»Jägerehrenwort«, antwortet er.

Enni verabschiedet sich, legt das Telefon beiseite und beobachtet die Sonne, wie sie langsam am Horizont verschwindet. Sie wird also einen Jagdausflug mit Reinwald machen. Alexander wird sie lieber nichts davon erzählen, sonst hält er ihr wieder eine Moralpredigt. Und auf die kann sie im Moment gut verzichten.

Mitte der Woche klettern die Temperaturen auf knapp 20 Grad. Die Bienen sind schon kräftig dabei, Nahrung zu sammeln, und schwirren durch die Luft. Das muntere Vogelgezwitscher lässt eine graue Katze aufhorchen, die durch die Wiese schleicht und sich schließlich auf einem sonnigen, trockenen Plätzchen neben einem Holzstoß niederlässt und zusammenrollt. Vorne an der Hauptstraße fährt ein Rentnerehepaar in aufeinander abgestimmter Freizeitkleidung auf E-Bikes vorbei, und der Schulbus spuckt eine Handvoll Kinder aus, die ihre Jacken in die Schultaschen gepackt haben. Sie trödeln noch etwas rum, bevor sie sich auf den Heimweg machen, kicken Steine über die Dorfstraße und lachen ausgelassen. Der Tag ist zu schön, um gleich wieder im Inneren eines Hauses zu verschwinden.

Paul hat es ebenfalls ins Freie gezogen. Er recht und fegt schon den ganzen Vormittag altes Laub aus allen Ecken seines Grundstücks, damit seine Tulpen, Narzissen und Hyazinthen genügend Licht bekommen. Enni winkt ihm zu, als sie in ihrer Mittagspause mit einer Tasse Tee und einem Avocadobrot nach draußen geht, um dort Sonne zu tanken. Christa ist ebenfalls in ihrem Garten und winkt. Sie ist gerade dabei, den Kompost umzusetzen, und wischt sich über die Stirn. Der Rasenmäherroboter kommt ihr dabei immer wieder in die Quere, und sie verflucht zum wiederholten Mal das leise surrende Gerät. Schließlich ist sie so genervt davon, dass sie den Roboter zu seiner Ladestation zurückbeordert, um ihn dann auszuschalten.

»Endlich Ruhe«, ruft sie Enni zu und lacht. »Das Ding ist ja ganz praktisch, aber sobald man ihm etwas in den Weg stellt, spielt es verrückt.«

»Ist doch gut«, witzelt Enni. »Neben dem Rasenmähen erzieht euch der Roboter gleich noch zur Ordnung, sodass dein Garten immer aufgeräumt ist.«

»Wahrscheinlich hat Udo den Roboter genau deshalb gekauft«, antwortet Christa und kommt näher an den Zaun heran. »Damit ich im Garten nichts mehr liegen lasse.«

»Musst du heute nicht arbeiten?«, fragt Enni und geht ebenfalls zum Zaun.

»Heute ist mein freier Tag. Und weil das Wetter so schön ist, dachte ich mir, ich kümmere mich mal um den Kompost. Sobald es nachts nicht mehr friert, bepflanze ich das Hochbeet, und dafür brauche ich die Erde.«

»Was pflanzt du denn an? Ich kenne mich zwar überhaupt nicht aus, aber vielleicht bekomme ich ja doch noch einen grünen Daumen.«

Enni beißt von ihrem Brot ab und kaut genüsslich.

»Gurken, Tomaten, Lauch, Paprika, das Übliche halt«, meint Christa und lächelt. »Ich kann dir einen Crashkurs geben, wenn du magst.«

»Ich komme gerne auf dein Angebot zurück! Aber vermutlich brauche ich zuerst ein Hochbeet, oder? Wenn ich mir den steinigen Boden hier so ansehe, dann würde ich meinen, dass es schwierig wird, hier etwas anzupflanzen«, antwortet Enni und trinkt von ihrem Tee.

»Ja, ich würde dir auch dazu raten, ein Hochbeet anzulegen. Der Boden hier gibt nicht viel her. Es hat auch den Vorteil, dass du schon früher mit dem Pflanzen anfangen kannst, weil es von unten her schön warm wird. Allerdings nur, wenn du das Hochbeet richtig aufgebaut hast.«

Christa zieht ihre Handschuhe aus streicht sich die lockigen hellen Haare aus der Stirn. Wenn sie lacht, zeichnen sich kleine Fältchen um ihre Augen ab, und Enni kann nicht anders, als ihre Nachbarin zu mögen, auch wenn deren Lebensstil ganz anders ist als ihr eigener.

»Hört sich kompliziert an. Ich dachte, da ist nur Erde drin.«

»Nur Erde? Du bist ja lustig! Das würde nicht lange funktionieren. Bei Regen würde sich die ganze Nässe darin stauen, und das Gemüse würde nicht richtig wachsen«, erklärt Christa.

»Und wie macht man es richtig?«

Enni verputzt die letzten Reste ihres Brotes und wartet neugierig auf die Antwort ihrer Nachbarin.

»Also«, beginnt diese. »Am besten fängst du schon im Herbst damit an, das Beet aufzubauen. Ganz unten kommen Zweige rein, damit alles schön luftig bleibt. Totholz aus dem Wald ist super, dann hast du gleich noch jede Menge Kleinstgetier mit drin. Dann kannst du noch Grasschnitt, Laub und Kompost draufpacken. Falls du zufällig an Pferdeäpfel kommst, dann wäre das ideal. Das Gemüse wächst damit quasi wie von selbst.«

Enni guckt leicht angewidert.

»Also, bis zum Kompost fand ich die Idee ja noch spannend. Aber bei den Pferdeäpfeln war ich dann raus«, meint sie und trinkt ihre Tasse leer. »Das kann doch nicht gesund sein.«

»Und ob! Frag mal Tobias, der wird dir das Gleiche sagen. Und er muss sich ja auskennen, schließlich hat er studiert.«

»Wie kommst du jetzt auf Tobias?«

»Den sehe ich ab und zu hier bei dir. Seid ihr nicht befreundet?«, fragt Christa.

»Doch, schon. Ich wusste nur nicht, dass das halbe Dorf darüber Bescheid weiß.«

»Ach, komm schon. Ist doch nichts dabei. Und ehrlich gesagt bin ich froh zu sehen, dass es ihm jetzt wieder besser geht. Du hättest ihn mal erleben sollen, kurz nachdem er hierher zurückgekommen ist. Er war ein Häufchen Elend, wenn ich das so sagen darf. Aber verpetz mich bitte nicht bei ihm.«

»Was ist denn passiert?«, will Enni wissen. Dabei tritt sie näher an den Zaun heran und beugt sich ein wenig vor.

Auch Christa neigt sich ihr entgegen und senkt die Stimme: »So ganz genau weiß ich es auch nicht. Aber es lief wohl nicht so gut mit seiner Freundin. Es heißt, sie hätte ihn betrogen. Und das über einen längeren Zeitraum. Der arme Tobias hat nichts davon mitbekommen, bis sie ihm irgendwann eröffnet hat, dass sie schwanger ist.« Christa schaut sich um und fügt dann noch leiser hinzu: »Und zwar von einem anderen.«

»Krass«, entfährt es Enni.

Christa geht einen halben Schritt zurück und wartet, ob von Ennis Seite her ein weiterer Kommentar kommt. Doch diese steht einfach nur da und hält ihren Blick fest auf den Becher in ihren Händen gerichtet.

»Ich bin eigentlich nicht eine von diesen Tratschen aus dem Dorf«, entschuldigt sich die Kindergärtnerin nun. »Aber ich dachte, du wüsstest längst Bescheid.«

»Nein«, antwortet Enni einsilbig.

»Aber das bleibt doch unter uns. Oder?«

»Klar«, meint Enni. »Ich muss dann mal zurück an meinen Computer.«

Dann geht sie zügig Richtung Haus und lässt ihre Nachbarin einfach am Zaun zurück. Paul, der ihr von seinem Garten aus zuwinkt, ignoriert sie ebenfalls.

Enni flucht innerlich. Als sie mit Reinwald den Termin für den Ausflug auf den Hochsitz vereinbart hat, war ihr nicht klar gewesen, dass sie wegen der Zeitumstellung noch eine Stunde früher aufstehen muss. Es ist schon schwer genug, am Sonntagmorgen um 7 Uhr aus dem Haus zu gehen. Aber eigentlich ist es nun erst 6 Uhr, und ihre Stimmung ist alles andere als gut. Nun steht sie mit einem Thermobecher Kaffee vor ihrer Haustür und wartet, dass der Jäger sie abholt.

Draußen ist es heller, als sie gedacht hat. Die Temperatur ist recht mild, und vermutlich wird sie weder ihre Handschuhe noch die Mütze später brauchen. Dennoch steckt sie die Sachen nun in ihren Rucksack. Sicher ist sicher.

Bis der Jäger auftaucht, vertreibt sie sich die Zeit am Handy. Sie schaltet den Flugmodus aus, und sofort taucht eine Nachricht von Silvia auf.

»Juhu! Habe auf dem Flohmarkt ein altes Tonbandgerät gefunden«, schreibt diese und hat noch ein dickes Herz an die Nachricht gehängt.

»Es funktioniert sogar!«, kommt noch hinterher.

Enni freut sich und schreibt zurück, dass Silvia sie an Ostern besuchen kommen und das Gerät mitbringen solle. Als sie die Nachricht abgeschickt hat, taucht ein dunkler Jeep auf und bleibt vor ihrem Haus stehen. Reinwald winkt ihr durch die Windschutzscheibe zu, und als sie die Beifahrertür öffnet, hört sie das aufgeregte Gebell von Theo. Der Labrador steckt seinen Kopf zwischen die beiden Vordersitze, wird jedoch sofort von Reinwald ermahnt und zieht sich wieder auf den Rücksitz zurück.

»Wenn man dem den kleinen Finger gibt, dann nimmt er gleich die ganze Hand«, meint er lachend und fährt los, nachdem Enni die Tür geschlossen hat.

»Machen Männer das nicht immer?«, fragt Enni zurück und muss dann ebenfalls lachen.

»Punkt für dich.«

»Wohin fahren wir heute?«

»In der Nacht war ein Rudel Wildschweine in meinem Revier unterwegs. Die Kameras haben sie aufgezeichnet. Aber die sind schon wieder weg. Also musst du keine Angst haben, dass ich heute schieße. Wir fahren zum Buchberg und beobachten dort die Rehe. Tagsüber verziehen die sich wieder in den Wald. Aber noch könnten wir Glück haben und welche zu sehen bekommen.«

»Und auf die schießt du nicht, weil noch Schonzeit ist. Richtig?«

»Hey, du hast ja gut aufgepasst«, meint Reinwald anerkennend und biegt von der Hauptstraße auf einen Feldweg ab, der steil bergan führt.

»Du bist ein guter Lehrmeister«, antwortet die junge Frau und trinkt einen Schluck Kaffee.

Einige Minuten lang holpern sie über den Feldweg. Der Jäger schaltet zeitweise in den ersten Gang zurück, so steil ist das Gelände. Enni muss sich immer wieder am Türgriff festhalten, um nicht das Gleichgewicht zu verlieren. Auf einem Plateau, auf dem ein riesiger Sendemast steht, hält der Jäger an.

»So, da wären wir. Das letzte Stück gehen wir zu Fuß«, flüstert er und nimmt ein Fernglas aus dem Handschuhfach, das er Enni reicht. »Kannst du das umhängen? Und mach die Tür bitte ganz leise zu. Manche Tiere schreckt das laute Zuschlagen auf, und wir wollen sie doch nicht vertreiben.«

Ennis Müdigkeit ist plötzlich verschwunden. Sie steigt so leise wie möglich aus und folgt Reinwald einen kleinen Trampelpfad entlang, der durch dichtes Gebüsch führt. Theo haben sie im Auto zurückgelassen, um so wenig Lärm wie möglich zu machen. Nach kurzer Zeit stehen sie vor einem Hochsitz. Es sieht aus wie ein kleines Baumhaus und ist mit einem dunkelgrünen Tarnnetz verkleidet. Die Plattform ist gerade groß genug für zwei Personen. Der Jäger steigt zuerst die Treppe hinauf und öffnet das Vorhängeschloss, das die Tür versperrt. Dann winkt er Enni zu sich, die so leise wie möglich nach oben klettert.

Auf dem Hochsitz angekommen, öffnet der Jäger geräuschlos eine breite Luke, die nach vorne rausgeht und den Blick auf eine große Wiese freigibt. Im Osten ragt ein kleiner Berg auf, hinter dem die Sonne gerade im Begriff ist aufzugehen. Die zaghafte Morgenröte taucht den Himmel am Horizont in ein wunderbares Licht, und Nebelschwaden wabern zwischen den Tälern, die von bewaldeten Hügeln umgeben sind. Alleine diese Aussicht, die bis in den Oberpfälzer Wald hineinreicht, war es wert, so früh aufzustehen, denkt Enni.

Sie setzt sich auf einen der beiden Holzstühle, auf dem eine Decke bereitliegt, die sie über ihren Knien ausbreitet. Dann nimmt sie ihr Fernglas zur Hand und sucht die Wiese ab. Sie kann nichts entdecken.

»Hier, schau mal da durch«, flüstert der Jäger und hält ihr ein zweites Fernglas hin.

Enni braucht einen Augenblick, bis sie versteht, dass das Glas eine Wärmebildfunktion hat. Vor ihr tauchen einige helle Punkte in der ansonsten dunklen Umgebung auf. Sie zählt mindestens fünf Tiere, die aber in einigem Abstand voneinander entfernt stehen, und wirft Reinwald einen erstaunten Blick zu.

»Die hätte ich nie und nimmer gesehen«, flüstert sie.

Dann legt sie das Fernglas weg und schaut noch mal auf die Wiese. Langsam gewöhnen sich ihre Augen an die Morgendämmerung, und sie nimmt die Bewegungen der Tiere wahr. Sie grasen gemächlich, heben immer wieder den Kopf, vergewissern sich, dass keine Gefahr droht, und wirken zwar aufmerksam, aber nicht angespannt. Es müssen alles Geißen sein, denn keines der Tiere trägt ein Gehörn. Vermutlich sind die meisten von ihnen trächtig, und im Mai oder Juni werden die Kitze dann geboren.

»Rehe sind eher Einzelgänger. Später sind die Geißen mit ein oder zwei Kitzen unterwegs, bleiben aber ansonsten alleine«, klärt der Jäger sie auf. »Im Sommer, wenn die Wiesen gemäht werden, ist es besonders gefährlich für die Kleinen, weil sie noch keinen Fluchtinstinkt haben. Deshalb gehen wir mit den Bauern die Felder vorher ab, setzen Drohnen und Wärmebildkameras ein, um die Kitze zu finden und in Sicherheit zu bringen.«

»Aber nach der Schonzeit im Herbst schießt ihr sie dann ab?«

Enni ist die Frage rausgerutscht, und es tut ihr sofort leid, dass sie so barsch war.

»Hast du schon mal ein Rehkitz gesehen, das unter ein Mähwerk kam? Kein schöner Anblick. Und wenn es noch lebt, werde ich manchmal gerufen, um es zu töten. Da ist es mir lieber, ich erlege es hier auf der Wiese, während es grast.«

Der ältere Mann ist es gewohnt, sich erklären zu müssen. Jedenfalls ist das Thema für ihn nun wohl erledigt und er deutet auf die Wiese.

»Hast du den Fuchs gesehen?«, fragt er dann.

»Nein. Wo denn?«

Reinwald zeigt auf den linken Rand der Wiese, und mithilfe der Wärmebildkamera erkennt Enni das Tier, das gerade auf eines der Rehe zugeht.

»Greift der die Rehe an?«, will sie wissen.

»Nein. Füchse ernähren sich von kleineren Tieren oder den Resten der Wildschweine, die ich nach dem Aufbrechen im Wald zurücklasse.«

Und wie auf Kommando wendet sich eines der Rehe dem Fuchs zu, marschiert energisch in seine Richtung und vertreibt ihn.

»Diese Geiß ist mutig«, meint Reinwald anerkennend. »Die hat Schneid.«

»Sollten alle Frauen haben«, antwortet Enni, wechselt dann aber das Thema. »Sag mal, gibt es hier eigentlich Wilderer?«

»Bisher ist mir keiner begegnet. Aber ich möchte auch nicht darauf wetten, dass hier keine unterwegs sind«, sagt der Jäger und deutet plötzlich nach links. »Schau mal mit der Wärmebildkamera da rüber. Da drüben beginnt schon der Truppenübungsplatz. Zwischen den beiden Waldstücken ist eine große Freifläche. Kannst du was erkennen?«

Enni stellt das Fernglas ein und nimmt das Gelände in Augenschein. Überall sind Punkte. Zuerst meint sie, es wären vielleicht Steine, aber die Punkte bewegen sich und sind ganz hell. Es muss ein ganzes Rudel Hirsche sein, das dort in aller Ruhe grast.

»Wow, wie viele Tiere sind das?«, will sie wissen.

»Kann ich nicht genau sagen. Aber wenn jemand auf der Jagd nach einer guten Trophäe ist, dann findet er sie hier wie auf dem Präsentierteller.«

»Gut zu wissen«, schmunzelt die junge Frau. »Mich hätte vor einiger Zeit beinahe ein Typ mit einem schwarzen Quad im Wald umgefahren. Und vorher, als ich Rehe an einer Futterstelle beobachtet habe, meinte ich, es wäre ein Schuss gefallen. Könnte das ein Wilderer gewesen sein?«

»Wie gesagt, mir ist nichts aufgefallen, und auf meinen Kameras war auch nichts drauf. Aber das heißt noch nichts. Es kann schon sein, dass jemand hier sein Unwesen treibt. Sag mir Bescheid, wenn so was noch mal vorkommt.«

Nach und nach verziehen sich nun die Rehe in den angrenzenden Wald, in dem sie sich tagsüber aufhalten. Die Sonne ist mittlerweile hinter dem kleinen Berg aufgegangen, die Nebelschwaden sind zwischen den Tälern verschwunden, und eine friedliche Stille liegt über der Landschaft. Enni schließt für einen Augenblick die Augen und horcht in sich hinein. Obwohl sie weiß, dass neben ihr ein Jäger sitzt, der im Herbst Jagd auf die Rehe machen wird, die sie soeben beobachtet haben, und obwohl sich weniger als zwei Kilometer entfernt der Truppenübungsplatz befindet, auf dem Soldaten ausgebildet werden, um in den Krieg zu ziehen, fühlt sie eine bisher ungekannte Ruhe. Vielleicht, denkt sie, habe ich hier genau den richtigen Ort gefunden, um zu leben. Wenn sich die Sache mit Tobias nun auch noch einrenkt, wäre Enni rundum zufrieden. Und dieser Zustand ist mehr als neu für sie.

Eine Woche vor Ostern steht Alexander vor der Tür. Enni ist überrascht, da sie eigentlich vereinbart hatten, die Woche nach den Feiertagen gemeinsam im Haus sein. Doch ihr Freund erklärt ihr, dass er sich nach Ostern in der Agentur um einen neuen Kunden kümmern müsse und sich deshalb schon jetzt freigenommen hat. Der neue Auftrag würde viel Arbeit mit sich bringen, und er könne dann sicher nicht mehr so oft hierherkommen, meint Alexander.

Auf die Frage, wie es in der WG läuft, gibt er nur eine ausweichende Antwort. In den Semesterferien seien Rahul und Eileen nicht viel da. Der Inder mache ein Praktikum in einer anderen Stadt, und die junge Irin besuche wohl gerade ihre Familie. Komisch, denkt Enni. Gerade jetzt hätte ihr Freund die ganze Wohnung für sich, während er sonst auf die beiden Mitbewohner Rücksicht nehmen muss. Wieso zieht es ihn dann ausgerechnet jetzt zu mir, fragt sie sich, spricht das Thema jedoch nicht an.

Die ersten Tage, die sie gemeinsam im Haus sind, verlaufen in angespannter Stimmung. Alexander hat seinen Computer nicht mitgenommen und sich darauf verlassen, dass Enni Zeit mit ihm verbringen würde. Sie hingegen hat ihre Abgabetermine extra auf den Gründonnerstag gelegt, um über Ostern und die Tage danach frei zu haben. Nun knapst sie sich hier und da eine Stunde ab, um mit Alexander zu frühstücken oder am Nachmittag draußen im Garten Kaffee zu trinken. Aber danach muss sie wieder zurück an ihren Schreibtisch, was ihrem Freund gar nicht gefällt.

Am dritten Tag kommt ihr endlich die rettende Idee. Sie fragt Alexander beiläufig beim Frühstück, wie er die Gärten ihrer Nachbarn findet. Sofort beginnt er zu lamentieren, dass diese kurz geschnittenen Rasenflächen und akkurat gestutzten Hecken ein Graus sind, nicht auszuhalten. Einzig das Hochbeet von Christa und Udo findet er gut. Enni stimmt zu und meint, dass sie auch schon darüber nachgedacht hat, im Garten so ein Ding aufzustellen.

Damit hat sie Alexander. Den Rest der Woche verbringt er damit, nach geeigneten Hölzern zu suchen, in Baumärkte zu fahren und am Gartenzaun mit Udo zu fachsimpeln. Paul leiht Alexander sein Werkzeug und geht ihm ab und zu zur Hand. Gerade stehen die drei Männer im Garten zusammen und beratschlagen.

»Mach mal oben leicht schräg stehende Abschlussbretter drauf. Dann kann das Regenwasser ablaufen, und das Holz fault nicht so schnell«, schlägt Paul gerade vor, als Enni nach draußen kommt, um Kaffee und Kekse anzubieten.

»Und vergiss die Folie nicht. Du musst das Ding innen unbedingt auskleiden. Sonst hält das keine fünf Jahre«, rät Udo und bindet gerade seinen Pferdeschwanz neu. Dann fährt er mit seinen großen Händen über den Kopf und prüft, ob auch wirklich kein Haar mehr absteht. Letzte imaginäre

Härchen streicht er hinter die Ohren und klopft dann die bereits stehenden Holzwände des Hochbeets ab. »Haste solide gebaut. Das hält ewig, wenn die Folie drin ist.«

»Aber gibt so eine Folie nicht auch Schadstoffe an die Erde und somit ans Gemüse ab?«, mischt sich Enni ein und stellt das Tablett mit den drei Tassen, der French Press, einer Packung Hafermilch und einigen Keksen auf den Gartentisch. »Vielleicht lassen wir die einfach weg.«

»Auf keinen Fall«, meint Udo und gießt sich ganz selbstverständlich Kaffee ein. »Sonst war die Arbeit hier ganz umsonst.«

Er beäugt die Hafermilch argwöhnisch, lässt sie dann jedoch stehen und trinkt den Kaffee schwarz.

»Das können wir ja später noch entscheiden, oder, Alexander?«, versucht Enni zu vermitteln und hält die Kekse in die Runde. »Wer mag?«

Paul und Alexander greifen zu, und Enni schenkt ihnen Kaffee ein. Udo lehnt dankend ab. Christa mache gerade einen Käsekuchen, und dafür müsse er noch Platz lassen.

»Ich bring euch später gerne ein Stück vorbei«, bietet er an.

»Gerne«, freut sich Paul. »Christas Käsekuchen schmeckt himmlisch.«

»Danke, für uns nicht«, lehnt Enni ab und beißt demonstrativ von ihrem Haferkeks ab.

»Stimmt, ihr esst ja keine tierischen Sachen. Nicht mal Eier oder Käse?«

»Nein. Es geht ganz gut ohne«, antwortet Enni grimmig und hofft, dass Udo es so stehen lässt und nicht weiter nachfragt.

»Also ich könnte ja ohne Butter nicht leben. Oder ohne Fleisch. Christa macht an Ostern wieder ihren legendären

Lammbraten. Das Fleisch krieg ich ganz frisch von einem Schäfer, der grad hier mit seiner Herde unterwegs ist«, meint Udo, zeigt Richtung Truppenübungsplatz und lacht brummend. »Von der Weide direkt in den Topf.«

Enni, die gerade antworten will, wird von Alexander zurückgehalten. Er legt seine Hand auf ihre Schulter und drückt ganz sanft zu.

»Besser so als diese furchtbare Massentierhaltung«, sagt er dann, und Enni meint, sich verhört zu haben. »Einer meiner Kunden in der Werbeagentur ist Jäger, und es ist spannend, was er zur Tierhaltung zu sagen hat. Er meint ja, dass er nur noch Fleisch von frei laufenden Tieren isst. Die hätten wenigstens ein schönes Leben gehabt und bekämen oft gar nicht mit, dass es vorbei ist. So schnell und schmerzlos, wie sie geschossen werden.«

Enni, die immer noch meint, sich verhört zu haben, steht einfach nur da und kriegt den Mund nicht mehr zu.

»Stimmt. So ein gut gemachter Wildbraten ist auch nicht zu verachten. Aber Christa mag kein Reh, und deshalb komme ich nicht so oft in diesen Genuss. Höchstens, wenn wir mal ins Wirtshaus gehen.«

»Also, in meine Küche kommt mir so was jedenfalls nicht«, platzt es aus Enni heraus, als sie endlich ihre Sprache wiedergefunden hat. »Ich mag den Leichengeruch nicht.«

Dann macht sie auf dem Absatz kehrt und lässt die drei Männer einfach stehen. Mit Alexander wird sie noch mal sprechen müssen, nimmt sie sich vor. Er ist doch derjenige, der bei jeder Gelegenheit eine Lanze für den Tierschutz bricht. Enni hat ja schon ein schlechtes Gewissen, weil sie mit Reinwald auf dem Hochsitz war und Alexander nichts davon erzählt hat. Und nun steht er selbst auf der Seite der Jäger?

Zurück im Haus lässt Enni die Tür mit einem lauten Knall hinter sich ins Schloss fallen. Sie ist schon den ganzen Tag angefressen, doch nun ist sie richtig wütend. Auf Alexander und auf seinen Werbekunden, der ihm so komische Flausen in den Kopf setzt. Er ist wie ausgewechselt, und sie fragt sich, ob er auch bei anderen Gelegenheiten so opportunistisch agiert. Sie kennt ihn eigentlich als standfesten Menschen mit einem festen Wertekompass. Woher kommt dieser Wandel? Nur weil ein riesiges Werbebudget winkt, muss Alexander doch nicht gleich seine Überzeugungen über Bord werfen und alles gut finden, was sein neuer Geschäftspartner so treibt.

Irgendwie muss sie ihre Wut loswerden, und so beschließt sie, ein Stück zu laufen. Sie schnappt sich ihren Schlüssel und ist auch schon wieder draußen. Wie die letzten Tage auch schon meidet sie den Schotterweg in Richtung Wald. Sie bleibt auf der kleinen Teerstraße, die um das Dorf herumführt. Es wird bald dunkel werden, und sie fühlt sich wohler, wenn sie das Dorf in Sichtweite hat. Reinwalds Warnung vor dem Wolf hat sie dabei im Ohr, auch wenn sie nicht zugeben würde, dass dies der Grund ist, wieso sie den Wald meidet.

Nach zehn Minuten, die sie fast im Laufschritt unterwegs war, beruhigt sie sich etwas. Sie muss sich eingestehen, dass bei ihr auch ein Umdenken stattgefunden hat, seit sie mit Reinwald unterwegs war. Ihre Vorstellung, die Natur könne sich nach den umfangreichen Eingriffen der Menschen über Jahrhunderte nun plötzlich selbst regulieren, ist vielleicht etwas naiv. Der Mensch hat nun mal stark in das Ökosystem eingegriffen, und so ohne Weiteres lässt sich das alles nicht rückgängig machen. Und ja, es gibt auch wirtschaftliche Interessen, die legitim sind.

Aber das, was Alexander ihr da gerade auftischen wollte, geht eindeutig zu weit. So, wie es sich für Enni anhörte, liegt dem neuen Kunden überhaupt nichts an der Biodiversität im Wald. Ihm scheint es einzig darum zu gehen, an Trophäen zu kommen. Und dieses Ziel versteckt er unter dem Deckmantel des Kümmerers, der sich aufschwingt zum Richter über Leben und Tod.

Enni findet den Mann ätzend, ohne ihn je gesehen zu haben. Sie muss unbedingt verhindern, dass Alexander auf die Idee kommt, ihn hier anzuschleppen. Die Aussicht, einen Hirsch vor die Flinte zu bekommen, der sich vom Truppenübungsplatz entfernt hat und somit frei für den Abschuss ist, ist bestimmt verlockend. Zum Glück ist es nicht so einfach, hier auf die Jagd zu gehen. Reinwald müsste seine Zustimmung geben, da es ja sein Revier ist. Und Enni ist sich ziemlich sicher, dass der örtliche Jäger da nicht mitspielen wird. Und auf dem Truppenübungsplatz hat die Verwaltungsbehörde das Sagen. Hobbyjäger sind dort sicher nicht willkommen.

Als Enni an einer Bank vorbeikommt, hinter der ein kleines Marterl zu Ehren der Muttergottes aufgestellt ist, nimmt sie Platz und lässt ihren Blick über die vor ihr liegenden Wiesen und Felder schweifen. Sie ignoriert die Heilige in ihrem Rücken und genießt die Stille. Es ist so friedlich hier, und sie will sich gar nicht vorstellen, wie vielleicht nur einen Steinwurf entfernt Tiere gejagt und erschossen werden, von wem auch immer. Obwohl sie Reinwald und seine Beweggründe mittlerweile besser versteht, lässt sie der Gedanke an das Töten von Lebewesen immer noch schaudern.

April

Am Karfreitag macht sich Enni gleich nach dem Frühstück auf den Weg, um Silvia vom Bahnhof abzuholen. Sie freut sich auf ihre Freundin aus München und ist gespannt auf das alte Abspielgerät, das diese versprochen hat mitzubringen. Vielleicht ist auf dem Tonband eine bisher unbekannte Liveaufnahme von Elvis zu hören?

Doch diesen Gedanken schiebt sie erst einmal beiseite. Eine noch größere Herausforderung wird es sein, ihrem Freund klarzumachen, dass sie das Tonband auf keinen Fall aus der Hand geben wird. Egal was sich darauf befindet. Sie kennt Alexander und seinen Geschäftssinn gut genug, um zu wissen, dass er alles dransetzen wird, um Geld aus der Sache zu schlagen. Vorausgesetzt, es gibt überhaupt eine Sache.

Während sie gemächlich mit Alexanders Dienstwagen die Serpentinen am Truppenübungsplatz entlangfährt, tauchen vor ihrem inneren Auge immer wieder die Fotos von Elvis auf, die sie im Internet gefunden hat. Unvorstellbar, dass heute ein angehender Rock- oder Popstar seinen Dienst an der Waffe leisten und dafür jahrelang seine Karriere auf Eis legen müsste. Die Musikindustrie würde das heute nicht mehr tolerieren. Aber vor mehr als 60 Jahren war es wohl unvermeidbar, seinen Wehrdienst abzuleisten. Auch für einen Rockstar. Wie mag sich der junge Elvis gefühlt haben, als er hierher in dieses Niemandsland versetzt wurde? Hierher, wo es so kurz nach dem Zweiten Weltkrieg an allem mangelte und sogar die Witterung mehr als unwirtlich war?

Enni schüttelt den Kopf und stellt sich vor, wie es heute wäre, wenn *The Weeknd* plötzlich hier auftauchen und seinen Militärdienst ableisten würde. Mit der Ruhe und Beschaulichkeit im Dorf wäre es schlagartig vorbei, und selbst die Warnschilder am Rand des Truppenübungsplatzes würden wohl die vielen Fans nicht davon abhalten, nach ihrem Idol Ausschau zu halten. Die junge Frau muss lachen, so amüsant und zugleich absurd ist diese Vorstellung.

Und Elvis? Wurden durch seine Anwesenheit damals nicht ebenfalls reihenweise Fans, vor allem Mädchen und Frauen, angezogen? Wieso sollte er sich dann ausgerechnet für Monika interessiert haben? War ihre Großtante in jungen Jahren vielleicht sogar eine *Femme fatale*? Nein, das kann sie sich nun wirklich nicht vorstellen. Monika, die Schlehensaft eingekocht, die mit ihr Gänseblümchen gepflückt und Sandkuchen gebacken hat, war nicht diese Art von Frau. Oder doch? Enni muss unbedingt mehr darüber herausfinden, in welcher Beziehung ihre Großtante zum US-Sänger gestanden hat.

Als sie auf dem Parkplatz vor dem Bahnhof das Auto abstellt und zum Bahnsteig geht, um Silvia vom Zug abzuholen, spukt immer noch Elvis in ihrem Kopf herum, und sie muss wieder an die Zeichnung denken, die sie vor Monaten gemacht hat. Ganz unbewusst verlieh sie dem Sänger Tobias' Gesichtszüge und positionierte sich selbst neben das Klavier. Seit dem gemeinsamen Abendessen mit Silvia und Alexander hat sie ihrem Sandkastenfreund nur hin und wieder geschrieben und kurze Nachrichten von ihm erhalten, persönlich getroffen haben sie sich aber nicht mehr. Er scheint akzeptiert zu haben, dass sie sich nicht von ihrem Freund trennen wird, und er unternimmt auch keinen Versuch, daran etwas zu ändern. Trotzdem vermisst sie Tobias und würde ihn gerne wieder mal sehen. Vielleicht, überlegt Enni, als gerade der Zug einfährt, lade ich ihn einfach zum Osterbrunch ein.

»Moin«, hört sie kurz darauf Silvias unverkennbare Stimme und dreht sich um. »Hier, nimm mir mal das Ungetüm ab.«

Ihre Freundin hält ihr ein sperriges Paket hin und versucht gleichzeitig, Enni zu umarmen.

»Hey und danke«, erwidert sie und ist überrascht, wie schwer das Tonbandgerät ist. »Du bist die Beste! Es ist so schön, dass du hier bist!«

»Lass gut sein. Ich bin doch selbst gespannt wie ein Flitzebogen, was auf der Aufnahme zu hören ist. Es passiert nicht oft, dass Elvis aus dem Jenseits spricht, oder?«

»Wir wissen doch noch gar nicht, ob es tatsächlich der ›King‹ ist, der auf der Aufnahme zu hören ist. Aber wir werden es herausfinden! Und sag bitte Alexander nichts darüber, was wir vorhaben. Ich möchte keine schlafenden Hunde wecken. Falls wirklich was an der Sache dran ist, erfährt er es noch früh genug.«

»Wie jetzt? Du hast ihm nichts davon erzählt, dass wir vielleicht einem ganz großen Ding auf der Spur sind?«, fragt Silvia ungläubig.

»Als ich ihm zum ersten Mal von der Aufnahme erzählt habe, hat er gleich angefangen zu fantasieren, was wir damit alles anstellen könnten. Ich habe einfach keine Lust, über ungelegte Eier zu sprechen.«

»Seit wann hast du dir eigentlich angewöhnt, solche Redewendungen zu verwenden?«, lacht Silvia. »Macht man das so auf dem Land?«

»Oh, tut mir leid. Aber mein Nachbar Udo sagt ständig solche Sachen, und vielleicht verbringe ich zu viel Zeit am Gartenzaun damit, ihm zuzuhören«, entschuldigt sich Enni, öffnet den Kofferraum und packt das Tonbandgerät und Silvias Rucksack hinein.

»Kein Ding. Ist irgendwie lustig. Aber lass es nicht zur Gewohnheit werden. Sonst merkt man dir sofort an, dass du ein Landei geworden bist«, rät ihre Freundin und steigt auf der Beifahrerseite ein.

Auch Enni nimmt im Wagen Platz, und die beiden Frauen fahren zurück nach Waidmannstahl. Auf der Straße ist wenig Verkehr, und sie lassen die sacht aufblühende Landschaft in gemächlichem Tempo vorbeiziehen. Der Himmel setzt sich in einem satten Blau von den Wiesen und Wäldern ab, die im Begriff sind, sich bald schon in unterschiedlichsten Grünschattierungen zu präsentieren. Doch noch sind die Farben gedämpft, und der vergangene Winter hat hier und da seine Spuren hinterlassen, an vielen Stellen herrschen noch triste Brauntöne vor.

»Was gibt es in München Neues?«, will Enni wissen.

»Ach, nichts eigentlich«, entgegnet Silvia und setzt ihre Sonnenbrille auf, die sie in die blonden Haare geschoben hat. »Die Waldausstellung ist verlängert worden. Wirklich jeder, den ich kenne, hat sie sich angeschaut. Du hast tolle Arbeit geleistet.«

»Es waren doch nur ein paar Beschriftungen, die ich gemacht habe …«

»Und der Flyer war doch auch von dir, oder?«

»Stimmt. Aber das ist alles so weit weg. Als ich noch in München gewohnt habe, hätte ich sicher jedem von meiner Arbeit erzählt. Aber hier draußen auf dem Dorf interessiert so was niemanden, und mir wird klar, dass es tatsächlich nicht wichtig ist. Ich mache meinen Job, so gut ich kann. Und das war's. Fertig.«

»Wer sind *sie* und was haben *sie* mit meiner Freundin gemacht?«, lacht Silvia. »Klingt fast so, als ob du deine Erleuchtung gefunden hättest.«

»Jetzt bist du es, die mit angestaubten Redewendungen um sich wirft«, meint Enni und biegt Richtung Dorf ab.

»Was macht ihr denn hier?«, fragt Alexander, als er mit drei Einkaufstüten in die Küche kommt.

Er ist früher als erwartet vom Supermarkt zurück. Enni und Silvia sind gerade dabei, das Tonband in das Abspielgerät einzufädeln, was sich als nicht ganz einfach erweist.

»Ist das die berüchtigte Aufnahme von Elvis?«, schließt er folgerichtig und stellt die Einkäufe auf dem Tisch ab.

Enni bleibt nichts anderes übrig, als ihm die Wahrheit zu sagen.

»Ja, das ist das Tonband, das ich unter Monikas Sachen gefunden habe. Aber wir wissen leider immer noch nicht, was drauf ist. Wir konnten es bisher nicht abspielen.«

Sie wirft ihrer Freundin einen Hilfe suchenden Blick zu, doch auch Silvia kann die Situation nun nicht mehr retten.

»Und wo habt ihr das Tonbandgerät her? War das auch hier irgendwo im Haus versteckt?«, will Alexander wissen.

»Das habe ich auf dem Flohmarkt gefunden«, gibt Silvia zurück.

»Ganz zufällig?«, fragt er daraufhin und sieht sich das Gerät genauer an.

»Ich dachte, ich mache Enni eine Freude«, schwindelt sie und zuckt mit den Schultern.

»Und nun klappt es nicht? Oder wo liegt das Problem?«, bohrt Alexander weiter nach und blickt zwischen den Frauen hin und her.

»Das Band ist irgendwie verklebt und lässt sich nicht

abspielen. Wir waren gerade dabei, im Internet zu suchen, was man da tun kann«, erwidert Enni. »In einem Forum steht, dass man das Band auf 50 bis 60 Grad erwärmen soll, damit man es wieder abspielen kann. Aber mit unserem Holzofen geht das nicht, wir können die Temperatur nicht genau einstellen.«

»Und jetzt?«, fragt Alexander.

»Vielleicht frage ich nach den Feiertagen Paul, ob wir seinen Herd benutzen dürfen. Der läuft elektrisch, und wir können die genaue Gradzahl einstellen«, meint seine Freundin.

Alexander nickt und beginnt, die Einkäufe im Kühlschrank zu verstauen.

»Passt aber gut auf, das Band kann sicher leicht kaputt gehen. Vielleicht haben wir einen Schatz gefunden, und es wäre schade darum.«

Er räumt Paprika, Zucchini und Auberginen in das Gemüsefach, packt tiefgefrorene Erbsen und Gemüsestäbchen ins Gefrierfach und stellt zwei Packungen Hafermilch in die Getränkehalterung der Kühlschranktür.

»Ich habe irgendwo gelesen, dass vor 20 Jahren schon mal jemand versucht hat, ein altes Tonband mit Originalaufnahmen von Elvis zu verkaufen. Und zwar zerstückelt und hinter Acrylglas verpackt, für knapp 500 Dollar pro Stück. Das wäre doch mal ein Geschäft«, sagt Alexander in Richtung Kühlschrank und bemerkt dabei nicht die entsetzten Gesichter der beiden Frauen in seinem Rücken.

»Elvis ist auferstanden!«, ruft er dann unvermittelt, dreht sich um und grinst. »Stellt euch mal die Schlagzeile vor.«

»Und er lebt in einer WG zusammen mit Michael Jackson und Prince. Wusstest du das nicht?«, spottet Silvia.

»Ich habe übrigens Tobias morgen zum Osterbrunch eingeladen«, versucht Enni so beiläufig wie möglich das Thema
zu wechseln, nimmt Äpfel und Birnen aus einer Einkaufs-
tasche und legt sie in die Obstschale auf dem Tisch.

»Sieht ganz so aus, als ob sie dich verkuppeln möchte«,
meint Alexander daraufhin zu Silvia und zwinkert ihr zu.
»Pass bloß auf, sonst landest du dauerhaft in diesem Dorf.«

»Und was wäre daran so schlimm?«, fragt Enni mit Nach-
druck und sieht ihn herausfordernd an. »Schon klar, dass für
dich München der Nabel der Welt ist und die Stadt unmög-
lich auf dich verzichten kann.«

»Hey, ihr zwei«, mischt sich Silvia ein. »Jetzt streitet
euch nicht. Ich finde es toll hier und freue mich sehr darauf,
Tobias wiederzusehen. Das wird morgen bestimmt lustig!«

»Hm«, meint Enni nur und schmollt.

»Lasst uns einen langen Filmabend machen«, schlägt Ale-
xander vor, um die Situation aufzulockern. »Wir fangen mit
Elvis von Baz Luhrmann an, und dann schauen wir noch
Purple Rain mit Prince. Was meint ihr?«

Er blickt treuherzig in die Runde, und wie erwartet
reagiert seine Freundin mit einem Lächeln.

»Du bist ein Spinner«, antwortet sie dann.

»Aber ein Spinner, dem du nicht widerstehen kannst«,
neckt er und nimmt sie in den Arm.

Aus den Augenwinkeln kann Enni gerade noch erkennen,
wie ihre Freundin die Augen verdreht. Silvia hat ja recht,
denkt sie. Aber so nervig er manchmal ist, sie kann Alexander einfach nicht böse sein.

Der Abend war richtig schön, denkt Enni beim Aufwa-
chen. Die Sprache kam dabei weder auf Elvis noch auf Ton-
bänder. Die drei saßen nach dem Essen lange in der Küche

zusammen und unterhielten sich über ihre Arbeit und über nervige Kunden wie den Fahrradhändler, der immer noch umfangreiche Prospekte drucken und stets bis kurz vor Redaktionsschluss etwas ändern lässt. Enni berichtete von ihrer Zusammenarbeit mit einem Theater in einer kleineren Stadt, das wohl in der kommenden Saison zum Staatstheater ernannt werden und dann auch endlich über mehr Webebudget verfügen wird. Damit wäre ein Großteil ihres Einkommens im nächsten Jahr gesichert, und sie könne sich bequem zurücklehnen und sich mit der Akquise von Neukunden Zeit lassen.

Auch Alexander konnte nicht klagen und erzählte, er freue sich schon auf die Zusammenarbeit mit dem neuen Kunden. Das erste Kennenlernen verlief in entspannter Atmosphäre, und er habe den Eindruck, der Geschäftsmann sage genau das, was er meine, ein Verhalten, das in seiner Branche nicht üblich wäre. Silvia fragte nach, in welchem Bereich der neue Kunde denn tätig sei, und Alexander berichtete ganz stolz, dass er plane, eine Kette mit veganem Fast-Food in Deutschland, Österreich und der Schweiz aufzubauen. Die Lebensmittel sollen allesamt von biozertifizierten Betrieben kommen und die Transportwege so kurz wie möglich sein.

Enni war kurz davor gewesen nachzufragen, ob Alexander nicht erwähnt habe, dass eben genau dieser Geschäftskunde passionierter Jäger sei, ließ es dann aber bleiben. Sie hat nicht riskieren wollen, dass die Stimmung wegen ihrer kritischen Anmerkung kippte, und stattdessen Gin-Tonic für alle gemixt und mit einer Gurkenscheibe und etwas Minze serviert.

Alexander schläft noch tief und fest neben ihr, und sie schlüpft leise aus dem Bett, um ihn nicht zu wecken. Tobias wird in zwei Stunden zum Osterbrunch kommen, und Enni möchte halbwegs passabel aussehen. In der Küche gibt es auch noch einiges vorzubereiten. Sie schleicht ins Bad und duscht ausgiebig unter der Regendusche. Dabei überlegt sie, was noch alles zu tun ist. Der Brotaufstrich aus Karotten, Räuchertofu und Äpfeln ist fertig, ebenso der selbst gemachte Hummus aus Kichererbsen und das Baba Ghanoush aus Auberginen. Enni muss noch Croissants aufbacken und das vegane Rührei mit Seidentofu zubereiten, für das sie extra Kala Namak besorgt hat, um dem Gericht die richtige Würze zu verleihen.

»Guten Morgen«, wird sie in der Küche von Silvia begrüßt, die mit einer Tasse Kaffee am Fenster steht und nach draußen zeigt.

»Dieser Ausblick ist wirklich phänomenal«, befindet die Freundin nun und setzt sich auf die Fensterbank. »Ich könnte stundenlang hier sitzen und den Bäumen dabei zusehen, wie sie sich sacht im Wind wiegen.«

»Hey, das ist mein Part. Ich bin diejenige, die nicht genug von der Natur hier draußen bekommen kann. Du bist diejenige, die von all den kulturellen Angeboten, die eine Stadt zu bieten hat, nicht genug bekommt.«

»Wieso kann beides nicht unter einen Hut gehen?«, fragt Silvia und trinkt einen Schluck Kaffee. »The best of both worlds.«

»Weil man sich auf so ein Leben einlassen muss«, gibt Enni zurück und schenkt sich ebenfalls eine Tasse Kaffee ein.

Mit dem dampfenden Becher in Händen gesellt sie sich zu ihrer Freundin ans Fenster und blickt versonnen nach draußen.

»Du kannst das Leben hier auf dem Land nicht einfach so konsumieren, wie du es aus München gewohnt bist. Dort kannst du ins Theater oder in die Oper gehen, eine Ausstellung ansehen oder ein Museum besuchen. Du kannst essen gehen oder ins Kino oder zu einer Lesung. Aber all diese Dinge kosten Geld, und du kaufst dir damit Ablenkung auf Zeit ...«

»Ich verstehe deinen Punkt«, wendet Silvia ein. »Aber Ablenkung auf Zeit ist vielleicht ein wenig übertrieben.«

»Na gut, du hast recht. Nebenbei lernst du etwas dazu, erweiterst deinen Horizont, machst neue Erfahrungen. Aber bringt dich das wirklich weiter?«

»Wie meinst du das?«

»Nehmen wir zum Beispiel die Waldausstellung. Was hat es dir gebracht, sie zu sehen?«, will Enni wissen und wärmt ihre Hände an ihrem Becher.

»Es hat mir Freude gemacht, dort zu sein. Ich konnte tolle Fotos machen, ich konnte neue Perspektiven entdecken und verstehen, woher die Liebe der Deutschen zu ihrem Wald kommt.«

»Aber das war doch alles nur fake. So schön diese Ausstellung auch gemacht war, sie konnte nicht im Entferntesten mit einem realen Waldspaziergang mithalten. Sie war einfach nicht echt.«

Enni macht eine kurze Pause und blickt zu den Baumwipfeln hinaus. Dann fügt sie hinzu: »Kannst du dich noch an unseren Besuch am Iseosee erinnern? Das war echt. Real wind, real water, real rain. Vielleicht hat Christo seine Kunst deshalb draußen, an einem frei zugänglichen Ort gemacht, und nicht drinnen, in einem Museum oder einer Galerie. Seine Kunst konnten alle erleben, niemand musste Eintritt zahlen. Verstehst du, was ich meine?«

Silvia trinkt ihren Kaffee aus und stellt den Becher auf den Tisch. Ihr gefällt offensichtlich nicht, was Enni da von sich gibt.

»Hörst du dir eigentlich selbst zu? Du und deine tolle neue Welt, in der alles so harmonisch ist«, sagt Silvia ein wenig zu laut. »Hast du dir schon mal überlegt, was Alexander ohne dich in München so treibt?«

»Was soll er dort schon machen? Er arbeitet«, versucht Enni, sich zu verteidigen. »Ich vertraue ihm jedenfalls.«

»Sei mir nicht böse«, antwortet Silvia daraufhin und geht zur Tür. »Aber dieses erleuchtete Gerede passt irgendwie nicht zu dir. Ich würde mir an deiner Stelle lieber mal überlegen, was dein Freund im Schilde führt, und wieso du nichts dagegen unternimmst.«

»Wie meinst du das?«

»Menschen lügen, Enni. Sie mögen ihre Gründe haben, aber sie lügen.«

Damit ist sie zur Tür raus, und Enni blickt ihrer Freundin ratlos hinterher.

»Wollen wir noch eine Runde spazieren gehen?« fragt Tobias, nachdem das Auto mit Alexander und Silvia aus ihrem Blickfeld verschwunden ist. Es ist später Nachmittag, und nachdem die beiden sich auf den Weg nach München gemacht haben, steht Enni mit ihrem Sandkastenfreund auf der Straße und ist unschlüssig, ob sie jetzt alleine sein möchte.

»Ja, lass uns ein Stück laufen«, entscheidet sie dann ganz spontan.

Die beiden steuern auf die Hauptstraße zu, überqueren sie dann und gehen Richtung Westen, der untergehenden Sonne entgegen. Nach der Zeitumstellung am Wochenende zuvor ist es abends wieder länger hell, und die Temperaturen sind so mild, dass sie nur leichte Jacken tragen. Schon nach wenigen 100 Metern erreichen sie die letzten Häuser des Dorfes und gehen auf einer kleinen Teerstraße weiter, die zu einem Einödhof führt.

»Früher hat dort ein Bauer gewohnt, dem ich als Kind ab und zu beim Ausmisten geholfen habe. Nach seinem Tod wurde das Anwesen an einen Bauträger verkauft und aufwendig umgebaut. Das Erste, was er gemacht hat, war, einen hohen Zaun um das Grundstück zu ziehen«, erklärt Tobias und zeigt auf des Gehöft.

»Und wohnt dieser Bauträger nun dort?«

»Nein, ich glaube, der Hof ist ein reines Spekulationsobjekt. Sicher verkauft er ihn mit einem satten Gewinn, wenn die Frist abgelaufen ist und er keine Steuer mehr darauf zahlen muss.«

»Echt? So was gibt es hier in Waidmannsthal? Das hätte ich nie gedacht«, sagt Enni und hakt sich bei Tobias unter.

Den ganzen Tag über war Silvia ganz komisch zu ihr gewesen, und auch Alexander schien irgendwie abwesend zu sein. Beim Osterbrunch blieb er ungewöhnlich ruhig, ließ die anderen reden und mischte sich wenig ein. Enni kann sich noch immer nicht erklären, was plötzlich los war, und ist nun insgeheim froh, dass die beiden weg sind und sie noch Zeit mit Tobias verbringen kann. Zudem will sie nicht darüber nachdenken, was Silvia mit ihren Andeutungen gemeint haben könnte.

»Spekulanten gibt es nicht nur in München. Auch bei uns auf dem Land kann man Geld mit Immobilien machen«, klärt Tobias sie auf und passt seine Schritte Ennis Tempo an. »Wenn du Monikas Häuschen irgendwann mal verkaufen willst, bekommst du sicher eine schöne Summe dafür.«

»Aber wieso sollte ich das Haus denn hergeben? Ich bin doch gerade erst hier eingezogen.«

»Ich dachte, ich hätte im Dorf mal gehört, dass das Haus renoviert und verkauft werden soll.«

»Wer sagt denn so was?«, fragt Enni, bleibt stehen und stemmt ihre Arme demonstrativ in die Hüften.

»Keine Ahnung. War wahrscheinlich nur dummes Gerede. Aber vielleicht geht dir das Landleben ja irgendwann auf die Nerven und du willst wieder weg?«

Enni entspannt sich, blinzelt der Abendsonne entgegen und zeigt dann auf die Wiesen und Felder, die hier und da von einer Hecke oder einem einzelnen Baum unterbrochen werden und durch ein Netz von Feldwegen miteinander verbunden sind.

»Sieh dich hier mal um«, meint sie dann. »Das hier ist das reinste *Auenland*. Wieso sollte ich hier wegwollen?«

Auch Tobias lässt nun seinen Blick über die Landschaft schweifen und nickt.

»Ich weiß nicht, wie oft ich hier schon unterwegs war. Aber so wie jetzt habe ich die Gegend noch nie gesehen. Aber es stimmt. Es wäre die perfekte Kulisse für einen Film mit Happy End.«

Dann dreht er sich Enni zu und nimmt ihre Hand.

»Du weißt, dass ich sehr gerne mit dir zusammen bin. Und ich würde nichts lieber tun, als noch mehr Zeit mit dir zu verbringen. Aber ich will mich nicht in eine Beziehung drängen. Ich habe selbst erlebt, wie es sich anfühlt, wenn man betrogen wird. Und das will ich niemandem zumuten. Auch Alexander nicht, den ich, ehrlich gesagt, nicht besonders mag. Aber darum geht es nicht.«

Die junge Frau macht einen kleinen Schritt auf ihn zu, bleibt ganz dicht vor ihm stehen und blickt ihm tief in die Augen. Sie würde in diesem Augenblick nichts lieber tun, als Tobias zu küssen. Dabei wäre es ihr egal, wie es Alexander damit gehen würde. Doch sie traut sich nicht, und Tobias macht auch keine Anstalten, mehr als ihre Hand zu halten.

»Enni …«, flüstert er dann plötzlich mit rauer Stimme und streicht ihr eine Strähne ihrer dunklen Haare hinters Ohr.

Seine Finger verharren einen Augenblick unentschlossen an ihrem Hals, dann lässt er abrupt ihre Hand los und macht einen Schritt nach hinten. Enni will schon einem Impuls nachgeben, erneut auf ihn zugehen und ihn trotz aller Hindernisse küssen. Ihre Knie sind weich geworden, und in ihrem Bauch flattern unzählige Schmetterlinge. Sie müsste nur einen Fuß nach vorne setzen, ihre Arme um seinen Hals schlingen, und alles andere wäre unwichtig. Sie könnte für den Moment den Streit mit Silvia vergessen, müsste nicht mehr darüber grübeln, was es mit dem Tonband auf sich hat und wieso Alexander auf einmal wie ausgewechselt ist. Enni könnte sich einfach fallen lassen, und Tobias würde sie auffangen.

Doch eine innere Stimme hindert sie daran, sich kopflos in eine Geschichte mit Tobias verwickeln zu lassen, und mahnt sie, sich zurückzuhalten. Sie ist nicht bereit, sich von ihrem Freund zu trennen und die Sicherheit aufzugeben, die er ihr bietet. Und wenn sie sich auf Tobias einlassen und dann erneut einen Rückzieher machen würde, dann würde ihre Freundschaft endgültig zerbrechen.

»Falsche Zeit und falscher Ort«, murmelt sie daher nur und macht kehrt. »Wir sollten langsam wieder zurückgehen. Wenn es dunkel wird, fühle ich mich nicht mehr wohl, seit der Wolf hier gesichtet wurde.«

Die nächsten drei Tage verbringt Enni entweder im Arbeitszimmer vor dem Computer oder auf ihrer Couch.

Das kleine Theater hat tatsächlich den Zuschlag bekommen und wird in der nächsten Saison zum Staatstheater. Nun hat Enni den Auftrag bekommen, das neue Logo in alle bestehenden Vorlagen und Unterlagen einzuarbeiten, damit der Außenauftritt ab Herbst stimmig ist. Sie hat alle Hände voll damit zu tun, Briefpapier, Probenpläne, Werbematerial und so weiter auf den aktuellen Stand zu bringen.

Außerdem regnet es fast ununterbrochen, und sie hat keine Lust, einen Fuß vor die Haustür zu setzen. Ihr Appetit ist nicht besonders groß, und daher reichen ihre Vorräte noch einige Tage aus, und sie muss nicht zum Einkaufen fahren, worauf sie nämlich überhaupt keine Lust hat. Ennis Stimmung ist genauso grau wie der Himmel, und es scheint, als ob der Regen, den die Natur im letzten Sommer so dringend gebraucht hätte, nun innerhalb nur einer Woche fallen würde.

Unterhalb von Ennis Garten hat sich auf der Wiese ein kleiner See gebildet. Während ihrer kurzen Kaffeepausen steht sie am Fenster und schaut dem prasselnden Regen dabei zu, wie er die Wasserfläche größer und größer werden lässt. Zumindest steigt nun wieder der Grundwasserpegel, denkt Enni, um dem schlechten Wetter doch noch etwas Gutes abgewinnen zu können.

Von Silvia hat sie seit ihrem Streit am Ostermorgen nichts mehr gehört. Und auch die Telefonate mit Alexander beschränken sich auf ein Minimum, doch das stört sie im Augenblick nicht besonders. Dass sich Tobias nicht melden würde, war ihr klar. Insgeheim sucht sie nach einem Vorwand, um ihn anzuschreiben. Sie könnte ihn bitten, ihr in Sachen Hochbeet behilflich zu sein, aber bei dem Regen ist an Arbeit im Freien nicht zu denken. Noch dazu ist es eigentlich Alexanders Projekt, und sie weiß nicht, wie ihr Freund darauf reagiert, wenn sie und Tobias es ohne seine Zustimmung befüllen und bepflanzen.

Als sie nach acht Stunden am Computer das Gefühl hat, sich bewegen zu müssen, geht sie in das kleine Gästezimmer, in dem Silvia geschlafen hat, um die Bettwäsche abzuziehen und aufzuräumen. Dort steht immer noch das Tonbandgerät herum, und ihr fällt wieder ein, dass sie Paul bitten wollte, die Spule in seinem Ofen erwärmen zu dürfen, um das Band endlich abspielen zu können. Über all die Streitereien und Unstimmigkeiten an den Feiertagen hat sie Elvis und die Aufnahme total vergessen.

Doch das Tonband ist nirgends zu finden, Enni sucht das ganze Zimmer ab. Sie schaut sogar unter dem Bett nach, geht dann in ihr Arbeitszimmer und in die Küche und sucht dort. Als sie schließlich auch die anderen Räume im Haus kontrolliert hat, nimmt sie ihr Telefon zur Hand, um Silvia anzurufen. Doch sie scheut immer noch die direkte Konfrontation mit ihrer Freundin und schickt ihr daher nur eine Textnachricht mit der Frage, ob diese weiß, wo die Aufnahme sein könnte.

Sie geht zurück in das Gästezimmer, um dort weiter aufzuräumen, während sie auf Silvias Rückmeldung wartet. Doch für mehr, als das Bettzeug zu wechseln, fehlt ihr die Energie. Also setzt sie sich auf die Matratze und geht in Gedanken noch mal die Osterfeiertage durch. Kann es sein, dass Tobias von der Sache Wind bekommen hat? Enni versucht, sich zu erinnern, ob sie ihm gegenüber irgendwann das Thema »Elvis« erwähnte oder ob sie beim Osterbrunch darüber gesprochen haben. Doch sie ist sich ziemlich sicher, dass dies nicht der Fall war. Also braucht sie bei ihm vermutlich nicht nachfragen, entscheidet sie dann.

Einige Minuten später geht eine Nachricht von Silvia ein. Sie schickt ein einfaches »Nein« ohne weiteren Kommentar.

Enni geht in die Küche und überlegt, was sie nun tun soll. Es bleibt nur noch Alexander übrig. Sie setzt sich auf die Eckbank und wählt seine Nummer.

»Ich kann jetzt nicht«, begrüßt er sie gehetzt. »Ich ruf dich später zurück.«

»Warte!«

»Ist was passiert?«

»Hast du das Tonband gesehen?«, fragt sie dann ohne Umschweife und trommelt mit ihren Fingern auf der Tischplatte herum.

Nun entsteht eine kurze Pause, und Enni meint, Alexander würde seine Hand auf das Telefon legen und mit jemand anderem sprechen. Dann ist er wieder zurück.

»Ähm, ja. Ich habe es mit nach München genommen. Ein Freund von mir ist Tontechniker, und ich wollte ihn fragen, ob er es für uns aufbereiten kann«, erklärt er dann in ruhigem Ton. »Wir wollen doch nicht, dass das gute Stück zerstört wird, wenn im Backofen was schiefläuft.«

Enni meint, sich verhört zu haben. Alexander hat die Aufnahme ohne ihr Wissen eingepackt und mitgenommen. Sie muss erst mal Luft holen, um das zu verarbeiten. Dann bricht der ganze Unmut der letzten Tage hervor.

»Sag mal, spinnst du?«, blafft sie ins Telefon. »Darüber haben wir nie gesprochen!«

»Die Stimmung war am Ostersonntag so schlecht, und daher wollte ich das Thema bei unserer Abfahrt nicht mehr anschneiden«, versucht er, sich zu verteidigen. »Ich dachte, ich mache dir eine Freude, wenn du das Tonband endlich abspielen kannst.«

»Du machst mir eine Freude, wenn du dich aus der Sache raushältst«, stellt sie daraufhin mit deutlichen Worten klar. »Es ist nämlich nicht *unser* Tonband, sondern *meines*!«

»Sorry! Ich wusste nicht, dass es *meins* und *deins* gibt. Ich wollte nur helfen.«

»Steck das Tonband einfach noch heute in die Post und schick es mir. Damit hilfst du mir!«, gibt Enni entschieden zurück und legt auf.

Die etwas zu laut gesprochenen Worte hallen in ihren Ohren nach, und wie immer, wenn sie nicht weiterweiß, schaut sie aus dem Fenster. Der Regen prasselt nach wie vor gegen die Scheibe, und der kleine See dort unten ist mittlerweile fast so groß wie die ganze Wiese. Ein Teil von ihr wartet darauf, dass Alexander zurückruft und sich entweder bei ihr entschuldigt oder sich über ihr Verhalten beschwert. Doch dann gewinnt eine andere Stimme in ihrem Inneren die Oberhand, und zum ersten Mal seit langer Zeit ist es ihr egal, was Alexander über sie denkt oder ob er seinen Fehler einsieht. Er hat ganz klar eine rote Linie überschritten, und sie ist nicht bereit, sich das gefallen zu lassen.

Am übernächsten Morgen klingelt die Paketbotin, und Enni läuft mit klopfendem Herzen zur Tür. Der Regen hat endlich aufgehört, doch der Himmel ist immer noch bewölkt, und es wird noch einige Tage dauern, bis der aufgestaute See verschwunden ist und die Wiese wieder von den Kindern im Dorf zum Fußballspielen genutzt werden kann.

Als sie das Päckchen entgegennimmt, fällt ihr sofort Alexanders Handschrift ins Auge. Er hat sie tatsächlich ernst genommen und ihr die Aufnahme geschickt. Ihr Aufregung weicht dem Gefühl, einen Erfolg errungen zu haben, und sie plaudert noch ein wenig mit der Paketbotin, die einen gelben Regenmantel trägt und dem Wetter nicht recht traut. Sie meint, es könne jederzeit wieder anfangen zu schütten, und da wäre es von Vorteil, richtig ausgestattet zu sein.

»Es gibt kein schlechtes Wetter, nur schlechte Kleidung«, befindet sie und fragt dann, ob sie ein Paket für Paul bei Enni abgeben dürfe.

Die junge Frau nickt, unterschreibt und nimmt die Sendung für ihren Nachbarn in Empfang. Dann blickt sie dem gelben Gefährt hinterher, das fast geräuschlos in Richtung Hauptstraße davonfährt, und geht zurück ins Haus. In der Küche nimmt Enni ein scharfes Messer aus der Schublade und durchtrennt das Paketband, das Alexander fest um die kleine Schachtel gewickelt hat. Im Inneren liegt das Tonband, eingewickelt in Zeitungspapier, ohne eine weitere Nachricht.

Gut, denkt Enni, mehr wollte ich auch nicht.

Dann nimmt sie die Spule aus dem Karton und hält sie ins Licht. Das Band sieht genauso aus, wie sie es in Erinnerung hat, und auch der Aufkleber mit der Beschriftung »Elvis« ist noch da. Sie nimmt das Tonband mit ins Arbeitszimmer und beginnt zu recherchieren, wie sie vorgehen muss, damit die Verklebungen sich lösen und sie es auf ihrem Gerät abspielen kann.

Die nächste Stunde durchforstet sie unzählige Foren im Internet und klickt sich durch unterschiedliche Ratschläge von Tontechnikern und Hobbymusikern. Der eine schwört auf einen Dörrautomaten, um alte Bänder zu restaurieren, der andere empfiehlt die Verwendung der Umluftfunktion im Ofen bei exakt 50 Grad. Die selbst ernannten Experten sind sich jedoch einig, dass ein Induktionsherd die Tonaufnahmen auf den Bändern zerstören würde und deshalb unbedingt davon abzuraten sei, ein solches Gerät zum Einsatz zu bringen. Weiter heißt es, dass die Lösung leider nicht dauerhaft etwas bringe und die Bänder nach ungefähr vier Wochen wieder verkleben würden. Da es Enni aber nur darum geht, endlich zu hören, was sich auf der Aufnahme befindet, stört es sie nicht weiter, dass sie das Band nicht dauerhaft retten kann.

Soweit sich Enni erinnert, hat Paul zwar keine nagelneue Küche, doch sein Ofen scheint noch keine zehn Jahre alt zu sein. Sie beschließt, bei ihm zu klingeln und zu fragen, ob sie das Gerät benutzen darf. Allerdings möchte sie ihm nicht die Wahrheit sagen. Nachdem sich Alexander nach dem Fund so komisch aufführte, will sie vermeiden, dass weitere Begehrlichkeiten aufkommen. Wer weiß, wie Paul auf das Tonband reagieren würde? Hat er nicht letzten Herbst, an ihrem ersten Abend im Haus, nach Monikas Sachen gefragt? Vielleicht suchte er damals schon danach, wollte ihr aber nichts davon sagen?

Während Enni beginnt, die Zutaten für einen Rührkuchen aus dem Kühlschrank zu holen, verrennt sie sich immer mehr in den Gedanken, dass auch noch andere hinter der Aufnahme her sein könnten. Doch dann ruft sie laut »Stopp« und schüttelt den Kopf. Nur weil Alexander das große Geschäft wittert, muss das nicht auch für andere gelten. Paul hätte sicher nach Monikas Tod die Möglichkeit gehabt, ins Haus zu kommen und nach dem Band zu suchen.

Als alle Zutaten gut verrührt sind und ein schöner, glatter Teig entstanden ist, gibt sie die Masse in eine eingefettete Backform, schnappt sich Pauls Paket, das Tonband und ihren Schlüssel und klingelt bei ihrem Nachbarn.

»Enni«, ruft dieser freudig, als er öffnet. »Das ist ja eine Überraschung. Komm rein!«

»Danke«, erwidert sie und hält ihm das Paket hin. »Das hier wurde für dich bei mir abgegeben.«

»Nett von dir, extra zu mir rüberzukommen. Ich war am Friedhof und habe das Postauto wohl verpasst.«

»Kein Problem. Ich war ja zu Hause«, erklärt Enni und deutet in Richtung Küche. »Darf ich deinen Ofen benutzen? Mit unserem Holzofen stimmt etwas nicht, der Kamin funktioniert wohl nicht richtig.«

»Dann würde ich an deiner Stelle den Kaminkehrer anrufen und ihn bitten nachzusehen, was los ist. Damit ist nicht zu spaßen«, antwortet Paul und will mit ihr in die Küche gehen. »Du kannst gerne bei mir backen, komm nur herein.«

»Du musst nicht mitkommen. Ich kenne mich aus«, entgegnet sie und lotst ihn ins Wohnzimmer. »Ich schiebe schnell den Kuchen rein und bin gleich bei dir.«

»Na, dann setze ich mich in meinen schönen Sessel und lasse mich von dir bedienen. Trinken wir einen Likör zusammen?«

»Sehr gerne! Ich bring zwei Gläser mit.«

In der Küche stellt Enni den Ofen auf exakt 50 Grad ein, wählt das Umluftprogramm und legt das Tonband auf den Grillrost. Den Kuchen packt sie ebenfalls dazu und schließt die Klappe. Dann stellt sie ihren Handywecker auf 30 Minuten, holt zwei Likörgläser aus dem Schrank und geht zu Paul ins Wohnzimmer.

»Ganz links im Wohnzimmerschrank steht der gute Tropfen«, dirigiert Paul die junge Frau, als sie das Zimmer betritt.

Enni nimmt wie befohlen die Flasche mit dem Kirschlikör aus dem Schrank und setzt sich auf die Couch. Dann gießt sie die beiden Gläser halb voll und reicht eines davon dem alten Mann.

»Prost! Auf unsere gute Nachbarschaft«, meint er lächelnd, stößt mit ihr, an und beide nippen vom Likör.

Auch Enni muss lächeln, obwohl sie einen Augenblick lang ein schlechtes Gewissen hat, weil sie Paul nicht die ganze Wahrheit über ihren Besuch sagt. Ihr fallen wieder die beiden Sätze von Silvia ein, die sie ihr an Ostern so ganz ohne Vorwarnung entgegengeschmettert hat: »Menschen lügen. Sie mögen ihre Gründe haben, aber sie lügen.«

Dann plaudern sie über das schlechte Wetter und fachsimpeln über Hochbeete und was man alles darin anbauen kann. Paul rät zu Salat, Karotten und Gurken. Tomaten könne man gut in Töpfen ziehen, und Zucchini würden eh wie Unkraut wachsen, dafür bräuchte man kein Hochbeet.

»Ich habe Alexander schon länger nicht mehr gesehen. Und Tobias besucht dich auch nicht mehr. Ist alles in Ordnung?«, fragt er dann, richtet sich in seinem Sessel auf und heftet seinen Blick fest auf die junge Frau.

»Der Dorffunk funktioniert also immer noch tadellos«, antwortet Enni gespielt entrüstet, echauffiert sich aber schon lange nicht mehr über die offenkundige Überwachung, sondern nimmt gelassen hin, dass ihr Umfeld ein Auge auf sie hat.

»Du weißt doch, wir passen hier aufeinander auf …«

»Ich bin dir auch nicht böse«, unterbricht ihn Enni. »Du hast höchstens einen wunden Punkt bei mir getroffen. Es läuft gerade nicht so gut. Weder mit Alexander noch mit Tobias.«

»Das tut mir leid«, antwortet der alte Mann und lässt sich wieder in seinen Sessel zurücksinken.

Enni nimmt erneut einen Schluck Likör und spielt dann mit dem Glas in ihren Händen.

»Wie war das damals eigentlich mit dir und Monika? Ich meine, als deine Frau nicht mehr wollte, dass du so engen Kontakt zu ihr hast? Lief da was zwischen euch?«

»Ihr jungen Leute heutzutage seid ja sehr direkt«, meint Paul und errötet. »Nein, ich war Erna immer treu. Trotzdem war ich auf eine bestimmte Art und Weise eng mit Monika verbunden. Sie war eine ganz besondere Frau, ganz anders als Erna.«

»Wie meinst du das?«

»Erna war ganz und gar in das Dorfleben eingebunden. Sie ging zu den monatlichen Versammlungen des Obst- und Gartenbauvereins, backte Kuchen für die Kirchweih und sammelte Altkleider und Altpapier für die jährliche Sammelaktion. Sie war zufrieden in ihrem kleinen Universum.«

»Und Monika?«

»Sie lebte hier auch sehr zufrieden, daran lag es nicht. Aber Monika schuf sich ihren eigenen Kosmos«, gibt Paul zurück und macht eine kleine Pause, wie um zu überlegen, wie er die Sache näher erklären kann. Dann spricht er weiter. »Sie war nicht auf all die sozialen Interaktionen angewiesen, die den Rest des Dorfes zusammenhielten. Sie machte ihr eigenes Ding, und wenn es ihr in den Kram passte, dann ging sie auch schon mal zu einer Dorfversammlung. Aber es war immer so, dass sie entschied, ob sie etwas tun wollte und nicht die Gemeinschaft ihr vorgab, was sie zu tun hatte.«

»Wie meinst du das?«

»Na ja, sie hatte ihren eigenen Kopf. Wir gingen früher zum Beispiel zum Tanzen in die *Schwarze Katze*, weil das Lokal direkt im Dorf lag. Aber Monika wollte mehr erleben und fuhr deshalb lieber in die *Micky Bar*, die weiter weg war, dafür aber bessere Musik spielte. Das passte einigen Leuten nicht, und sie sprachen nicht gut über Monika, die sich daran aber nicht störte.«

»Wieso hat sie eigentlich nie geheiratet?«, fragt Enni und nimmt sich vor, im Internet mehr über die *Micky Bar* herauszufinden.

»Anträge hat sie sicher einige bekommen. Aber es war wohl nicht der Richtige dabei, denke ich«, antwortet Paul und nimmt noch einen Schluck vom Likör. »Einmal wäre sie fast schwach geworden.«

»Jetzt sag mir bitte nicht, dass Elvis in sie verknallt war!«

Paul bricht in schallendes Gelächter aus, und Enni blickt verwirrt drein.

»Verknallt!«, bringt er mühsam hervor. »Das hätte Monika gefallen.«

»Also fand Elvis meine Großtante nun gut oder nicht?«, drängt Enni.

»Er war sicher geschmeichelt, dass eine junge, attraktive Frau sich so ins Zeug legte, um für ihn übersetzen zu dürfen. Es war ja so, dass Monika damals von sich aus zur Militärverwaltung fuhr und sich anbot, für Elvis zu dolmetschen. Ganze drei Mal sprach sie dort vor, bevor sie genommen wurde.«

»Wow«, befindet Enni. »So viel Power hätte ich meiner Großtante gar nicht zugetraut.«

»Ich glaube, du unterschätzt Monika«, gibt Paul zurück und legt seine Hände auf die Armlehnen des Sessels. »Sie hat immer genau gewusst, was sie wollte und auch danach gehandelt.«

»Okay, sie hat also damals für Elvis gedolmetscht. Und mehr lief da nicht?«

Paul will gerade antworten, da beginnt Ennis Wecker zu klingeln und beide schrecken kurz auf. Dann stürzt Enni in die Küche, um das Tonband vor dem Verschmoren zu retten, und die vertrauliche Gesprächsatmosphäre von gerade eben verschwindet mit dem letzten Rest Likör, der Pauls Kehle hinunterrinnt.

Mai

Der viele Regen hat der Natur gutgetan, und überall im Dorf wetteifern die Bäume, Sträucher und Wiesen darum, wer das prächtigste Blätterkleid und die herrlichsten Blüten hervorbringt. Die Birken treiben in zarten hellgrünen Tönen aus, Tannen und Fichten wiegen sich erhaben in der sanften Brise, auf den Wiesen tummeln sich unzählige Insekten und Schmetterlinge und fliegen emsig von einer Blüte zur anderen, und in den Beeten recken Salatköpfe und Kohlrabi- und Blumenkohlpflänzchen ihre zarten Spitzen in den tiefblauen Himmel.

Auch Enni zieht es nach draußen in den Garten, um diesen für kommende geruhsame Sommerstunden herzurichten. Sie schmirgelt Monikas alte Gartenstühle ab und lasiert sie mit einem Leinöl-Firnis, den ihr Tobias auf Nachfrage, und leider sehr wortarm, empfohlen hat. Außerdem spannt sie zwischen dem Apfelbaum und dem Gartenschuppen eine Hängematte, deren Stoff aus alten Jeans gewonnen wurde und deren ausgewaschenes Indigoblau sich wunderbar von der saftig grünen und reichlich sprießenden Wiese in ihrem Garten abhebt.

Udo wird nicht müde, ihr über den Gartenzaun hinweg einen Mähroboter zu empfehlen, und Enni winkt jedes Mal dankend ab. Es ist mittlerweile zu einem kleinen Wortspiel zwischen ihnen geworden, dessen Ausgang beide zwar kennen, sich dennoch immer wieder gerne auf die gut gemeinte Kabbelei einlassen. Christa verdreht dabei jedes Mal die

Augen, weil sie das sich wiederholende Wortgefecht nicht mehr hören kann, es aber aufgegeben hat, die beiden davon abbringen zu wollen. Sie meint, die Kinder im Kindergarten würden schneller dazulernen als Enni und Udo, und deren Dickköpfigkeit in dieser Angelegenheit wäre nicht zu überbieten. Darüber müssen nun wieder die beiden Streithähne lachen, und Udo akzeptiert, dass Ennis Wiese wächst und wächst, und die junge Frau lobt den fleißigen kleinen Mähroboter ihres Nachbarn, der unermüdlich seine Runden dreht. Sie hat aber durchgesetzt, dass Udo den Roboter ab 18 Uhr in den Feierabend schickt, damit er über Nacht keine Gefahr für frei laufende Igel darstellt. Ihr Nachbar hat das Gerät ohne Umschweife dementsprechend programmiert, und letzten Endes bietet er sogar an, im Sommer das Gras in Ennis Garten mit der Sense zu mähen, worüber sie sich ehrlich freut.

Das Hochbeet hat die junge Frau mittlerweile mit einigen Schubkarren voll Totholz gefüllt und mit einem halben Dutzend Fuhren Laub vom Waldrand gut gepolstert. Paul spendierte ihr eine großzügige Ladung Rasen- und Heckenschnitt, und nun ist Enni noch auf der Suche nach Pferdeäpfeln. Auch wenn sie sich insgeheim davor graust, diese ins Hochbeet zu packen, hört sie auf den Rat, den ihr Tobias, ebenfalls recht wortkarg, gegeben hatte. Eigentlich hoffte sie, dass er ihr beim Befüllen zur Hand gehen würde, aber er bot sich nicht von selbst an, und sie wollte ihn auch nicht darum bitten.

Mit Alexander läuft es nach wie vor nicht optimal. Er kam zwar am letzten Wochenende zu Besuch, war aber nur körperlich anwesend gewesen. Einmal meinte sie, sein vertrautes »mein Herz« gehört zu haben, als sie dann jedoch ins Arbeitszimmer eilte, um nach ihm zu sehen, telefonierte er wie so oft geschäftlich, und sie zog sich schnell wieder zurück. Der neue Kunde brauche seine ganze Aufmerksamkeit, entschuldigte er sich später und fuhr schon am Sonntagmorgen nach dem Frühstück zurück nach München. In der Nacht zuvor haben sie sich seit Wochen wieder geliebt, doch auch hier hat Enni das Gefühl gehabt, er spule ein Programm ab. Danach wollte sie zumindest eng an ihn gekuschelt einschlafen, doch er drehte ihr nur den Rücken zu und meinte, es wäre ihm zu warm. Das Thema Tonband haben sie das ganze Wochenende lang ausgespart, weil beide weitere Streitigkeiten vermeiden wollten.

Der Kontakt zu Silvia ist nach wie vor unterbrochen, und Enni, die gerade in ihrer neuen Hängematte liegt und der Sonne dabei zusieht, wie sie langsam nach Western wandert, meint, diesen ungeklärten Streit nicht mehr länger aushalten zu können. Im Dorf ist sie mittlerweile zwar gut angekommen und von den Bewohnern auch positiv aufgenommen worden, doch die sporadischen Gespräche mit Christa und Udo am Gartenzaun und der gelegentliche Austausch mit Paul auf der Straße vor dem Haus reicht ihr nicht aus. Sie vermisst ihre Freundin stärker als je zuvor und kann nicht anders, als ihre Nummer zu wählen. Auch auf die Gefahr hin, dass diese ihr bei dem bevorstehenden Gespräch die Freundschaft kündigen wird, muss sie dennoch versuchen, die Situation zu klären.

»Enni?«, fragt Silvia verwundert, als sie das Gespräch annimmt. »Das ist ja eine Überraschung.«

»Hallo, Silvia«, antwortet Enni. »Schön, dass du rangehst. Ich wollte hören, wie es dir geht.«

»Gut«, kommt es äußerst knapp zurück.

Enni, die bisher bequem in der Hängematte lag, setzt sich nun auf, lässt die Füße nach unten baumeln und starrt auf ihre unlackierten Zehennägel. Es wird Zeit, dass sie sich Nagellack besorgt und wieder mehr auf ihr Äußeres achtet, nimmt sie sich vor. Vielleicht sollte sie sich auch nach einem schönen Sommerkleid umsehen, überlegt sie. Dann atmet sie tief ein und antwortet: »Es tut mir leid, dass ich mich so lange nicht gemeldet habe. Und es tut mir auch leid, dass ich dich verletzt habe. Das wollte ich nicht.«

»Oookaaay«, antwortet Silvia gedehnt. »Und woher kommt dein plötzlicher Sinneswandel?«

»Ich vermisse dich und hab' es einfach nicht mehr ausgehalten, dass wir keinen Kontakt mehr haben.«

Enni steht auf und läuft im Garten hin und her. Die Ungewissheit, ob Silvia nach wir vor nachtragend ist, ist nur schwer auszuhalten.

»Dito«, ist Silvias knappe hanseatische Antwort. Und nach kurzem Zögern setzt sie hinzu: »Aber im Gegensatz zu dir hätte ich mich nicht so schnell gemeldet. Schön, dass du anrufst. Dazu wäre ich viel zu stolz gewesen.«

Enni fällt ein großer Stein vom Herzen, und sie merkt erst jetzt, wie schwer es ihr gefallen ist, keinen Kontakt zu ihrer Freundin zu haben.

»Und ich hätte es keine Sekunde länger ausgehalten, dich nicht mehr als Freundin zu haben.«

»Obwohl ich es nicht zugeben wollte, ich habe dich auch vermisst«, antwortet Silvia. »Aber bevor wir uns hier in irgendwelchen Sentimentalitäten verlieren und uns immerwährende Freundschaft schwören, will ich endlich wissen, was auf dem Tonband zu hören war!«

Enni muss lachen. Das ist Silvia, wie sie leibt und lebt. Immer auf den Punkt kommen, ohne Umschweife oder anderes Geplänkel. Sie hat ihre Freundin wirklich vermisst.

»Das Tonband«, beginnt Enni und lässt sich auf einen der

lasierten Gartenstühle sinken. »Ich konnte die Aufnahme mithilfe von Pauls Ofen retten und dank deines Flohmarktfundes auch anhören.«

»Und? Mach es nicht so spannend!«

»Also, ich bin ja keine Expertin, aber ich denke, es ist auf jeden Fall Elvis, der zu hören ist. Er wird nur von einem Klavier begleitet, vielleicht spielt er auch selbst. Jedenfalls habe ich eine Gänsehaut bekommen, als er zu singen angefangen hat. Obwohl die Aufnahme ja schon weit mehr als ein halbes Jahrhundert alt ist, konnte ich immer noch die magische Atmosphäre spüren, die Elvis mit seiner Stimme erzeugt hat. Es war, als ob er den Song nur für einen einzigen Menschen singen würde ...«, schwärmt Enni.

»Und welcher Song war das?«

»Er heißt ›Young and Beautiful‹ und Elvis singt mit so einer samtweichen Stimme, dass sogar mir die Knie weich geworden sind.«

Enni spürt immer noch das warme Gefühl in ihrem Bauch, als sie an das Lied denkt, und schwärmt weiter: »Elvis war damals gerade einmal 23 und schaffte es nur mit einem Klavier und seiner Stimme, sein Publikum zu berühren.«

»Wie war es wohl, ihn in echt gehört und gesehen zu haben?«, fragt Silvia.

»Bestimmt ein unvergessliches Erlebnis«, antwortet Enni. »Meine Großtante Monika war damals kaum älter als Elvis, und sollte sie ihn tatsächlich live erlebt haben, flatterten sicher auch Schmetterlinge in ihrem Bauch rum.«

»Klingt echt magisch!«

»Es ist sicher keine professionelle Aufnahme aus einem Tonstudio oder so«, erklärt Enni ihrer Freundin dann weiter. »Es wirkt eher so, als ob es irgendwo mitgeschnitten wurde.

Zu Beginn bedankt sich Elvis, wenn er es wirklich ist, beim Betreiber einer Bar. Die Tonqualität ist nicht berauschend, und im Hintergrund ist immer wieder Applaus zu hören. Einmal dachte ich sogar, ich höre jemanden auf Deutsch etwas sagen. Aber das kann eigentlich nicht sein ...«

»Es sei denn, es ist ein Livemitschnitt, der hier in Deutschland aufgenommen wurde«, vervollständigt Silvia den Satz.

»Vielleicht. Aber wie gesagt, ich kenne mich damit überhaupt nicht aus. Und soviel ich weiß, hat Elvis nie ein Konzert außerhalb von Amerika gegeben. Also kann es eigentlich nicht sein, dass es eine Liveaufnahme eines Konzerts ist, das er in Deutschland gegeben hat.«

»Und wenn es doch einen Auftritt gab, der aber geheim war?«

»Ich weiß nicht ... Aber vielleicht haben sich meine Eltern mit Monika wegen dem Band gestritten und deshalb den Kontakt abgebrochen?«

»Alles sehr ominös«, befindet Silvia. »Hast du mit Alexander darüber gesprochen?«

»Mit Alexander? Den Teufel werde ich tun, ausgerechnet mit ihm darüber zu sprechen! Der hat das Band an Ostern doch tatsächlich mitgenommen, um es irgendeinem Tontechniker in München zu zeigen. Daraufhin habe ich ihn zurückgepfiffen, und er hat mir das Tonband wieder nach Waidmannsthal geschickt.«

»So ein Vollidiot«, rutscht es Silvia raus. »Und wie geht es jetzt weiter?«

»Keine Ahnung. Aus Paul ist nichts darüber herauszukriegen, und ich weiß nicht, wer hier sonst noch über diese alten Geschichten Bescheid weiß.«

Enni vergräbt ihre Zehen im Gras und genießt das Gefühl, endlich wieder ohne Schuhe den Boden spüren zu können.

»Was ist mit diesem Jäger? Der kommt doch auch aus deinem Dorf, oder?«

»Reinwald?«, antwortet Enni und überlegt, ob sie mit ihm schon mal über diese Sache gesprochen hat. Dann fällt ihr wieder ein, dass er bei ihrer ersten Begegnung eine Bemerkung über Monika und ihr Verhältnis zu Elvis gemacht hat. Genau kann sie sich nicht mehr daran erinnern, es ist eher so ein Gefühl, dass er vielleicht mehr wissen könnte. »Der dürfte die alten Geschichten kennen, zumindest hat er einmal so etwas in der Art angedeutet.«

»Dann los!«, fordert ihre Freundin sie auf. »Quetsch ihn aus und halte mich unbedingt auf dem Laufenden!«

Durch die offene Eingangstür dringen Stimmen zu Enni ins Arbeitszimmer. Bei genauerem Hinhören kann sie Paul und Tobias ausmachen, die über das Wetter sprechen. Der Frühsommer hat endlich Einzug gehalten, und die Temperaturen klettern tagsüber auf bis zu 20 Grad. Enni genießt es, die Haustür offenzulassen und so das Gefühl zu haben, mit der frischen Luft käme auch etwas Leben in ihr Haus. Sie speichert die Datei ab, an der sie gerade arbeitet, und klappt den Computer zu. Dann nimmt sie ihren Kaffeebecher in die Hand und geht nach draußen. Sie hat Tobias seit mehr als drei Wochen nicht gesehen und fragt sich nun mit klopfendem Herzen, ob sein Besuch ihr gilt.

»Der Regen hat dem Wald und den Böden gutgetan«, hört sie Paul sagen, als sie vor die Haustür tritt. »Aber nun brauchen wir endlich Sonne, sonst wird das heuer nichts mit einer guten Ernte.«

Tobias steht neben einer Schubkarre, auf der Enni eine Ladung Pferdeäpfel erkennen kann, und unterhält sich mit ihrem Nachbarn. Dieser gestikuliert mit großen Bewegungen, deutet Richtung Wald und Richtung Himmel.

»Bringt der April viel Regen, so deutet der auf Segen«, zitiert der alte Mann eine Bauernregel und zeigt dann auf die Schubkarre. »Aber wie ich sehe, hilfst du einer reichen Ernte selbst auf die Sprünge. Da wird sich Enni aber freuen.«

Wie aufs Stichwort blicken die beiden Männer nun zum Eingang und entdecken Enni, die barfuß auf sie zugeht und dabei ihren Pony glatt streicht. Zum Glück hat sie am Abend zuvor endlich ihre Nägel lackiert und am Morgen die Haare gewaschen, sodass sie sich einigermaßen ansehnlich fühlt.

»Guten Morgen, ihr zwei«, begrüßt sie die beiden gespielt gut gelaunt. »Wer hilft hier wem auf die Sprünge?«

»Enni, hast du auch schon ausgeschlafen?«, neckt sie ihr Nachbar. »Der Tobias hat einen erstklassigen rein biologischen Dünger für dein Hochbeet dabei. Ab jetzt kannst du deinem Salat beim Wachsen zusehen.«

»Danke«, murmelt die junge Frau und wirft Tobias einen vorsichtigen Blick zu. Dann versteckt sie sich hinter ihrem Becher und nimmt schnell einen Schluck Kaffee.

»Oh, ich muss los«, verabschiedet sich Paul mit einem Blick auf die Uhr und meint, er müsse sich beeilen, weil er einen Arzttermin hätte. Er nickt Enni und Tobias zu und verschwindet in seinem Haus.

»Ich dachte mir, das hier kannst du vielleicht brauchen«, erklärt Tobias und deutet auf den biologischen Dünger.

Ohne auf eine Antwort zu warten, schiebt er die Karre mühelos durch den abschüssigen Garten, holt eine Mistgabel und einen Rechen aus dem Schuppen und verteilt den Mist auf dem Hochbeet. Enni wartet mit einigem Abstand und beobachtet, wie selbstverständlich er alles macht. So, als gehöre er genau hierher und würde jeden Tag im Garten nach dem Rechten sehen.

»So, jetzt brauchst du nur noch etwas Kompost und Erde«, erklärt er nach getaner Arbeit und stützt sich auf das langstielige Gartenwerkzeug. »Hast du eine Ahnung, wo du das herbekommst?«

»Udo meinte, ich könne so was beim Wertstoffhof kriegen«, antwortet Enni zögerlich. Sie ist sich nicht sicher, ob das schlechte Gewissen ihren Sandkastenfreund dazu gebracht hat, zu ihr zu kommen, oder ob dies ein Friedensangebot sein soll.

»Leider ist der Wertstoffhof ein paar Kilometer außerhalb. Da kannst du schlecht zu Fuß hinlaufen, und den Kompost eimerweise heimtragen«, erwidert Tobias und grinst sie frech an. »Aber zufällig habe ich ein Auto und Zeit und fahre gerne mit dir dorthin.«

»Danke, das ist sehr lieb von dir«, antwortet Enni und tritt nun näher an das Hochbeet heran. Der Mist riecht entgegen ihrer Erwartung überhaupt nicht übel, und sie freut sich, dass Tobias die Initiative ergriffen hat und zu ihr gekommen ist, egal, ob das mit dem Düngen nun funktioniert oder nicht. »Schön, dass du da bist.«

Sein Grinsen wird zu einem sanften Lächeln, das bis zu seinen warmen braunen Augen reicht, und Ennis Blick fällt auf das Muttermal auf seiner rechten Wange, das sich in all den Jahren nicht verändert hat.

»Schön, dass du in Monikas Haus gezogen bist«, erwidert er, während er sich aufrichtet und sich dabei verlegen durch die hellen Haare fährt.

Es entsteht eine kurze Pause, und außer dem Summen der Bienen, die durch den Garten schwirren, ist nichts zu hören. Enni klammert sich an ihren Becher und weiß nicht recht, was sie nun tun soll.

»Ich konnte dich doch mit der ganzen Arbeit nicht alleinlassen. Und irgendwie dachte ich mir schon, dass dein Freund Dinge nicht immer zu Ende bringt«, unterbricht Tobias den stillen Moment und kann sich einen Seitenhieb auf Alexander nicht verkneifen. »Er sieht mir auch nicht so aus, als ob er sich unbedingt die Hände schmutzig machen möchte.«

Da Enni keine Lust hat, über ihren Freund in München nachzudenken, der sich offensichtlich wenig aus dem Landleben macht, wechselt sie schnell das Thema. »Zum Glück habe ich den besten Sandkastenfreund, den man sich wünschen kann! Wenn das hier was wird, und ich im Sommer reichlich Ernte habe, dann darfst du jeden Abend auf eine Schüssel Salat bei mir vorbeikommen.«

»Aber nur, wenn du mir dazu ein Glas Rotwein servierst. Wenn ich schon auf Fleisch verzichte, dann will ich wenigstens etwas Anständiges trinken.«

»Deal«, lacht Enni und hält Tobias die Hand hin. Er zögert einen Moment, dann umschließt er ihre Finger ganz sanft, hält sie fest und schaut ihr tief in die Augen.

Egal, wie oft sich die junge Frau in Gedanken schon gesagt hat, dass Tobias nur ein guter Freund ist, das Gefühl, das nun warm durch ihren Körper strömt und ihre Knie weich werden lässt, sagt ihr etwas ganz anderes.

Endlich hat Enni einen Vorwand gefunden, um sich bei Reinwald zu melden. Seit dem Telefonat mit Silvia grübelt sie, wie sie es geschickt anstellen könnte, um mit dem Jäger ins Gespräch zu kommen, ohne das Tonband von sich aus zu erwähnen. Sie möchte nicht einfach mit der Tür ins Haus fallen und ihm das Gefühl geben, sie würde ihn aushorchen. Doch das erneute Auftauchen des Wolfs, der wohl gerade erst auf dem Truppenübungsplatz ein Reh gerissen hat, liefert der jungen Frau nun den perfekten Vorwand, um sich bei dem Jäger zu melden.

»Reinwald«, schallt es laut aus dem Telefon und Enni schreckt zusammen.

»Hallo«, begrüßt sie ihn und spricht einen Tick schneller als üblich. »Hier ist Enni. Ich habe gehört, dass der Wolf schon wieder gesichtet wurde. Langsam mache ich mir wirklich Sorgen, ob ich noch in den Wald gehen kann.«

Das stimmt zwar nur zum Teil, denn erst gestern war sie nach dem Befüllen des Hochbeets mit Tobias im Wald spazieren gewesen, doch das muss sie dem Jäger ja nicht unbedingt sagen.

»Ach, du bist es, Enni«, antwortet er, und seine Stimme wird milder. »Ich dachte, es wäre schon wieder jemand, der angeblich den Wolf gesehen hat und sich nun bei mir beklagt, dass wir das Tier noch nicht geschossen haben.«

Enni entspannt sich etwas und kritzelt das Wort »Wolf« auf den Block, der vor ihr auf dem Schreibtisch liegt. Eigentlich sollte sie am Programm des neuen Staatstheaters für die kommende Saison arbeiten, aber dazu hat sie im Moment keine Lust. In ihrem Kopf schwirren so viele Gedanken gleichzeitig herum, dass sie gar nicht weiß, wo sie mit dem Sortieren anfangen soll. Bevor sie wieder konzentriert arbeiten kann, muss sie zumindest eine Sache klären. Also fängt sie mit dem Tonband an, denn dieses Geheimnis ist vermutlich leichter zu lösen als das verworrene Beziehungsgeflecht zwischen Tobias, Alexander und ihr.

»Gibt es Stress mit dem Wolf? Ich wusste gar nicht, dass er abgeschossen werden soll«, fragt sie dann.

»Wenn es nach mir ginge, dann soll er das auch nicht«, antwortet der Jäger. »Aber du weißt ja, wie die Leute so sind. Einer fängt an und malt ein Horrorszenario an die Wand, und die anderen steigen darauf ein. Und nun fordern viele, dass der Wolf endlich weg muss.«

»Aber du hast mich doch auch davor gewarnt, in den Wald zu gehen«, entgegnet Enni und beginnt, die Konturen eines Wolfs zu zeichnen.

»Klar muss man vorsichtig sein. Ein Wolf ist ja kein Schoßhund. Aber den Abschuss zu fordern, ohne dass wirklich etwas geschehen ist, finde ich etwas übertrieben.«

»Ja, man sollte sich von dieser Panikmache nicht anstecken lassen«, stimmt Enni ihm zu und kritzelt gedankenverloren weiter. »Ich wollte dich noch etwas anderes fragen.«

»Nur zu«, freut sich Reinwald. »Je länger wir telefonieren, desto weniger unerfreuliche Gespräche mit anderen muss ich führen.«

Nun hält Enni inne, und der Bleistift schwebt einen Moment lang über dem Blatt. Als sie ihre Frage im Kopf fertig formuliert hat, setzt sie den Stift wieder auf das Papier, und der Wolf nimmt weiter Gestalt an.

»Seit ich hier wohne, kam die Sprache mit verschiedenen Personen immer wieder auf eine angebliche Affäre zwischen Monika und Elvis. Ich habe mittlerweile herausgefunden, dass Elvis 1958 als GI im angrenzenden Truppenübungsplatz bei einem Manöver war und Monika zu dieser Zeit wohl für ihn als Dolmetscherin gearbeitet hat. Weißt du mehr darüber?«

»Oh ja! Das war ziemlich verrückt damals. Alle im Dorf standen Kopf, als klar war, dass der *King of Rock'n'Roll* hier aufschlagen würde. Egal wo er auftauchte, es gab ein riesiges Geschrei. Und Monika war oft an seiner Seite, ob er nun dem Rathaus einen Besuch abstattete oder sich ein Auto kaufte. Zu der Zeit konnten noch nicht so viele Menschen Englisch, daher war Elvis auf Hilfe angewiesen.«

Der Jäger macht eine kurze Pause, und Enni nutzt die Zeit, um weiter nachzufragen. »Bist du nicht zu jung, um das selbst erlebt zu haben?«

»Stimmt, ich war damals noch ein Baby. Aber hier im Ort sprachen die Leute bestimmt noch zehn Jahre oder länger darüber. Es hieß sogar, Elvis hätte ein geheimes Konzert gegeben, und irgendwer hätte einen Mitschnitt gemacht. Das wäre natürlich der Knüller gewesen, aber es war leider nur ein Gerücht, das niemals bestätigt wurde.«

»Und weißt du auch, was zwischen meiner Großtante und Elvis lief?«, bohrt Enni weiter nach.

»Monika hat nie darüber gesprochen, also kann ich dir nichts Genaues sagen. Im Dorf wurde lange getratscht, dass ihr nach Elvis keiner mehr gut genug war und sie deshalb nicht geheiratet hat. Aber das halte ich für Blödsinn. Monika hat nie verbittert auf mich gewirkt. Ich glaube, sie war einfach mit sich und ihrem Leben zufrieden und brauchte zu ihrem Glück keinen Mann.«

»Oder keine Frau«, vervollständigt Enni automatisch Reinwalds Satz.

»Oder keine Frau«, wiederholt der Jäger und lacht. »Wobei ihr eine Beziehung zu einer Frau die Dorfbewohner wohl noch weniger verziehen hätten als ihre angebliche Affäre mit Elvis.«

»Weißt du zufällig, wo dieses heimliche Konzert damals stattgefunden haben soll?«, hakt die junge Frau weiter nach, während die Zeichnung immer genauer wird.

»Lass mich mal überlegen«, meint Reinwald und atmet hörbar ein. »Es gab da eine Bar in Grafenwöhr, in dem Elvis'

Vater bei seinem Besuch untergebracht war. Es hieß, der King hätte dort für die Belegschaft gespielt, weil die sich so rührend um seinen Vater gekümmert haben.«

Der Jäger macht eine Pause, und es rauscht für einen kurzen Moment in der Leitung. Enni meint schon, die Verbindung wäre abgebrochen, doch dann spricht er weiter.

»Über dieses Konzert wurde noch lange gesprochen, weil es das einzige war, das Elvis außerhalb von Amerika gegeben hatte. Sein Manager verbot ihm wohl, während seiner Militärzeit irgendwo aufzutreten. Doch als sein Vater zu Besuch in Deutschland war, machte er angeblich eine Ausnahme. Damals hätten viele Fans alles dafür gegeben, ihr Idol einmal live zu hören.«

»Kennst du jemanden, der dort war?«

»Im Dorf wurde gemunkelt, Monika hätte Elvis damals in die Bar begleitet. Aber sie selbst äußerte sich nie zu diesem Gerücht. Sie konnte sehr verschwiegen sein«, sinniert Reinwald.

»War das zufällig die *Micky Bar*?«, wirft Enni spontan ein, weil sie sich wieder an ihr Gespräch mit Paul erinnert, der den Namen erwähnt hat.

»Ja, genau! Woher weißt du das?«, will der Jäger wissen.

»Ich bin zufällig im Internet über einen Beitrag gestolpert«, flunkert Enni. »Aber von einem Tonband oder Konzertmitschnitt war in dem Artikel nicht die Rede.«

»Sag ich ja«, antwortet Reinwald. »Alles nur ein Gerücht.«

Dann hört sie im Hintergrund, wie eine Türglocke ertönt, und der Jäger stöhnt hörbar auf. »Jetzt stehen diese Idioten schon vor meiner Tür! Tut mir leid, Enni, ich muss Schluss machen und die Lage beruhigen, sonst drehen hier noch alle durch.«

»Klar, kein Problem! Danke, dass du mit mir über die Sache gesprochen hast. Mach's gut und lass dich nicht verrückt machen.«

»Eine Sache wollte ich dir noch sagen«, meint der Jäger, bevor er auflegt. »Dein Freund hat hier angerufen und nachgefragt, ob er mit einem Geschäftskunden in meinem Revier jagen kann. Ich habe natürlich abgelehnt. Diese Großstadttypen, die um jeden Preis einen Hirsch schießen wollen, kann ich hier echt nicht brauchen. Er meinte noch, ich solle nicht mit dir darüber reden, weil du dich dann nur aufregen würdest.«

Dann hat er aufgelegt, und Enni kann nicht glauben, was sie gerade gehört hat. Alexander hat Nerven! Ausgerechnet bei Reinwald nachzufragen, ob er mit seinem idiotischen Kunden hier jagen darf. Sie schüttelt ungläubig den Kopf und legt das Telefon auf ihre Zeichnung, auf der neben dem Wolf ein kleines Mädchen dargestellt ist, das einen Korb und ein rotes Cape trägt. Die Kleine scheint jedoch keine Angst vor dem Raubtier zu haben, vielmehr streckt sie die Hand nach dem Wolf aus, um ihn zu streicheln.

Nachdem die junge Frau das selbst vorgegebene Arbeitspensum für diesen Tag endlich erledigt hat, holt sie eine Flasche Grauburgunder aus dem Kühlschrank und macht sich auf den Weg zu ihrem Sandkastenfreund. Nur die Vorstellung, dass sie Tobias heute noch sehen würde, ließen ihr die mühseligen und kleinteiligen Korrekturen am Programm des Theaters etwas schneller von der Hand gehen. Mehr als einmal hat sie sich im Lauf des Tages darüber geärgert, dass sie ständig Bilder austauschen, Texte ändern oder ganz verwerfen oder Termine für die Vorstellungen immer wieder anpassen musste. Doch da sie bei diesem Auftrag nach Stunden bezahlt wird, hält sich ihr Groll in Grenzen, und sie sagt sich, dass die Arbeit zumindest ihrem Konto guttun wird.

Etwas eher als geplant ist sie schließlich fertig und freut sich nun auf den Feierabend, den sie in Gesellschaft von Tobias verbringen wird. Ihr schlechtes Gewissen Alexander gegenüber schiebt sie weit weg. Ihr Freund hat sich schon seit zwei Tagen nicht mehr bei ihr gemeldet, und sie hat keine Lust, ihm ständig hinterherzutelefonieren. Hinzu kommt die Geschichte mit seinem dreisten Anruf bei Reinwald. Was erlaubt sich Alexander eigentlich? Sie fragt sich, ob er schon immer so ein Opportunist war und sie das früher einfach nicht sehen wollte. Enni nimmt sich vor, bei nächster Gelegenheit eine ernste Aussprache mit ihm zu führen. So kann es jedenfalls nicht weitergehen.

Nun möchte sie sich den schönen Abend aber nicht damit verderben, sich den Kopf über Alexanders Verhalten zu zerbrechen. Kurz überlegt sie noch, ob sie ein Kleid anziehen soll, doch das kommt ihr zu aufgesetzt vor. Sie wirft einen Blick in den Spiegel, streicht ihren Pony glatt und begutachtet ihren Po, der ihr wie immer ein wenig zu dick vorkommt. Doch mit dem Rest ist sie zufrieden, der eng geschnittene leichte Baumwollpulli betont ihre Taille, und der helle Farbton passt gut zu ihren dunklen Haaren. Sie schlüpft barfuß in ihre schwarzen Ballerinas und lächelt ihr Spiegelbild an.

Als sie die Haustür schließlich hinter sich zuzieht und ihren Blick zum tiefblauen Himmel richtet, auf dem an diesem lauen Spätnachmittag kleine watteartige Wolken vorbeiziehen, wandern ihre Gedanken ganz automatisch zu Tobias. Enni kann immer noch spüren, wie es gestern während des Waldspaziergangs zwischen ihnen beiden geknistert hat. Zwar berührten sie sich während der ganzen Zeit nicht, doch es war offensichtlich, dass sich die Chemie zwischen ihnen verändert hat. Vielleicht, hofft sie, hat Tobias seine festen Vorsätze endlich aufgegeben und ist nun bereit herauszufinden, ob mehr als Freundschaft zwischen ihnen möglich ist, ohne dass sie vorher reinen Tisch mit Alexander macht.

Enni geht noch einen Tick schneller, weil sie das Gefühl hat, sie müsse jede Minute dieses schönen Maitags nutzen. Als sie vor dem kleinen unrenovierten Häuschen steht, das Tobias gemietet hat, geht ihr das Herz förmlich auf. Anders als bei ihr wächst und gedeiht hier alles wie in einem englischen Cottage Garten. Überall gibt es kleine Pflanzeninseln, die bereits jetzt im Frühsommer üppig wuchern und durch die sich ein schmaler gekiester Pfad windet. Um die Haustür rankt sich eine Kletterrose, deren Namen Tobias wohl ohne nachzudenken nennen kann. In einer Ecke hat der Landschaftsarchitekt aus alten Ziegelsteinen einen Komposter mit drei Kammern gebaut, unter einem Obstbaum ist eine grün lackierte Bank platziert, und neben dem Häuschen wartet eine alte Tonne darauf, vom Regen gefüllt zu werden. Der einzige Wermutstropfen ist die Lage des Hauses direkt an der Hauptstraße, wobei der Verkehr im Vergleich zu München nicht der Rede wert ist, wie Enni ihrem Kindergartenfreund immer wieder zu erklären versucht.

»Komm rein«, ruft Tobias Enni zu, der gerade dabei ist, einen kleinen Gartentisch zur Bank zu tragen. »Ich wollte gerade für uns decken.«

Er stellt den runden Tisch ab und wirft eine rot karierte Tischdecke lässig drüber. Dann kommt er auf dem schmalen Pfad Enni entgegen, die soeben durch das Tor tritt und es hinter sich schließt.

»Schön, dass du da bist«, flüstert er, als er bei ihr ist, und seine Lippen berühren dabei beinahe ihr Ohr. Gleichzeitig umfasst er sie, legt seine Hände auf ihren Rücken und zieht sie sanft zu sich heran. So stehen sie einige Augenblicke lang zwischen den kniehohen Stauden, und der zarte Duft von Maiglöckchen umweht sie dabei.

Enni spürt Tobias' Muskeln, die sie vorher unter seinem T-Shirt nur erahnen konnte. Er riecht nach Erde und frischer Luft, nach Holz und nach Frühling. Am liebsten würde sie noch tiefer in dieser Umarmung versinken, alles um sich herum ausblenden und vergessen, worüber sie sich in letzter Zeit den Kopf zerbricht. Beide verharren gerade so lange in dieser Position, bis Ennis Verstand wieder einsetzt und sie sich mit einem Räuspern von ihm löst.

»Danke, dass ich hier sein darf«, gibt sie nun zurück und errötet.

Tobias nimmt ihr die Weinflasche ab, küsst dabei ganz selbstverständlich ihre Fingerspitzen und geht ins Haus. Er kommt mit einem gut gefüllten Tablett wieder nach draußen. Derweil setzt sich Enni unter den Obstbaum auf die grün lackierte Bank und versucht, ihren Herzschlag wieder in den Griff zu bekommen. Einatmen, ausatmen. Einatmen, ausatmen. Was beim Yoga hilft, kann hier nicht verkehrt sein.

Sie ist mit dem festen Vorsatz hierhergekommen, mit Tobias über all das zu sprechen, was sich in den letzten Wochen in ihrem Kopf zu einem undurchdringlichen Wust aus Geheimnissen, Gerüchten, Vermutungen und neuen Erkenntnissen zusammengesetzt hat. Nun aber ist sie von Tobias' Berührung ganz verzaubert und nicht fähig, auch nur einen klaren Gedanken zu fassen.

»Alles in Ordnung mit dir?«, fragt er, als er das Tablett

auf dem Tisch abgestellt hat und sie mit schräg gelegtem Kopf ansieht. »Du wirkst, als ob du ganz weit weg wärst.«

Tobias beginnt, Teller, Gläser, Besteck und Essen auf dem Tisch zu verteilen, lässt sie aber währenddessen nicht aus den Augen.

»Dabei bin ich im Augenblick tatsächlich nirgendwo lieber als hier bei dir …«, antwortet Enni und kann sich gerade noch beherrschen, nicht die Hand nach ihm auszustrecken und das vertraute Muttermal auf seiner Wange zu berühren, ihn zu sich auf die Bank zu ziehen und den ganzen Abend nicht mehr loszulassen. Er scheint einen Sinn dafür zu haben, was sich Enni gerade wünscht, und nimmt ganz nah an ihrer Seite Platz. Dann reicht er ihr ein Glas Weißwein, blickt ihr tief in die Augen und stößt mit ihr an.

Er nippt nur und stellt sein Glas zurück auf den Tisch. Der Wein ist leicht, schmeckt nach Birne und Aprikose und rinnt kühl Ennis Kehle hinunter. Sie trinkt zu schnell und zu viel und hält sich dann am Glas fest, um nicht nach Tobias' Hand zu greifen und ihn zu küssen.

Doch sie beherrscht sich, nimmt sich zusammen und beginnt zu erzählen. Erst langsam und dann immer schneller. Sie spricht über Monika und Elvis, Paul, die *Schwarze Katze* und die *Micky Bar*, das Tonband, erwähnt den Streit ihrer Eltern mit ihrer Großtante und beichtet ihm schließlich Alexanders Vorhaben, in Waidmannsthal zu jagen. Trotz aller Anstrengung lassen sich diese Dinge nicht zu einem sinnvollen Ganzen zusammenfügen, und Enni hofft, dass Tobias ihr helfen kann, Ordnung in dieses Chaos zu bringen.

Als sie mit ihrer Erzählung fertig ist, nimmt Tobias sein Weinglas erneut zur Hand und trinkt einen großen Schluck.

»Hört sich wirklich nach einem ziemlichen Durcheinander an«, sagt er dann, nimmt ihre Hand und küsst abermals ihre Fingerspitzen. »Aber ich frage mich die ganze Zeit, was das alles mit dir zu tun hat.«

Tobias rutscht noch näher an Enni heran, umarmt sie und beginnt sie zu küssen. Zuerst nur sehr zaghaft und forschend, doch schnell wird er drängender, und ihr bleibt die Luft weg. Alles um sie herum versinkt, und sie spürt nur noch ihr wild pochendes Herz und die unzähligen Schmetterlinge, die in ihrem Inneren zu flattern beginnen.

»Enni ...«, haucht Tobias, der nach Aprikose schmeckt, nach Sommer und nach Zuhause.

Ein laut aufheulender Motor reißt beide aus ihrer innigen Umarmung, und Enni kann gerade noch einen Quadfahrer in schwarzer Motorradkluft erkennen, der von der Hauptstraße abbiegt und in Richtung ihres Hauses fährt.

»Kennst du den?«, fragt Enni, die schon wieder bei dem Kuddelmuddel in ihrem Kopf ist und nicht anders kann, als dem nachzugehen.

»Ich weiß nicht, wie er heißt. Aber ich glaube, er arbeitet beim Sicherheitsdienst auf dem Truppenübungsplatz«, erwidert Tobias und rutscht weg von ihr. »Warum?«

Bevor Enni antworten kann, erkennt sie auf der Hauptstraße ein weiteres Fahrzeug, das ebenfalls abbiegt und in Richtung ihres Hauses fährt. Alexander, der hinter dem Steuer sitzt, wirkt angespannt. Neben ihm, auf dem Beifahrersitz, kann Enni einen weiteren Mann erkennen, den sie aber noch nie zuvor gesehen hat. Doch das Jagdoutfit, das er trägt, spricht Bände. Sie kann nicht glauben, dass Alexander wirklich ernst macht und für einen lukrativen Werbeetat seine Prinzipien über Bord wirft. Dann fällt ihr ein, dass sie das Tonband achtlos mitten auf dem Küchentisch zurückgelassen hat, und springt auf, um nach Hause zu laufen und es in Sicherheit zu bringen, bevor es in falsche Hände gerät.

Schon wieder klopft ihr Herz wie verrückt, aber diesmal ist nicht ihr Sandkastenfreund der Grund dafür. Sie muss schnell sein und um jeden Preis verhindern, dass Alexander das Tonband findet. Tobias wird sie später alles erklären, und er wird ihr scheinbar kopfloses Verhalten hoffentlich verstehen.

Als sie nun um die Ecke biegt, sieht sie Alexanders Firmenwagen direkt vor dem Haus parken. Der Quadfahrer und der Typ im Jägeroutfit stehen daneben, rauchen und unterhalten sich. Beide sind wohl um die 50, wobei die Kleidung des Jägers so elegant und neu wirkt, als würde er für eine Werbekampagne Modell stehen. Die Motorradkluft des anderen ist dagegen abgetragen und speckig. Der Mann hat zwar einen Fuß auf das Trittbrett seines Quads gestellt, und eine Zigarette hängt lässig in seinem Mundwinkel, dennoch wirkt er im Gespräch mit seinem Gegenüber leicht unterwürfig. Das mag an den eingesunkenen Schultern und seiner gekrümmten Haltung liegen. Der Jäger steht dagegen aufrecht und breitbeinig da, was seinen Bierbauch eher betont als kaschiert.

Enni hält einen Moment lang inne, biegt dann von der Straße ab und schleicht sich über Pauls Garten zu ihrem Haus. Die Männer haben sie noch nicht entdeckt, und nach dem Zusammenstoß im Wald vor einigen Monaten ist es ihr lieber, dem Quadfahrer nicht direkt zu begegnen. Wenn sie richtig liegt, dann war er es auch, der damals im Wald auf die Rehe geschossen hat, während sie direkt daneben auf der Lichtung stand. In diesem Fall ist es vermutlich besser, im Hintergrund zu bleiben, bis sie weiß, was genau hier los ist.

Enni klettert über den Gartenzaun und läuft in geduckter Haltung zum Haus. Die beiden Männer sind so in ihr Gespräch vertieft, dass sie sie nicht bemerken. Hin und wieder lachen sie polternd und laut, und sie gruselt sich bei der Vorstellung, dass Alexander mit ihnen gemeinsame Sache macht.

»Mein Herz«, ist das Erste, das sie hört, als sie ungesehen ins Haus schlüpft.

Enni meint, Alexander hätte sie entdeckt und überlegt nun fieberhaft, wie sie ihn zur Rede stellen kann, ohne sich von ihm einwickeln zu lassen. Doch als er nicht im Flur auftaucht, um sie zu begrüßen, und sie hört, wie er weiterspricht, wird ihr klar, dass er telefoniert und nicht sie mit seiner Anrede gemeint war. Die junge Frau geht leise zur Küche und späht durch die angelehnte Tür. Mit Schrecken sieht sie, wie ihr Freund am Tisch steht, in der einen Hand sein Telefon hält, und mit der anderen Hand das Tonband fest umschließt.

»Ich sagte dir doch schon, dass ich heute Abend keine Zeit für dich habe und dir noch nicht sagen kann, wann genau ich wieder in München bin«, spricht er leicht genervt ins Telefon. »So eine Jagd kann Stunden dauern. Und Herr Schwabenbauer will heute auf jeden Fall seinen Hirsch schießen, deshalb sind wir ja hier. Es hat mich einiges gekostet, den Typen vom Sicherheitsdienst zu bestechen. Er bringt uns gleich zum Truppenübungsplatz und zeigt uns eine Stelle, an der mit ziemlicher Sicherheit ein Hirsch in der Dämmerung auftauchen wird. Und wenn wir Glück haben, dann läuft uns heute auch noch der Wolf vor die Flinte, der sich hier in der Gegend rumtreibt.«

Enni ist sprachlos, obwohl sie mit ihrer Vermutung richtigliegt, dass der Typ draußen vor der Tür der Werbekunde von Alexander ist, der eine vegane Fast-Food-Kette plant und mit einem riesigen Werbebudget lockt. Hat sie sich so in ihrem Freund getäuscht?

»Nein, mit Enni läuft nichts mehr«, hört sie Alexander nun weiter ins Telefon sprechen. »Das habe ich dir doch schon hundertmal gesagt. Ich bin nur hier im Haus, um etwas zu holen, dann bin ich auch schon wieder weg.«

Alexander hält das Tonband in die Luft, und über sein Gesicht huscht ein triumphierender Ausdruck. In diesem Augenblick dreht er sich zur Tür und sein Gesichtsausdruck gefriert im Bruchteil einer Sekunde. Aber gleich darauf hat er sich wieder gefasst und beendet das Gespräch ohne weitere Erklärungen. »Ich muss Schluss machen.«

Enni stößt die Tür auf und tritt ins Zimmer. Sie ist kurz davor zu explodieren, reißt sich aber zusammen und geht auf Alexander zu.

»Das gehört mir«, meint sie nur knapp und nimmt ihm das Tonband mit einer raschen Geste aus der Hand. »Und jetzt raus hier! Wir beide sind wohl miteinander fertig.«

Ihr Freund, der nicht damit gerechnet hat, dass Enni so energisch auftritt, ist kurz verwirrt, fasst sich aber sofort wieder und versucht, die junge Frau an sich zu ziehen.

»Du hast da was falsch verstanden«, beginnt er zu erklären. »Ich würde dich doch nie verlassen, mein Herz.«

Das bringt Enni nun wirklich dazu zu explodieren.

»Kannst du nicht einmal jetzt ehrlich zu mir sein?«, schreit sie ihn an. »Denkst du wirklich, ich falle noch weiter auf deine Spielchen herein? Pack deinen Scheiß und verschwinde aus meinem Leben …«

Doch weiter kommt sie nicht. Alexander lacht höhnisch auf, lässt sie los und geht ungerührt zur Tür. Er macht sich nicht einmal die Mühe, sich bei ihr zu entschuldigen.

»Ich hab' eh die Schnauze voll von dir und diesem Scheißdorf. Weißt du, wieso ich das Haus unbedingt sanieren wollte?«

Er bleibt in der Tür stehen und lehnt sich betont lässig gegen den Türrahmen. Seine ganze Erscheinung strahlt Überheblichkeit und Ablehnung aus, und Enni erkennt darin nicht mehr den Menschen, in den sie sich einmal verliebt hat.

Als sie nicht antwortet, spricht er weiter, und sein Ton wird zunehmend herablassender. »Wir hätten die Hütte hier mit viel Gewinn verkaufen können. Dieses kleine Schmuckstück hätten sie uns aus der Hand gerissen. Aber du willst ja tatsächlich hier wohnen. Zuerst dachte ich, du probierst das Landleben ein paar Monate aus und kommst dann wieder nach München zurück, weil dich alles anödet. Auf die Idee, dass du tatsächlich hier wohnen bleiben willst, wäre ich nie gekommen.«

Das sitzt. Enni muss schlucken und umklammert das Tonband mit feuchten Händen. In ihrem Kopf rasen die Gedanken, und sie tut sich schwer, die Situation klar zu erfassen. Aber es gibt eine Sache, die sie unbedingt noch wissen will.

»Mit wem hast du gerade gesprochen?«, flüstert sie, und es fällt ihr schwer, den Blickkontakt mit Alexander aufrecht zu halten.

»Eileen, du erinnerst dich an sie? Sie ist schon seit ihrem Einzug scharf auf mich und hat mich nach allen Regeln der Kunst getröstet, während du am Ende der Welt einen auf Selbstfindung gemacht hast«, blafft er sie an und wendet sich zum Gehen. Doch dann fällt ihm noch etwas ein, und er schleudert ihr die Worte förmlich entgegen. »Mit diesem Tonband, an das du dich so klammerst, hätte ich viel

Geld für uns rausschlagen können, aber das kapierst du ja auch nicht.«

Dann stürmt er aus dem Haus, und Enni hört kurz darauf, wie die Türen seines Firmenautos zugeschlagen werden und auch das Quad mit aufheulendem Motor davonfährt. Sie bleibt wie angewurzelt in der Küche zurück und wartet darauf, dass etwas passiert. Doch um sie herum herrscht nichts als die gewohnte Stille ihres Hauses, und nach einigen Minuten fragt sie sich, ob sie das alles nur geträumt hat. Aber dann fallen ihr etliche Situationen während der letzten Wochen und Monate ein, die ihr deutlich hätten zeigen müssen, dass etwas nicht stimmt. Ihr Besuch in München, als Rahul so komisch auf sie reagiert hat, die Telefongespräche mit Alexander und ihr Gefühl, er wäre in Begleitung gewesen, seine immer seltener werdenden Besuche bei ihr und nicht zuletzt seine Weigerung, München zu verlassen und ganz nach Waidmannsthal zu ziehen. Seit dem Tod ihrer Eltern war sie dermaßen darauf fixiert gewesen, nicht alleine sein zu müssen und eine Familie um sich zu haben, dass sie blind war für Alexanders egomanisches Verhalten.

Diese Erkenntnis ist so lähmend, dass sie sich für einen Moment setzen muss und den Kopf in den Händen verbirgt. Enni schämt sich dafür, dass sie auf diesen elenden Schuft hereingefallen ist. Doch der Gedanke an Tobias, den sie ohne weitere Erklärung in seinem Garten zurückgelassen hat, lässt sie wieder aktiv werden.

Sie steht auf, versteckt das Tonband provisorisch im Küchenbuffet, holt ihren Haustürschlüssel und eilt zur Tür. Dann sperrt sie ab und läuft zurück zu Tobias. Auf dem Weg dorthin weicht die Scham einer Wut, die sie zum Handeln antreibt. So leicht kommt dieser Idiot mir nicht davon, nimmt sie sich vor. Alexander und diesem Schwabenbauer wird sie die Tour vermasseln, so viel ist sicher. Ob ihr Sand-kastenfreund sie dabei unterstützen wird, oder ob sie ihn nun endgültig vergrault hat, ist ihr dagegen noch nicht klar.

Als sie im Garten ankommt, gibt es weit und breit keine Spur von Tobias. Die grün lackierte Bank steht verlassen da, der Tisch ist abgeräumt, und sogar die Tischdecke ist weg. Es ist, als ob sie beide nie hier gewesen wären. Wieder fragt sich Enni, ob sie all das nur geträumt hat. Vor weniger als einer halben Stunde saß sie eng umschlungen mit Tobias auf der Bank, hatte weiche Knie und Schmetterlinge im Bauch und dachte, dass sich nun endlich alles fügen würde. Kurze Zeit später liegt ihre Welt in Scherben. Ihr Freund hat sie in mehr als einem Punkt hintergangen und betrogen, und Enni bemerkte es nicht einmal.

Ihr fällt wieder Silvias Bemerkung ein. »Menschen lügen. Sie mögen ihre Gründe haben, aber sie lügen.« Genau das hat ihre Freundin an Ostern zu ihr gesagt. Anstatt dem nachzugehen und herauszufinden, was genau sie damit meinte, hat sie sich mit Silvia gestritten. Zum Glück haben sie sich wieder versöhnt, und ihre Freundin wird sicher über die Nachricht entzückt sein, dass sie Alexander in die Wüste geschickt hat.

Doch der Anruf bei Silvia muss warten, denn im Augen-blick zählen nur zwei Dinge: Enni muss Tobias finden und mit ihm zusammen verhindern, dass das gewissenlose Trio sein Vorhaben umsetzt und verbotenerweise auf die Jagd geht.

»Tobias«, ruft sie, als sie die alte Haustür öffnet und in den dunklen, kühlen Flur tritt. Sie hat Tobias noch nie zu Hause besucht und blickt sich neugierig um. Auf den alten Steinfliesen liegt ein Sisalteppich, die niedrigen Wände sind weiß getüncht, und eine alte Holzbank lädt dazu ein, die Schuhe auszuziehen und in Filzpantoffel zu schlüpfen. Das Haus riecht ein bisschen wie sein Besitzer: nach Holz und Erde, nach Freiheit und Zuhause.

»Tobias, bist du hier?«, ruft sie erneut, bekommt aber keine Antwort. Als sie vor das Haus tritt, bemerkt sie, dass sein Auto weg ist. Er ist seinen Prinzipien also treu geblieben und will nichts mehr von ihr wissen, schlussfolgert sie niedergeschlagen. Enni ist zwar traurig, kann es ihm aber auch nicht verdenken. Mehr als einmal hat er ihr klargemacht, dass er nur an einer festen Beziehung interessiert ist. Und genau in dem Moment, als er ihr vertraut und sich auf sie einlässt, springt sie auf und rennt Alexander hinterher. Wie doof kann man sein, murmelt sie über ihr eigenes unsinniges Verhalten und würde am liebsten nach Hause gehen und sich in ihrem Bett verkriechen.

Doch dann übernimmt der wütende Teil in ihr die Führung, der sich von Alexander nichts mehr bieten lassen will, und sie holt ihr Telefon heraus. Wenn Tobias ihr nicht zur Seite steht, dann muss ihr eben Reinwald helfen. Der ist schließlich Jäger und weiß vielleicht, wohin das Trio zum Jagen gefahren sein könnte.

»Reinwald?«, ruft sie aufgeregt ins Telefon, als er abnimmt. »Hier ist Enni. Ich brauche deine Hilfe. Alexander ist unterwegs zum Truppenübungsplatz und will dort wildern. Wir müssen ihn daran hindern.«

»Wo treffen wir uns?«, kommt seine knappe Antwort.

»Ich warte an der Bushaltestelle am Ortsausgang auf dich. Wann kannst du dort sein?«, gibt sie atemlos zurück und läuft auf die Hauptstraße.

»Drei Minuten«, antwortet Reinwald und hat auch schon wieder aufgelegt.

Enni wundert sich selbst über ihre Courage. Jemandem die Stirn zu bieten, fällt ihr nicht besonders leicht. Doch nun hat Alexander eine Grenze überschritten, die sie nicht bereit ist, widerstandslos aufzugeben. Waidmannsthal ist ihre Heimat, ihr Zuhause. Er hat hier nichts mehr zu suchen. Und wenn sie ehrlich ist, passte er von Anfang an nicht in dieses Dorf.

Während sie in Richtung Bushaltestelle läuft, fällt ihr wieder ihre Großtante Monika ein. Nach allem, was Enni in letzter Zeit über sie gehört hat, hätte diese es sich bestimmt auch nicht bieten lassen, dass jemand in ihrem Revier wildert.

Als Enni am vereinbarten Treffpunkt ankommt, ist die Sonne gerade im Begriff unterzugehen. Die Dämmerung setzt schon ein, und wenn sie sich nicht beeilen, dann haben die Wilderer Glück und ein Hirsch läuft ihnen vors Gewehr. Enni blickt ungeduldig auf die Uhr, doch dann kommt auch schon Reinwald in seinem dunklen Jeep angebraust. Als Enni einsteigt, wird sie freudig von Theo begrüßt, der seinen Kopf zwischen die Vordersitze steckt und an ihrer Hand schnuppert.

»Woher weißt du eigentlich, dass Alexander hier jagen will? Hat er dir das selbst erzählt?«, will Reinwald wissen, während er wendet und mit hohem Tempo in Richtung Truppenübungsplatz fährt.

»Nein, so doof ist er nun auch wieder nicht. Ich habe ihn zufällig belauscht. Er ist in Begleitung von zwei anderen Männern unterwegs. Der eine heißt Schwabenbauer und ist ein Werbekunde. Der andere fährt ein Quad und arbeitet wohl für den Sicherheitsdienst der Militärbasis. Der zeigt ihnen auch die Stelle, an der sie sich auf die Lauer legen können.«

»Ich glaube, du meinst Christian. Den kenne ich. Der hat schon immer viel Blödsinn gemacht, und ihm wäre zuzutrauen, dass er auch wildert.«

Sie fahren mit hoher Geschwindigkeit die Landstraße entlang, und Enni nimmt aus den Augenwinkeln wahr, dass sie am Tor zum Truppenübungsplatz vorbeifahren.

»Fahren wir denn nicht hinein?«, fragt sie dann.

Der Jäger folgt weiter der Straße und schüttelt den Kopf. »Christian ist nicht so blöd, den offiziellen Weg zu nehmen. Zudem werden Fahrzeuge am Tor kontrolliert, und mit einem Gewehr kommen die ganz sicher nicht auf das Gelände. Der kennt ein Schlupfloch, über das sie hineinkommen.«

»Und du kennst das auch?«

»Das hier ist schließlich mein Revier«, antwortet Reinwald und lächelt Enni an. »Und ich bin mir ziemlich sicher, dass ich auch weiß, wo sie sich auf die Lauer legen werden. Es muss ein Platz sein, der direkt am Zaun ist, damit sie mit dem Quad so nah wie möglich ranfahren können. Sie wollen ja schließlich ihre Beute abtransportieren.«

Reinwald verlangsamt das Tempo des Jeeps und biegt auf einen Feldweg ab. Kurz darauf kann Enni die ihr mittlerweile vertrauten Schilder erkennen, die davor warnen, den Bereich zu betreten. Aber mit dem Jäger an ihrer Seite fühlt sie sich heute nicht unwohl, da sie weiß, dass er sich hier auskennt. Außerdem haben sie einen Auftrag und müssen verhindern, dass Alexander, Schwabenbauer und dieser Christian mit ihrer Jagd Erfolg haben.

Das Auto holpert über den notdürftig befestigten Weg, und Enni schaukelt auf ihrem Sitz hin und her. Hinter einer Hecke taucht plötzlich Alexanders Wagen auf, und Reinwald lächelt.

»Bingo«, meint er und steuert den Jeep weiter den Weg entlang.

An einer Rechtskurve bleibt er schließlich stehen und steigt aus.

»Ab hier müssen wir zu Fuß weiter. Der Feldweg führt hier vom Truppenübungsplatz weg, und wir müssen geradeaus weiter«, erklärt Reinwald in gedämpften Tonfall und leint Theo an.

Enni steigt ebenfalls aus und schließt leise die Tür. Dann folgt sie dem Jäger und seinem Labrador und versucht, das Tempo zu halten. Der Trampelpfad führt durch dornige Sträucher und an meterhohen Hecken vorbei, und sie muss höllisch aufpassen, sich nicht zu verheddern. Das Licht wird immer weniger, und hier draußen gibt es natürlich außer dem Mond und den Sternen keine Beleuchtung.

»Du weißt schon, dass die Drei gewaltig Ärger bekommen, wenn wir sie auf frischer Tat ertappen«, flüstert er Enni zu, als er nach einigen Minuten stehen bleibt und sich nach ihr umdreht. Als sie nickt, fragt er weiter: »Wieso hängst du Alexander dann hin?«

»Ich habe erkannt, dass er ein ziemlicher Idiot ist, gelinde gesagt.«

»Die Jagd verdirbt nicht den Charakter, sie offenbart ihn«, philosophiert Reinwald daraufhin und geht zügig weiter.

»Tobias?«, hört Enni den Jäger leise und mit Verblüffung in der Stimme fragen, und ihr Herz beginnt automatisch schneller zu schlagen. Ist er doch nicht vor ihr davongelaufen?

Sie beschleunigt ihr Tempo um herauszufinden, ob ihr Sandkastenfreund ebenfalls den Wilderern auf den Fersen ist. Leider behindert eine dichte Hecke, die direkt vor ihr liegt, ihre Sicht. Außerdem muss sie sich mit dornigen Brombeersträuchern herumschlagen, die sie beim Laufen immer wieder hindern. Sie flucht innerlich, weil ihr Outfit denkbar schlecht für eine Verfolgungsjagd im Wald geeignet ist. Das Gestrüpp um sie herum ist dicht und undurchlässig, und in den dünnen Schuhen fällt ihr das Laufen nicht gerade leicht. Sie hofft, dass ihr heller Pullover, der in der Dämmerung der einzig helle Fleck in diesem Dickicht ist, sie bei den Wilderern nicht verraten wird.

»Pst«, macht Tobias, als sie sich endlich durch das Unterholz gearbeitet hat und vor den beiden Männern steht.

Reinwald und er verstecken sich hinter einem ausladenden Holunderstrauch und beobachten die weitläufige Lichtung, die vor ihnen liegt. Enni schleicht in geduckter Haltung näher heran und versucht, etwas zu erkennen. Auf der Wiese ist außer aufkommenden Nebelschwaden nichts zu sehen. Doch ein gutes Stück von ihnen entfernt und ebenfalls im Unterholz versteckt, nimmt Enni eine Bewegung war, und sie blickt fragend in Reinwalds Richtung.

»Sind sie dort drüber?«, flüstert sie.

Doch anstelle einer Antwort gibt ihr Reinwald ein Fernglas. Mithilfe der Wärmebildfunktion kann Enni klar und deutlich drei Menschen erkennen, die wie sie am Waldrand lauern und ihren Blick auf die Lichtung richten.

»Aber die haben doch bestimmt auch so ein Teil«, sagt sie so leise wie möglich. »Die entdecken uns sicher gleich.«

»Wenn wir Glück haben, dann richten die ihren Fokus nur auf die Wiese«, gibt der Jäger ebenfalls in gesenktem Tonfall zurück. »Und lange werden wir hier eh nicht warten müssen, die Tiere tauchen bald auf. Sie kommen fast jeden Abend um diese Zeit an diese Stelle, weil sie hier ungestört fressen können.«

Die nächsten Minuten bleibt alles ruhig. Nur Ennis Herz klopft immer noch wie verrückt, und sie kann nicht sagen, ob es an Tobias' Anwesenheit liegt, die sie in helle Aufregung versetzt, oder am Jagdfieber. Obwohl er ihr den Rücken zudreht, und sie hinter ihm einigermaßen geschützt ist, um mit ihrer hellen Kleidung in der Dunkelheit nicht aufzufallen, spürt sie ganz deutlich, dass auch ihm ihre Anwesenheit nicht egal ist. Sie würde gerne ihren Arm auf seine Schulter legen und fragen, ob zwischen ihnen alles in Ordnung ist. Doch das hier ist weder der passende Ort noch der passende Moment dafür. Also bleibt sie weiter geduckt sitzen und wartet, dass etwas geschieht. Was genau passieren wird, ist ihr selbst noch unklar. Aber sie hat Reinwald und Tobias an ihrer Seite, und die beiden werden schon im richtigen Moment das Richtige tun.

Dann bewegt sich plötzlich etwas am Rand der Lichtung. Enni kann nur einen Schatten erkennen und nicht ausmachen, ob es sich um ein Reh oder einen Hirsch handelt. Um besser sehen zu können, kneift sie die Augen zusammen. Es ist auf jeden Fall ein Tier, das auf vier Beinen läuft. Es bewegt sich zögerlich und bleibt immer wieder stehen, um zu wittern.

»Ist das ein Reh?«, flüstert Enni und deutet in die entsprechende Richtung.

Reinwald holt sein Fernglas zu Hilfe und nimmt die Stelle ins Visier. »Das glaube ich nicht«, gibt er zurück und nimmt als Nächstes die Wilderer in den Blick. »Das darf doch nicht wahr sein. Die legen an.«

»Was ist los?«, will nun auch Tobias in immer noch gedämpftem Tonfall wissen und reckt seinen Kopf, um zu erkennen, was auf der Lichtung gerade vor sich geht.

Reinwald lässt die Situation mit seinem Fernglas nicht

aus den Augen. Enni bleibt nichts anderes übrig, als weiterhin ihren Blick konzentriert über die Lichtung wandern zu lassen, um endlich zu verstehen, was dort geschieht.

»Das trauen die sich nicht«, flüstert der Jäger ungläubig und blickt immer wieder zwischen der Lichtung und den Wilderern hin und her.

Tobias steht nun langsam auf, um besser sehen zu können, und auch Enni kommt aus ihrer geduckten Haltung. Plötzlich fällt etwas Licht auf die Wiese. Eine Wolke gibt den Blick auf einen leuchtend hellen Halbmond preis, und in diesem Augenblick erkennt die junge Frau einen Wolf, der mitten auf der Lichtung steht und wittert.

»Die wollen den Wolf erschießen«, flüstert sie dann und überlegt fieberhaft, wie sie das verhindern kann.

Ohne noch länger zu warten springt sie auf, stürmt aus dem Gebüsch und läuft auf die Wiese. Tobias, der sie zurückhalten wollte, tut es ihr dann gleich, hastet ebenfalls aus seinem Versteck hervor und jagt ihr hinterher. Der Wolf, den Enni dabei die ganze Zeit nicht aus den Augen gelassen hat, wendet sich ihnen zu und bleibt dann mit aufgestellten Ohren und zum Sprung bereit stehen, zögert aber noch. Enni macht, ohne darüber nachzudenken, große ausladende Bewegungen mit ihren Armen. Sie blickt zwischen dem Wolf und den Wilderern hin und her und hofft, dass sie nicht in der Schusslinie steht. Auch Tobias, der mittlerweile zu ihr aufgeschlossen hat, rudert mit den Armen. Als der Wolf sich immer noch nicht rührt, klatscht er mehrmals laut in die Hände. Das scheint dem Raubtier nun endlich Beine zu machen, und es läuft zurück zum Waldrand und verschwindet schließlich im Dickicht.

Ungläubig stehen die beiden noch einen Augenblick lang da und blicken dem Wolf hinterher. Erst als aus dem Versteck der Wilderer hektische Rufe dringen, beginnen auch sie sich wieder zu regen und laufen zu Reinwald. Der ist inzwischen aus dem Unterholz hervorgekommen und hält auf sie zu.

»Kommt, wir statten den werten Herren dort drüben einen Besuch ab«, fordert er Enni und Tobias auf und läuft in Richtung Wilderer weiter.

»Aber die haben doch Gewehre«, ruft Enni ihm hinterher. Ihre Courage ist für heute aufgebraucht, und eine bewaffnete Auseinandersetzung ist das Letzte, das sie nun noch brauchen kann.

»Ich habe Verstärkung gerufen«, gibt der Jäger zurück. »Die dürfte gleich hier sein.«

Wie auf Kommando sind von irgendwoher Sirenen zu hören, und gleich darauf fahren drei tarngrüne Jeeps mit hohem Tempo und Blaulicht auf die Lichtung. Die Fahrzeuge halten auf Reinwald zu, der ihnen Handzeichen gibt, in welcher Richtung das Versteck der Wilderer zu finden ist.

Enni verfolgt atemlos, wie aus jedem Auto zwei GIs in Tarnanzügen und schusssicheren Westen springen, auf denen die Worte »Military Police« zu lesen sind. Mit gezückten Waffen eilen sie auf den Waldrand zu und fordern die Wilderer laut auf, aus ihrem Versteck zu kommen. Die zusätzlich montierten Scheinwerfer auf dem Dach der Jeeps leuchten das Unterholz hell aus, und sowohl Schwabenbauer als auch Alexander kommen schließlich mit erhobenen Händen heraus. Ohne auch nur im Geringsten darauf einzugehen, mit welchen Erklärungen sich der Geschäftsmann aus der Affäre ziehen möchte, nehmen die GIs die beiden Männer fest und verfrachten sie unsanft und getrennt voneinander auf die Rücksitze zweier Jeeps.

Als Enni die GIs gerade darauf hinweisen will, dass es auch noch einen weiteren Eindringling gibt, kommt Christian mit seinem Quad aus dem Dickicht geschossen und fährt mit hohem Tempo über die Lichtung davon. Zwei Soldaten springen in den dritten Jeep, nehmen die Verfolgung auf und verschwinden ebenfalls in der Dunkelheit.

»Weit wird der nicht kommen«, kommentiert Reinwald und bedankt sich mit dem angedeuteten Tippen seiner Hand am Kopf bei den verbliebenen GIs. Die nicken, steigen in ihre Fahrzeuge und brausen ebenfalls davon.

»Das war ganz schön gefährlich«, meint der Jäger zu Enni, als wieder Stille eingekehrt ist, und klopft ihr auf die Schulter. »Aber auch mutig. Du kannst ganz schön hartnäckig sein, wenn du dir etwas in den Kopf gesetzt hast, junge Dame.«

»Die ›junge Dame‹ lasse ich dir ausnahmsweise mal durchgehen«, entgegnet Enni und muss lachen. Die Anspannung der letzten Stunde fällt von ihr ab, und sie ist froh, dass alles gut ausgegangen ist. »Aber selbst du musst irgendwann mal lernen, dass wir im 21. Jahrhundert angekommen sind, und man so etwas nicht mehr sagt. Schon mal was von Gleichberechtigung und so gehört?«

»Vage«, antwortet Reinwald und muss nun auch lachen. »Aber ich gelobe Besserung.«

Als sie kurze Zeit später von Reinwald vor ihrem Haus abgesetzt wird, ist die Straße menschenleer. Mittlerweile ist es Nacht geworden, und eine einzelne Straßenlaterne, die neben der alten Linde steht, erhellt Ennis Gesicht, das zum ersten Mal seit langer Zeit gelöst wirkt. Sie winkt dem davonfahrenden Jeep hinterher und bleibt auch noch stehen, als dieser schon auf der Hauptstraße verschwunden ist. Vor ziemlich genau einem halben Jahr ist sie in dieses kleine Dorf gekommen und hätte nicht im Traum damit gerechnet, welche Herausforderungen hier auf sie warten würden. Doch nun, sechs Monate später, spürt sie förmlich, wie sie daran gewachsen ist. Wie um sich selbst zu vergewissern, dass sie diese Lektion niemals vergisst, strafft sie ihre Schultern und drückt ihren Rücken durch. Enni ist stolz auf sich. Sie hat Alexander die Stirn geboten und lässt sich nicht mehr länger von ihm auf der Nase herumtanzen.

Im Nachbarhaus geht ein Licht in der Küche an, und am liebsten würde sie zu Paul gehen und ihm von ihrem Abenteuer mit den Wilderern berichten. Der alte Mann ist ihr in den letzten sechs Monaten sehr ans Herz gewachsen, und Enni ist dankbar dafür, einen Nachbarn wie ihn zu haben. Doch sie verschiebt ihren Besuch auf morgen. Eine Sache wartet noch darauf, von ihr erledigt zu werden, damit endgültig Ruhe einkehren und sie ihr Leben hier wirklich neu beginnen kann.

Sie geht ins Haus, das nun ganz alleine ihr gehört, lässt die Haustür offen, damit die klare Nachtluft die letzten Spuren von Alexanders Anwesenheit in alle Winde zerstreut, und geht in die Küche. Sie holt das Tonband, das so viel Trubel verursachte, aus dem Küchenbuffet und legt es auf den alten Holztisch, an dem Monika zeitlebens gesessen hat. Enni setzt sich auf die Eckbank, nimmt es in die Hand und lauscht der Stille im Haus. Vor dem Fenster liegt die Wiese verlassen da. Ab und zu reißt die Wolkendecke auf, und Mondlicht fällt auf die Baumriesen, die am Waldrand stehen und vielleicht dem Wolf Schutz in dieser Nacht bieten. Hoffentlich findet auch er endlich Ruhe, denkt Enni, und wünscht ihm viel Glück.

Ein Klopfen von draußen reißt sie aus ihren Gedanken,

und sie springt auf, weil sie Angst hat, Alexander könnte es wagen, noch einmal zu ihr ins Haus zu kommen. Doch dann erinnert sie sich, dass er in Gewahrsam der Militärpolizei ist und ganz sicher heute Abend nicht mehr vor ihrer Tür auftauchen wird. Stattdessen erscheint Pauls faltiges Gesicht im Türrahmen, und er schlurft schwerfällig in die Küche.

»Darf ich reinkommen?«, fragt er und bleibt abwartend mitten in der Küche stehen.

Enni freut sich, den alten Mann zu sehen und bedeutet ihm, auf der Eckbank Platz zu nehmen. Als sich Paul gesetzt hat, will sie schon loslegen und ihm erzählen, was sie heute Unglaubliches erlebt hat. Alleine der Gedanke an die Verfolgungsjagd lässt ihren Puls wieder rasen. Doch Paul sitzt nur da, starrt auf das Tonband und macht keine Anstalten, sich weiter mit ihr zu unterhalten.

»Kennst du die Aufnahme?«, fragt die junge Frau, setzt sich zu ihm und nimmt die Spule in die Hände.

Der alte Mann nickt, reißt seinen Blick vom Tonband los und blickt Enni endlich an. »Du darfst die Aufnahme nicht verkaufen«, sagt er dann klar und deutlich. »Monika hätte das nicht gewollt.«

»Das habe ich auch nicht vor«, versichert ihm Enni und fragt sich gleichzeitig, was Paul darüber weiß. Im Gespräch mit ihr war er oft ausweichend gewesen, wenn es um Monikas Vergangenheit ging, und sie hat nicht nachbohren wollen. Doch nun scheint er extra gekommen zu sein, um mit ihr darüber zu sprechen. »Weißt du denn, was da drauf ist?«

»Ja«, gibt er zu. »Darauf ist das einzige Konzert zu hören, das Elvis jemals außerhalb von Amerika gegeben hat. Das Tonband ist die einzige Aufnahme, die davon gemacht wurde.«

»Fand das Konzert zufällig in der *Micky Bar* statt?«, fragt Enni weiter und bekommt vor Aufregung feuchte Hände. Heute ist wohl der Tag der Wahrheit, geht es ihr durch den Kopf, und sie blickt weiter gespannt den alten Mann an.

»Das ist richtig«, antwortet Paul und hält inne.

Er schluckt schwer, und Enni überlegt, ob sie ihm ein Glas Wasser anbieten soll. Doch dann entscheidet sie sich dafür, den selbstgebrannten Obstler rauszuholen, sucht zwei Schnapsgläser und stellt alles auf den Tisch. Paul verfolgt, wie sie die Gläser mit der durchsichtigen Flüssigkeit bis zum Rand füllt, dann stoßen sie an und trinken. Der Schnaps brennt in Ennis Kehle, doch gleich darauf spürt sie, wie der Obstler sie hellwach macht.

»Wusstest du, dass das Band hier im Haus ist?«, fragt sie und stellt das leere Glas zurück auf den Tisch.

»Weißt du noch, dein erster Abend hier im Haus? Als ich dir geholfen habe, die Lampen aufzuhängen?«, antwortet er und schwenkt einen Rest des Obstlers im Glas hin und her. »Ich bin eigentlich gekommen, um nach der Aufnahme zu suchen.«

»Aber du hast mich nie direkt danach gefragt. Wieso nicht?«

»Ich habe schnell erkannt, dass du das Richtige tun würdest«, gibt Paul zurück und leert den Rest des Schnapses. Der Selbstgebrannte scheint auch ihm gutzutun. Er entspannt sich und lässt sich auf die Eckbank zurücksinken. Dann beginnt er ohne Unterbrechung zu erzählen, wie Monika ganz zufällig an das Tonband geriet.

In der Bar war es heiß und stickig, die Luftfeuchtigkeit ließ im Gegensatz zur eiskalten trockenen Luft draußen die Brillengläser beschlagen, und jeder, der eintrat spürte, wie die Luft vor Aufregung vibrierte. Die Nachricht, Elvis würde seinem Vater zu Ehren ein Konzert geben, hatte sich in Windeseile unter der Belegschaft der Bar verbreitet. Doch es war streng verboten, mit anderen außer den Kollegen darüber zu sprechen. Es hieß, Elvis hätte ein Auftrittsverbot von seinem Management und seiner Plattenfirma verpasst bekommen, und er spiele nur für die Besitzer der Micky Bar, deren Angestellte und enge Freunde. Um jeden Preis musste verhindert werden, dass sein Vorhaben bekannt wurde, sonst würde er den Auftritt sausen lassen, hatte der Barbesitzer seinen Angestellten eingebläut.

Um das Konzert zu tarnen, wurde in Grafenwöhr eine kleine Notlüge in Umlauf gebracht. Es hieß, der Chef der Micky Bar gebe an diesem eisigen Dezemberabend 1958 eine vorgezogene Weihnachtsparty für seine Belegschaft, und da es sich um eine interne Feier handelte, wären andere Gäste nicht zugelassen. So hoffte man, unerwünschte Besucher von vornherein abzuwehren.

Monika war aufgeregt, als sie um Punkt 19 Uhr an die Hintertür klopfte. Ihr Atem bildete kleine Wölkchen vor ihrem Mund, und sie wünschte sich, sie hätte Pauls Angebot angenommen und seinen Mantel übergeworfen. Aber sie hatte sich extra so viel Mühe mit ihrer Garderobe gegeben und wollte ihr Outfit nicht mit einem braunen Trenchcoat zunichtemachen. So blieb ihr nun nichts anderes übrig, als in der Kälte zu zittern, während sie auf ihren Pumps hin und her tippelte. Nervös strich sie über den hellgrünen mehrlagigen Tüllrock und zog an den Dreiviertelärmeln ihres spitzenbesetzten Oberteils. Dann prüfte sie, ob die smaragdgrüne Brosche noch an der richtigen Stelle oberhalb ihrer linken Brust saß. Erleichtert stellte sie fest, dass ihre Garderobe tadellos war. Vielleicht war sie für einen Barbesuch zu gut angezogen, aber wie oft kam es schon vor, von einem weltberühmten Musiker persönlich zu einem Konzert eingeladen zu werden?

Elvis wollte sie als seine persönliche Dolmetscherin heute Abend unbedingt dabeihaben und hatte daher in der Bar Bescheid gegeben, dass sie in Begleitung dazukommen würde. Paul stand in seinem besten Anzug nun ebenfalls frierend neben ihr, den Mantel hatte er nach Monikas Ablehnung im Wagen gelassen, und glich eher einem Aufpasser als einem Freund. Er hatte Mühe gehabt, den geliehenen Wagen auf den eisglatten Straßen bei knapp minus 20 Grad durch die schneebedeckte Winterlandschaft hierher zu kutschieren. An den Rückweg mochte er noch gar nicht denken. Wenn wieder Schneefall einsetzte, und die Räumfahrzeuge nicht durchkämen, würde er es morgen früh nicht pünktlich zur Arbeit schaffen.

Als sich nach einer halben Minute immer noch nichts rührte, klopfte Paul energisch an die Tür, weil er es nicht länger ertragen konnte, die zitternde Monika zu sehen. Sein Hämmern wurde prompt wahrgenommen, und ein rotgesichtiger, muskelbepackter Hüne mit blonder Haartolle in einem kurzärmeligen Hemd öffnete schwungvoll die Hintertür. Bevor er losbrüllen konnte, hielt ihm Monika das Schreiben von Elvis unter die Nase, das ihr Zutritt zur

Micky Bar gewähren würde. Der Zweimetermann nickte, schob beide unsanft in die Bar und schloss sofort wieder die Tür.

»Habt ihr jemandem gesagt, dass ihr hier seid?«, fragte er dann und blickte sie eindringlich an.

Monika und Paul schüttelten eingeschüchtert den Kopf und wurden von dem Riesen mit einem zufriedenen Grinsen in Richtung Bar entlassen. In dem großzügigen Raum, in dem bis zu 400 Menschen Platz hatten, lag die Temperatur bei deutlich über 20 Grad. Jeder in der Bar wusste, dass Elvis die Manöver im Winter in der unwirtlichen und kargen Landschaft rund um den Truppenübungsplatz hasste. Wenn er draußen, auf freiem Feld, mit dem Jeep und heruntergeklappter Windschutzscheibe auf einer Aufklärungsfahrt unterwegs war, wärmten auch der dickste Parka und eine gefütterte Mütze mit Ohrenklappen irgendwann nicht mehr. Manchmal behalf sich der Spähtrupp rund um Elvis mit einem Lagerfeuer im Freien und einer heißen Tasse Kaffee, wenn es anders nicht mehr auszuhalten war. Der Sänger kam meist dennoch durchgefroren ins Camp Algier zurück und fluchte wie seine Kameraden über das unwirtliche Wetter in der Oberpfalz, das in diesem Winter besonders kalt und schneereich war. In seiner freien Zeit sehnte sich Elvis daher mehr denn je nach Wärme. Deshalb hatte der Barbesitzer keine Kosten gescheut und kräftig einheizen lassen, um es für seinen Ehrengast und dessen Gefolge so gemütlich wie möglich zu machen.

Elvis würde nicht alleine in die Bar kommen, wurde gemunkelt. Er tauchte oft mit einer ganzen Entou-

rage auf, wenn er in seiner Freizeit unterwegs war.
Heute würden ihn wohl sein Vater und einige Jungs
begleiten, die mit ihm im Camp Algier stationiert
waren und ihm in seiner freien Zeit als eine Art
Leibwächter nicht von der Seite wichen.

Monika tat die Wärme im Raum nun ebenfalls
gut, sie entspannte sich sichtlich, straffte die Schulter und blickte sich suchend um. Doch Paul kam
mit dem Temperaturunterschied nicht so leicht klar
und tupfte sich mit seinem Taschentuch unbemerkt
die Schweißperlen von der Stirn. Er wollte es par-
tout vermeiden, seine Anzugjacke auszuziehen oder
seine Krawatte zu lockern, wie es andere Gäste
bereits getan hatten, um sein seriöses Erscheinungsbild nicht zu zerstören. An diesem Abend wurde
wohl an nichts gespart und geheizt, als ob sie in der
Sauna wären, dachte er. Die Bar war zwar nicht voll
besetzt, dennoch warteten einige Dutzend Besucher
mit sichtlicher Vorfreude auf das Konzert von Elvis.
Es gab eine kleine Bühne, in deren Mitte ein maha-
gonifarbener Flügel bereitstand.

»Und du hast mich wirklich nicht angelogen?«,
wollte Paul wissen, als er mit Monika einen freien
Stehtisch gefunden hatte, der nicht weit von der
Bühne entfernt war.

Er konnte immer noch nicht glauben, dass der extrem gut abgeschirmte Weltstar nun gleich hier auf-
treten würde. Journalisten aus aller Welt waren zu
Beginn des Manövers in die Oberpfalz gereist, um
darüber zu berichten. Doch weniger die Wehrübung
hatte die Reporter hierhergelockt als die Aussicht
darauf, ein Bild oder ein Interview mit dem Super-

star zu ergattern. Doch die Army versteckte ihr
weltbekanntes Aushängeschild gut vor der Öffent-
lichkeit, und es war bisher nur einigen wenigen Jour-
nalisten gelungen, Elvis zu treffen.

Ein Lokalreporter zum Beispiel hatte vor einigen
Tagen großes Glück gehabt und den Sänger in einem
kleinen Dorfwirtshaus angetroffen, in dem sich
Elvis' Spähtrupp nach einem Einsatz aufwärmte.
Die Bilder, auf denen er umringt von Kindern zu
sehen war, deren Augen nicht weniger strahlten als
die des Sängers, waren um die Welt gegangen. Es
schien, als habe Elvis an der Begegnung mindestens
genauso viel Freude gehabt wie die Kleinen.

»Was glaubst du denn, auf wen die alle hier so auf-
geregt warten? Auf den Weihnachtsmann?«, ent-
gegnete Monika spitz und hörte nicht auf, die Bar
nach Elvis abzusuchen.

»Aber du hast dich doch hoffentlich nicht in ihn ver-
liebt«, bohrte Paul weiter nach. »Es wird gemun-
kelt, er hätte eine Affäre nach der anderen. Dein
Ruf wäre für immer ruiniert.«

»Mein Ruf?«, lachte Monika. »Was interessiert
mich mein Ruf? Eine allein lebende Frau in mei-
nem Alter, die sich ein eigenes Haus gebaut hat und
selbst ernähren kann, ist doch den meisten Dorfbe-
wohnern in Waidmannsthal eh schon ein Dorn im
Auge. Was kann ich da noch falsch machen?«

Monika winkte nach einer Bedienung mit engem
schwarzem Rock und einem ebenso engen kurzär-
meligen Rollkragenpullover, der ihre Figur mehr als
betonte, und bestellte zwei Gläser Sekt.

»Und jetzt?«, fragte Paul und zog schon wieder sein

weißes Tuch aus der Tasche, um über seine Stirn zu tupfen.

»Jetzt stoßen wir erst einmal an«, schlug Monika vor und nahm der Bedienung, die gerade vorbeikam, zwei Sektschalen vom Tablett. »Prost!«

Paul blieb nichts übrig, als gute Miene zu einem Spiel zu machen, dessen Ausgang er fürchtete. Zwar hatte ihn Monika nur als Fahrer eingespannt und noch dazu war er mit Erna verlobt, aber trotzdem musste er verhindern, dass dieser leichtlebige Sänger seiner Nachbarin den Kopf verdrehte und sie sich auf etwas einlassen würde, das sie später vielleicht bereute.

»Ein Freund von mir, der auf dem Truppenübungsplatz in der Kantine arbeitet, hat mir erzählt, Elvis würde jeden Abend im Kino mit einer gewissen Elisabeth auftauchen«, versuchte er nun, Monika zur Vernunft zu bringen. »Er besucht sie wohl auch oft bei ihren Eltern zu Hause, die auch auf der Militärbasis leben.«

»Netter Versuch«, meinte Monika, trank den Sektkelch in einem Zug leer und stellte das Glas energisch auf den Tisch zurück. »Du musst dir keine Sorgen um mich machen, ich bin eine erwachsene Frau und weiß ganz genau, was ich tue.«

In diesem Augenblick kam Elvis auf die Bühne, und Pauls Antwort ging im allgemeinen Jubel unter. Wie immer, wenn er in der Öffentlichkeit auftauchte, waren seine schwarzen Haare zu einer perfekt sitzenden Tolle frisiert, er trug eng sitzende schwarze Hosen und ein weißes Hemd, dessen Ärmel bis zu den Ellbogen aufgekrempelt waren.

Alle in der Micky Bar sprangen von ihren Plätzen auf und gaben Standing Ovations, noch bevor der Sänger auch nur einen einzigen Takt gespielt oder gesungen hatte. Dieser genoss das Bad in der applaudierenden Menge sichtlich und geizte nicht mit Kusshänden, die er wahllos verteilte. Als er Monika am Rand der Bühne erblickte, legte er für einen kurzen Moment seine rechte Hand auf seine Brust und schloss die Augen. Monika warf ihm daraufhin ebenfalls eine Kusshand zu und lachte. Paul, der alles mit grimmigem Blick verfolgt hatte, trank sein Glas leer und knallte es auf den Tisch.

Dann setzte Elvis sich an den Flügel. In der gesamten Bar verstummte schlagartig der Applaus, und niemand wagte auch nur zu atmen. Alle warteten gespannt darauf, dass die ersten Töne erklangen. Elvis legte schließlich seine Finger auf die Tasten und ließ erste, sanfte Töne durch den Raum schweben. Dann begann er zu singen.

Seine unverkennbare Stimme erfüllte jeden Winkel der Bar, und Elvis schien augenblicklich in dem Lied zu versinken. Auch Monika, die nur Augen für den Mann auf der Bühne hatte, schien in der Melodie aufzugehen und nichts anderes mehr wahrzunehmen. Doch Paul, der immer noch glaubte, Elvis wäre nur ein windiger Schürzenjäger und seine Musik nicht mehr als durchschnittlich, wendete seinen Blick von der Bühne ab und schaute sich im Raum um. Außer ihm schienen alle anderen Gäste in der Bar ganz verzückt Elvis zuzuhören. Doch zwei junge Männer erweckten seine Aufmerksamkeit, da sie mehr an einer schwarzen Kiste als an dem Sänger interessiert zu sein schienen. Paul versuchte herauszufinden, was sie ein wenig abseits der Bühne hinter dem schwarzen Holzkasten versteckt hielten. Jedenfalls gaben sie sich alle Mühe, unauffällig zu wirken, was sie für Paul noch auffälliger machte. Er ließ die beiden nicht mehr aus den Augen, während Elvis den Song beendet und dafür frenetisch gefeiert wurde.

Bevor er mit der nächsten Nummer weitermachte, bedankte sich Elvis bei der Belegschaft der Micky Bar dafür, dass sie sich so gut um seinen Vater gekümmert hatten, als dieser zu Besuch hier war und auch im Haus gewohnt hatte. Mit diesem Konzert wolle er ihnen allen eine Freude machen.

Monika verfolgte nach wie vor gebannt jeden neuen Song, während Pauls Aufmerksamkeit bei den beiden jungen Männern lag, die ab und zu einen Blick hinter die schwarze Kiste warfen, ansonsten aber vorgaben, dem Konzert zu lauschen. Als Elvis die letzte Nummer ankündigte, hielt Paul es nicht mehr auf seinem Platz neben Monika aus. Er gab vor, die Toilette zu suchen, ging aber im Schatten der Wand zur anderen Seite der Bühne, um zu sehen, was sich hinter der Kiste verbarg.

Während alle nach dem Ende der letzten Nummer aufgeregt klatschten und Elvis vom Flügel aufstand, um den Applaus am Rand der Bühne zu empfangen, rannte Paul zurück zu Monika.

»Komm mit, die haben das Konzert aufgezeichnet«, rief er ihr über den ohrenbetäubenden Beifall hinweg ins Ohr. »Elvis wird damit sicher nicht einverstanden sein.«

Monika blickte ihn zuerst verwirrt an, dann folgte sie seinem Blick und sah, wie die jungen Männer ein Aufnahmegerät in eine schwarze Kiste packten und im Begriff waren zu verschwinden.

»Schnell, du lenkst sie ab, und ich hole das Tonband«, entschied sie kurzerhand und bahnte sich einen Weg durch die Menge.

Paul, der nicht so genau wusste, was er nun tun sollte, schnappte sich eine Flasche Bier, die auf einem der Stehtische stand, schüttete sich etwas davon auf seinen Anzug und hielt schwankend auf die jungen Männer zu.

»Tolles Konzert«, plapperte er scheinbar betrunken und ließ sich vor die Füße der Männer fallen. Die beiden, die kaum älter als 20 sein mochten, beeilten sich, ihm aufzuhelfen. Doch Paul machte sich absichtlich schwer und stammelte weiter wirres Zeug. Bis er endlich wieder auf den Beinen war, hatte Monika längst das Tonband entwendet und den Deckel der schwarzen Kiste wieder geschlossen, damit der Diebstahl nicht auffiel. Sie versteckte die Spule in ihrer Handtasche, zwinkerte Paul sichtlich zufrieden zu und ging mit ihm an die Theke, um einen Schnaps zu trinken.

Außer ihnen hatte niemand in der Bar etwas von der heimlichen Aufnahme mitbekommen, und Monika entschied, dass dies auch so bleiben solle. Elvis hatte in der Zwischenzeit alle Hände voll damit zu tun, Autogrammwünsche zu erfüllen und sich für das Konzert feiern zu lassen. Hin und wieder ließ er seinen Blick auf der Suche nach seiner Dolmetscherin durch den Raum schweifen, wurde dann aber

gleich wieder von einer neuen Verehrerin abgelenkt,
die freudestrahlend vor ihm stand, und kritzelte
auf deren Wunsch seinen Namen ein weiteres Mal
schwungvoll auf ein Stück Papier.

»Und? Hat sie Elvis in dieser Nacht noch gesehen?«, will
Enni ungeduldig wissen, als Paul mit seiner Erzählung am
Ende angelangt ist.

»Das bleibt für immer ihr Geheimnis«, meint Paul und
streicht lächelnd sanft über das Tonband, auf dem Elvis ver-
ewigt ist. »Aber ich kann dir sagen, dass sie die Aufnahme
nie wieder angehört hat. Monika war nicht nostalgisch ver-
anlagt und hat lieber nach vorne geschaut.«

»Und wieso hat sie das Tonband dann so lange aufgehoben? Sie hätte es doch wegwerfen können, nachdem ihr die
Aufnahme gerettet habt«, antwortet Enni und schenkt die
beiden Schnapsgläser ein weiteres Mal randvoll.

»Vielleicht wollte sie sich versichern, dass die Sache mit
Elvis wirklich passiert ist? Ein Andenken, sozusagen«, mutmaßt Paul und stürzt den Obstler in einem Zug runter.

Auch Enni will gerade ansetzen und ihr Glas leer trinken,
da wird die Küchentür geöffnet und Tobias kommt herein.

»Ich dachte mir schon, dass du den Abend hier ausklin-
gen lässt«, kommentiert dieser und will sich zu den beiden
an den Tisch setzen.

»Nimm dir doch ein Glas aus dem Küchenbuffet und
stoß mit uns an«, schlägt Enni vor, und ihr Lächeln strahlt
über das ganze Gesicht.

»Das ist also das geheimnisvolle Tonband«, stellt Tobias
fest, als er sich mit einem Glas an den Tisch setzt. »Und
was geschieht nun damit?«

Enni will etwas sagen, doch dann schenkt sie wortlos die

drei Gläser randvoll. Alle drei prosten sich zu, und Ennis Blick verweilt einen kurzen Moment auf Paul, der ihr mit einem Nicken signalisiert, dass er weiß, was sie vorhat und ihre Entscheidung in Ordnung ist. Die junge Frau steht auf, öffnet die Klappe des alten Holzofens und zündet ein Feuer an. Als die Flammen kurz darauf kräftig an dem trockenen Holz züngeln, nimmt sie das Tonband vom Tisch, holt tief Luft und wirft die ganze Spule ins Feuer.

»Ruhe in Frieden, liebe Monika«, flüstert sie dann und schließt die Luke.

Paul brummt zufrieden und macht Anstalten aufzustehen. »So, dann lass ich euch mal alleine«, verabschiedet er sich, geht zur Tür und zwinkert Enni kurz zu. »Ihr habt sicher noch etwas vor, wobei ich nur stören würde.«

Enni wird rot und will schon protestieren, da fällt ihr etwas ein. »Eine Sache musst du mir noch sagen. Du meintest, Elvis hätte sich damals in der *Schwarzen Katze* um Monika geprügelt. Hast du dich mit ihm gekloppt?«

»Das sind doch alte Geschichten«, versucht sich Paul rauszureden. »Aber da ich dich kenne und weiß, wie hartnäckig du sein kannst, gebe ich mich geschlagen. Ja, ich habe mit ihm um Monika gekämpft. Ich war kurz davor, meine Verlobung mit Erna zu lösen, weil ich mich in deine Großtante verliebt hatte. Und als ich Monika und Elvis dort stehen sah, bin ich wohl etwas zu weit gegangen.«

»Und für wen hat sich Monika dann am Ende entschieden?«, mischt sich nun Tobias ein, der die Sache mittlerweile ebenso spannend findet wie Enni.

»Für keinen von uns. Monika hat an dem Abend entschieden, dass ihr das alles zu blöd ist, und hat uns beide stehen lassen«, beendet er seine Beichte und will schon gehen.

Da springt Enni auf, geht zum Küchenbuffet und holt die smaragdgrüne Brosche heraus. Sie geht zu Paul, drückt ihm das Erinnerungsstück in die Hand und schließt dann sanft seine Finger. Paul lächelt, winkt zum Abschied, und kurz darauf fällt die Haustür mit einem lauten Krachen ins Schloss.

»Interessante Frau«, kommentiert Tobias mit einem verschmitzten Lächeln und blickt dabei Enni unverwandt an.

Elizabeth Horn
Verliebt, verlobt, verblichen
Kriminalroman
272 Seiten, 12,5 x 20,5 cm,
Broschur
ISBN 978-3-8392-0794-9

Die verunglückte Besitzerin eines Wurstimperiums,
ein herumlungernder Privatdetektiv und beunruhi-
gende Vorgänge um ihre Jugendliebe – Wilhelmines
beschauliches Leben in Bad Kissingen wird auf den
Kopf gestellt. Alles beginnt mit der Beisetzung ihrer
Freundin Greta, die durch einen mysteriösen Sturz
ums Leben kam. Als es einen weiteren Todesfall in
Wilhelmines Umfeld gibt, befürchtet sie Gefahr für
Gretas Witwer und stellt Nachforschungen an. Gut,
dass sie Mitstreiter an ihrer Seite hat, denn die Lage
wird schnell gefährlich.

GMEINER SPANNUNG

WWW.GMEINER-VERLAG.DE
Wir machen's spannend